Más muerto que nunca
CHARLAINE HARRIS

Título original: *Dead as a doornail*
© 2005, Charlaine Harris Schulz
© De la traducción: Isabel Murillo Fort
© De esta edición: 2010, Santillana USA Publishing Company
2023 NW 84th Avenue
Doral, FL, 33122
Teléfono 305 591 9522
www.sumadeletras.com

Diseño de cubierta: María Pérez-Aguilera
Imagen de la cubierta: Xavier Torres-Bacchetta
All Rights Reserved. HBO® and related service marks are the
property of Home Box Office, Inc.

Primera edición: febrero 2010

ISBN: 978-1-61605-073-3

Índice de títulos

*Este libro está dedicado a una mujer maravillosa
a la que no suelo ver con la frecuencia que me gustaría.
Janet Hutchings (antigua editora de Walker y actualmente
de* Ellery Queen Mistery Magazine) *fue tan valiente como para
creer en mí y darme trabajo hace muchos años, después de que
yo hubiera pasado una larga temporada sabática sin escribir.
Que Dios la bendiga.*

Capítulo
1

Supe que mi hermano se transformaría en pantera antes de que lo hiciera. Nos dirigíamos en coche a la remota aldea de Hotshot, yo sentada al volante y mi hermano contemplando en silencio la puesta de sol. Jason se había vestido con ropa vieja y había metido en una bolsa de plástico del Wal-Mart las pocas cosas que necesitaría: un cepillo de dientes y ropa interior limpia. Estaba acurrucado en el interior de su voluminosa chaqueta de camuflaje, con la mirada al frente. La tensión de su rostro era un reflejo del control que ejercía sobre su miedo y su excitación.

—¿Llevas el móvil en el bolsillo? —le pregunté, aun sabiendo que ya se lo había preguntado. Pero Jason movió afirmativamente la cabeza en lugar de mirarme con mala cara. Era todavía primera hora de la tarde, aunque a finales de enero oscurece temprano.

Aquella noche sería la primera de luna llena del año.

Cuando detuve el coche, Jason se volvió para mirarme e, incluso en la penumbra, vi el cambio que se había producido en sus ojos. Ya no eran azules como los míos. Eran amarillentos. Y también había cambiado su forma.

—Me noto rara la cara —dijo. Pero aún no había atado cabos del todo.

La pequeña aldea de Hotshot estaba sumida en el silencio y en la penumbra. Sobre los campos desnudos soplaba un viento frío y los pinos y los robles se estremecían a merced de las oleadas de aire gélido. Sólo se veía a un hombre. Estaba junto a una de las casitas, la que estaba recién pintada. Llevaba barba, tenía los ojos cerrados y levantaba el rostro hacia un cielo que empezaba a oscurecerse. Calvin Norris esperó a que Jason abriera la puerta del pasajero de mi viejo Nova para acercarse e inclinarse junto a mi ventanilla. La bajé.

Sus ojos verdes y dorados brillaban más que nunca y el resto de su cuerpo no mostraba nada extraordinario. Bajito, canoso, fornido, tenía el mismo aspecto que cualquier hombre que desfilara por el Merlotte's, excepto por los ojos.

—Le cuidaré —dijo Calvin Norris. Jason se había colocado detrás de él, dándome la espalda. El aire que rodeaba a mi hermano era peculiar, como si vibrara.

Nada de todo aquello era culpa de Calvin. No había sido él quien había mordido a mi hermano y lo había cambiado para siempre. Calvin, un hombre pantera, había nacido así, era su naturaleza. Me obligué a decir:

—Gracias.

—Por la mañana lo devolveré a casa.

—Mejor a mi casa, por favor. Su camioneta está allí.

—De acuerdo entonces. Buenas noches. —Volvió a levantar la cara y tuve la sensación de que toda la comunidad esperaba detrás de las ventanas y las puertas a que yo me marchara.

Así que eso fue lo que hice.

Jason llamó a mi puerta a las siete de la mañana siguiente. Seguía con su bolsita del Wal-Mart, pero no había utilizado su contenido. Tenía algún golpe en la cara y arañazos en las manos. No dijo ni una palabra. Se quedó mirándome cuando le pregunté cómo estaba y cruzó el vestíbulo dejándome a un lado. Cerró con determinación la puerta del baño de la entrada. Pasado un instante, oí correr el agua y suspiré de agotamiento para mis adentros. Aunque había ido a trabajar y había vuelto cansada a casa hacia las dos de la mañana, apenas había logrado conciliar el sueño.

Cuando Jason salió de la ducha, yo ya le tenía preparado un par de huevos con beicon. Se sentó en la vieja mesa de la cocina con aspecto satisfecho, el de un hombre que hacía algo que le resultaba familiar y agradable. Pero después de un segundo de quedarse con la mirada fija en el plato, se levantó de repente, corrió de nuevo hacia el baño y cerró la puerta de un puntapié. Lo oí vomitar, una y otra vez.

Permanecí junto a la puerta sin poder hacer nada, consciente de que él no quería que entrara. Pasado un momento, regresé a la cocina para tirar la comida a la basura, avergonzada de aquel desperdicio pero incapaz de comérmela.

Jason volvió y lo único que dijo fue: «¿Café?». Tenía muy mala cara y caminaba como si le doliese todo el cuerpo.

—¿Te encuentras bien? —le pregunté, no muy segura de si podría responderme. Le serví café en una taza.

—Sí —dijo, pasado un instante, como si hubiera tenido que pensárselo—. Ha sido la experiencia más increíble de mi vida.

Por un segundo pensé que se refería a lo de haber estado vomitando en el baño, aunque aquélla no era una experiencia nueva para Jason. De adolescente había bebido mucho, hasta que descubrió que pasarse el día devolviendo hasta la primera papilla no resultaba en absoluto encantador ni atractivo.

—¿Lo de transformarse? —pregunté tentativamente.

Asintió, cogiendo la taza de café con las dos manos. Tenía la cara sobre el vapor que ascendía de aquella negrura cálida y potente. Me miró a los ojos. Volvía a tenerlos de su color azul habitual.

—Es un arrebato increíble —dijo—. Pero como lo mío es a través de mordeduras, y no por haber nacido así, no me convierto en una pantera auténtica como los demás.

Noté cierto matiz de envidia en su voz.

—Aun así, es asombroso. Sientes la magia en tu interior, y notas que los huesos se mueven, que se adaptan, y que la visión te cambia. Después te sientes más cerca del suelo, y caminas de un modo completamente distinto, y en cuanto a correr…, eso sí que es correr. Puedes perseguir… —Y ahí ya no dijo nada más.

Nunca me enteraría de esa parte, de todos modos.

—Entonces, ¿no estuvo tan mal? —pregunté, juntando las manos. Jason era toda la familia que yo tenía, exceptuando una prima que hacía años que andaba metida en el mundo de las drogas.

—No está tan mal —confirmó Jason, consiguiendo regalarme una sonrisa—. Mientras eres animal es estupendo. Todo es muy sencillo. Es cuando vuelves a ser humano cuando empiezas a preocuparte.

No tenía ganas de suicidarse. Ni siquiera estaba desanimado. No me di cuenta de que llevaba un rato conteniendo la respiración hasta que la solté. Jason podría vivir con lo que le había caído del cielo. Lo llevaría bien.

La sensación de alivio fue increíble, como si me hubiera quitado algo que tenía entre los dientes y me causaba un gran dolor, o como si me hubiese sacado una piedra de un zapato. Llevaba días preocupada, semanas incluso, y ahora la ansiedad había desaparecido. Eso no significaba que la vida de Jason como cambiante fuera a estar libre de preocupaciones, al menos desde mi punto de vista. Si se casaba con una mujer normal y corriente, sus hijos serían normales. Pero si lo hacía con alguien de la comunidad de Hotshot, yo tendría sobrinitos y sobrinitas que se transformarían en animales una vez al mes. Lo único bueno es que no lo harían hasta alcanzar la pubertad, lo que les daría a ellos y a su tía Sook cierto tiempo para hacerse a la idea.

Por suerte para Jason, tenía muchos días libres y hoy no le tocaba ir a trabajar al departamento de la carretera local. Pero yo sí tenía que trabajar esa noche. De modo que en cuanto Jason desapareció a bordo de su llamativa camioneta, me metí en la cama, con vaqueros y todo, y caí dormida a los cinco minutos. La sensación de alivio actuó como un sedante.

Cuando me desperté, eran casi las tres de la tarde y tenía que prepararme para ir a cumplir mi turno en el Merlotte's. Lucía el sol y mi termómetro de interior y exterior anunciaba que estábamos a once grados, algo bastante normal en Luisiana a mediados de enero. Pero, en cuanto bajara el sol, esa temperatura descendería y Jason se transformaría. Al menos tendría algo de pelo que lo cubriese —no un abrigo completo, pues se convertía en medio hombre, medio felino— y estaría en compañía de otras panteras. Irían de caza. Los bosques de los alrededores de Hotshot, en un rincón remoto del condado de Renard, volverían a ser un lugar peligroso esta noche.

Mientras comía, me duchaba y doblaba la colada, empecé a pensar en un montón de cosas que me gustaría saber. Me pregunté si los cambiantes serían capaces de matar a un ser humano en el caso de tropezarse con él en el bosque. Me pregunté hasta qué punto conservaban la conciencia humana cuando estaban en forma animal. ¿Y si se apareaban en forma de pantera? ¿Tendrían un cachorrito o un bebé? ¿Qué sucedía cuando una mujer pantera embarazada veía la luna llena? Me pregunté si Jason sabría ya la respuesta a mis preguntas, si Calvin le habría dado algún tipo de información.

Me alegraba, no obstante, de no haber interrogado a Jason por la mañana, mientras todo era aún tan nuevo para él. Tendría muchas oportunidades para preguntárselo más adelante.

Por primera vez desde Nochevieja, estaba pensando en el futuro. El símbolo de la luna llena en mi calendario ya no me parecía un periodo que señalaba el fin de algo, sino simplemente otra manera de contar el tiempo. Y mientras me vestía con mi uniforme de camarera (pantalones negros, camiseta blanca de cuello barco y Reeboks negras), casi me echo a reír como una tonta. Por una vez, me dejé el pelo suelto en lugar de recogérmelo en una cola de caballo. Me puse los pendientes de botón de color rojo y me pinté los labios a juego. Un poco de maquillaje en los ojos y colorete, y lista para irme.

La noche anterior había aparcado detrás de la casa. Antes de cerrar la puerta a mis espaldas, inspeccioné bien el porche trasero para asegurarme de que no había vampiros por allí. Aún no había oscurecido del todo, pero siempre podía haber algún madrugador. Seguramente lo último que podían esperarse los japoneses cuando inventaron la sangre sintética era que su disponibilidad serviría para sacar a los vampiros del reino de la leyenda y adentrarlos en la luz de los hechos. Lo único que pretendían los japoneses era hacer negocio vendiendo el sustituto de la sangre a empresas de ambulancias y a servicios de urgencias hospitalarias. Pero, desde su aparición en el mercado, el mundo había cambiado para siempre.

Hablando de vampiros (aunque sólo para mis adentros), me pregunté si Bill Compton estaría en casa. El vampiro Bill había sido mi primer amor, y vivía justo al otro lado del cementerio desde mi casa. A nuestras viviendas se llegaba a través de una carretera local que salía de la pequeña ciudad de Bon Temps por el sur, justo donde estaba el bar donde yo trabajaba. Últimamente, Bill había estado viajando mucho. Sólo me enteraba de que estaba por aquí si por casualidad se pasaba por el Merlotte's, algo que hacía de vez en cuando para mezclarse con la gente del lugar y beber un poco de cero positivo caliente. La marca que más le gustaba era TrueBlood, la sangre sintética japonesa más cara. Me había contado que ésa satisfacía prácticamente todos sus deseos de beberla de la verdadera fuente. Había visto a Bill sufriendo una crisis por necesidad de sangre y daba gracias a Dios por la existencia de TrueBlood. A veces, echaba muchísimo de menos a Bill.

Me aticé una sacudida mental. Acababa de salir de una crisis, debería estar contenta. ¡Se acabaron las preocupaciones! ¡Se acabaron los miedos! ¡Libre y con veintiséis años! ¡Con trabajo! ¡Con la casa pagada! ¡Con dinero en el banco! Todo eran cosas buenas y positivas.

Cuando llegué al bar, el aparcamiento estaba lleno. Sería una noche ajetreada. Me dirigí hacia la parte trasera, donde dejábamos nuestros vehículos los empleados. Sam Merlotte, el propietario del local y mi jefe, vivía allí detrás en una autocaravana muy bonita que tenía incluso su jardincito rodeado con un pequeño seto, el equivalente para Sam a la típica valla blanca. Cerré el coche y me dirigí a la entrada de personal, que se abría a un pasillo donde estaban los baños de señoras y caballeros, un gran almacén y el despacho de Sam. Dejé el bolso y la chaqueta en un cajón vacío del escritorio, tiré hacia arriba de mis calcetines rojos, moví la cabeza para que el pelo me quedara bien y crucé la puerta (una puerta que casi siempre estaba abierta) que daba a la sala del bar-restaurante. En realidad, en la cocina se preparaban sólo cosas básicas: hamburguesas, pechugas de pollo, patatas fritas, aros de cebolla, ensaladas en verano y chili con carne en invierno.

Sam se ocupaba de la barra, hacía las veces de gorila e incluso de cocinero de vez en cuando, aunque últimamente había tenido que buscar a alguien que ocupara este puesto: sus alergias estacionales le habían dado fuerte este año y él no era el más indicado para manipular alimentos. La nueva cocinera había respondido al anuncio que Sam había publicado hacía sólo una semana. En el Merlotte's los cocineros no duraban mucho, pero esperaba que Sweetie Des Arts aguantara un poco más. Llegaba puntual, se defendía bien en su trabajo y nunca daba ningún problema. ¿Qué más podía pedirse? Nuestro último cocinero, un chico, había dado a mi amiga Arlene un enorme rayo de esperanza y le había hecho creer que era «Él» —en este caso, debía de ser su cuarto o quinto «Él»— antes de esfumarse con su vajilla, su cubertería y un reproductor de CD. Los hijos de Arlene se habían quedado destrozados, no porque echaran de menos al tipo, sino porque les encantaba su reproductor de CD.

Traspasé un muro de ruido y humo de cigarrillos y tuve la sensación de entrar en otro universo. Los fumadores ocupan el lado oeste de la sala, pero el humo no parece enterarse de que tiene que quedarse allí. Dibujé una sonrisa en mi cara y pasé detrás de la barra para darle a Sam un golpecito cariñoso en el brazo. Después de llenar con maestría una jarra de cerveza y servírsela a un cliente, puso otra bajo el grifo a presión y repitió el proceso.

—¿Qué tal va todo? —me preguntó Sam con cierta cautela. Conocía a la perfección los problemas de Jason, pues estaba conmigo la noche en que encontramos a Jason prisionero en un cobertizo de Hotshot. Pero teníamos que hablar con indirectas; los vampiros habían salido a la luz pública, pero los cambiantes y los hombres lobo seguían encerrados en el secretismo. El mundo clandestino de los seres sobrenaturales estaba a la espera de ver qué tal les iba a los vampiros antes de decidirse a salir también a escena.

—Mejor de lo que me esperaba. —Le dirigí una sonrisa sin necesidad de levantar mucho la cabeza, pues Sam no es un hombre alto. Es delgado, pero mucho más fuerte de lo que parece. Sam habrá cumplido ya los treinta, o eso creo, y su cabello, de un dorado rojizo, forma una especie de aureola alrededor de su cabeza. Es un buen hombre, y un jefe estupendo. También es un cambiante, y puede transformarse en cualquier animal. Habitualmente, Sam se transforma en un collie precioso de magnífico pelaje. A veces se acerca a mi casa y le dejo que duerma en la alfombra de la sala de estar—. Le irá bien.

—Me alegro —dijo. No puedo leer la mente de los cambiantes con la misma facilidad que leo las de los humanos, pero sí puedo adivinar si son o no sinceros. Sam se sentía feliz porque yo también lo estaba.

—¿Cuándo te vas? —le pregunté. Tenía esa mirada perdida, esa mirada que decía que ya estaba mentalmente corriendo por los bosques, siguiéndole la pista a alguna comadreja.

—En cuanto llegue Terry. —Volvió a sonreírme, pero esta vez fue una sonrisa un poco tensa. Sam empezaba a sentirse inquieto.

La puerta que daba a la cocina estaba justo al final de la barra, en el lado oeste, y asomé la cabeza para decirle hola a Sweetie. Era huesuda, tenía el pelo castaño y andaría por los cuarenta. La verdad es que iba siempre muy maquillada para tener que pasarse toda la noche encerrada en la cocina. Parecía también más lista, quizá con más estudios, que los cocineros que hasta entonces habían pasado por el Merlotte's.

—¿Va todo bien, Sookie? —preguntó mientras le daba la vuelta a una hamburguesa. Sweetie estaba en constante movimiento en la cocina y no le gustaba que nadie se le pusiera en medio. Tenía aterrorizado al adolescente que la ayudaba y limpiaba las mesas y éste intentaba no entrometerse nunca en su camino cuando ella pasaba de la plancha a la freidora. El chico preparaba los platos, las ensaladas y se acercaba a la ventanilla para avisar a las camareras cuando los pedidos estaban a punto. En la sala, Holly Cleary y su mejor amiga, Danielle, estaban trabajando duro. Me percaté de su cara de alivio al verme llegar. Danielle se ocupaba de la zona de fumadores, en el oeste. Cuando estábamos las tres, Holly solía ocuparse de la zona central, la que quedaba enfrente de la barra, y yo me ocupaba de la zona este.

—Mejor que me ponga ya en marcha —le dije a Sweetie.

Me sonrió y volvió a ocuparse de la plancha. El intimidado adolescente, cuyo nombre aún no había logrado captar, me saludó cabizbajo y continuó cargando el lavavajillas.

Preferiría que Sam me hubiese llamado antes de que el bar estuviese tan lleno; no me habría importado llegar con un poco de antelación. Pero, naturalmente, esa noche no tenía la cabeza en el trabajo. Empecé a verificar las mesas de mi sección del bar, a servir bebidas, a retirar cestas del pan, a cobrar y entregar el cambio.

—¡Camarera! ¡Tráeme un Red Stuff! —No era una voz familiar y el pedido era curioso. Red Stuff era la sangre sintética más barata y sólo un vampiro novato se la bebería. Saqué una botella de la nevera de puerta transparente y la puse al microondas. Mientras se calentaba, observé al gentío buscando al vampiro. Estaba sentado con mi amiga Tara Thornton. No lo había visto nunca, lo cual resultaba preocupante. Tara había estado saliendo con un vampiro viejo (mucho más viejo: Franklin Mott debía de ser mayor que Tara en años humanos cuando murió, y llevaba casi trescientos años como vampiro) que le había hecho regalos lujosos... como un Chevrolet Camaro. ¿Qué hacía Tara aquí con ese otro vampiro? Al menos, Franklin era educado.

Puse la botella caliente en una bandeja y me acerqué a la pareja. Cuando es de noche, la luz en el Merlotte's no es especialmente fuerte, pues así es como le gusta a la clientela, de modo que no pude ver bien al acompañante de Tara hasta que estuve casi junto a ellos. Era delgado y estrecho de hombros, con el pelo peinado hacia atrás. Llevaba las uñas largas y tenía un rostro de facciones afiladas. Me imagino que, en cierto sentido, era atractivo... siempre que te guste sumarle al sexo una buena dosis de peligro.

Le serví la botella y miré de forma vacilante a Tara. Ella estaba estupenda, como siempre. Tara es alta, delgada, de pelo oscuro y tiene un guardarropa maravilloso. Superó una infancia terrible y actualmente es propietaria de su propio negocio y miembro de la cámara de comercio. Pero desde que empezó a salir con aquel vampiro rico, Franklin Mott, había dejado de compartir conmigo los detalles de su vida.

—Sookie —dijo—, quiero presentarte a Mickey, un amigo de Franklin. —No parecía que tuviera muchas ganas de que nos conociésemos. Me dio la impresión de que no le había gustado que fuera yo quien le sirviera la bebida a Mickey. Ella tenía su copa casi vacía, pero me dijo que no quería nada cuando le pregunté si le apetecía alguna cosa más.

Intercambié con el vampiro un saludo con la cabeza; ellos, normalmente, no estrechan la mano. Él me observó mientras le daba un trago a la sangre embotellada, con unos ojos fríos y hostiles como los de una serpiente. Si ése era amigo del caballeroso y correctísimo Franklin, yo soy Caperucita Roja. Un subalterno, más bien. ¿Un guardaespaldas, quizá? Y ¿por qué le pondría Franklin un guardaespaldas a Tara?

Evidentemente, Tara no iba a hablar con sinceridad delante de aquel tipo tan repulsivo, de modo que le dije:

—Ya nos llamaremos. —Y me llevé el dinero de Mickey a la caja.

Estuve ocupada toda la noche, pero en los pocos momentos libres que tuve, pensé en mi hermano. Por segunda noche consecutiva estaría retozando bajo la luna con las demás bestias. Sam se había largado como una flecha en el momento en que había llegado Terry Bellefleur, la papelera de su despacho estaba llena de pañuelos de papel arrugados y todo el día se le había visto tenso por la expectación.

Era una de esas noches que me llevaba a preguntarme cómo era posible que los humanos que me rodeaban no se dieran cuenta de la existencia de otro mundo que operaba justo al lado del nuestro. Sólo la ignorancia intencionada podía pasar por alto el cambio mágico que se percibía en el ambiente. Sólo un grupo carente de imaginación sería incapaz de preguntarse qué sucedía en la oscuridad que le rodeaba.

Pero no hacía mucho tiempo, me acordé, yo estaba tan ciega como cualquiera de los clientes que en aquel momento llenaban el Merlotte's. Incluso cuando los vampiros llevaron a cabo aquel anuncio mundial, tan cuidadosamente coordinado, que demostraba que su existencia era un hecho, pocas autoridades o ciudadanos dieron el siguiente paso mental: «Si los vampiros existen, ¿qué más nos acecha donde no llega la luz?».

Por pura curiosidad, me dediqué a indagar en los cerebros de la gente del bar e intenté dilucidar sus temores. La mayoría de la gente allí congregada estaba pensando en Mickey. Las mujeres, y también algunos hombres, se preguntaban cómo sería estar con él. Incluso una mujer tan chapada a la antigua como Portia Bellefleur miraba a hurtadillas más allá de su conservador galán para estudiar a Mickey. Yo no comprendía aquellas especulaciones. Mickey era aterrador. Eso negaba cualquier atracción física que pudiera sentir hacia él. Pero tenía múltiples evidencias de que el resto de humanos del local no pensaban lo mismo.

Siempre he sido capaz de leer la mente de los demás, una habilidad que no considero un gran don. La mayoría de ellas no merece la pena. Sus pensamientos son aburridos, repugnantes, decepcionantes y casi nunca divertidos. Al menos, Bill me enseñó a evitar parte de ese influjo. Antes de que él me diera algunas pistas sobre cómo conseguirlo, aquello era como sintonizar cien emisoras de radio simultáneamente. Algunas se oían a la perfección, otras parecían muy lejanas e incluso las había, como las de los cambiantes, que estaban llenas de interferencias y oscuridad. Y todas se sumaban para crear una cacofonía. No me extraña que mucha gente me tuviera por medio loca.

Los vampiros eran silenciosos. Eso era lo mejor de ellos, al menos bajo mi punto de vista. Estaban muertos. Y también lo estaban sus mentes. Sólo muy de vez en cuando conseguía captar algún que otro destello de los pensamientos de un vampiro.

Llevé una jarra de cerveza a la mesa de Shirley Hunter, el jefe de mi hermano en la carretera local, y me preguntó dónde estaba Jason. Shirley era universalmente conocido como «Catfish».

—Seguro que te imaginas lo mismo que yo —respondí mintiendo, y me guiñó el ojo. Cuando uno se imaginaba a Jason, siempre era en compañía de alguna mujer. Los hombres sentados en la mesa, aún todos con su ropa de trabajo, se echaron a reír más de lo que mi respuesta se merecía, pero la verdad es que ya llevaban unas cuantas cervezas.

Corrí a la barra para recoger los tres bourbon con Coca-Cola que me había preparado Terry Bellefleur, el primo de Portia, que estaba trabajando como un loco. Terry, un veterano de Vietnam con muchas cicatrices físicas y emocionales, parecía llevarlo bastante bien aquella noche. Le gustaban los trabajos sencillos que exigían mucha atención. Llevaba recogido su pelo castaño y canoso en una coleta y servía las bebidas muy concentrado. Tuve las copas preparadas en un santiamén y Terry me sonrió mientras yo las ponía en la bandeja. Una sonrisa de Terry era algo excepcional, y me puso en estado de alerta.

Justo cuando volvía, cargada con la bandeja en la mano derecha, estalló el problema. Un estudiante de la Luisiana Tech, natural de Ruston, inició una pelea cuerpo a cuerpo con Jeff LaBeff, el típico sureño rural con escasa cultura, cargado de hijos y que se ganaba la vida conduciendo un camión de la basura. Probablemente sólo fuera la típica pelea de dos tipos tozudos y no tuviera mucho que ver con la clásica rivalidad entre locales e intelectuales (tampoco es que estuviéramos tan cerca de Ruston), pero fuera cual fuera el motivo que la había originado, enseguida me di cuenta de que aquello sería algo más que un simple encontronazo.

En el transcurso de pocos segundos, Terry intentó intervenir. Actuando con rapidez, se colocó entre Jeff y el estudiante y los sujetó a ambos por las muñecas. Por un momento pensé que funcionaría, pero Terry ya no era ni tan joven ni tan fuerte como antaño y aquello se convirtió en un infierno.

—Podrías detener esto —le solté furiosa a Mickey al pasar a toda prisa junto a la mesa donde estaba sentado con Tara, mientras me dirigía a calmar los ánimos.

El vampiro se recostó en su asiento y dio un sorbo a su bebida.

—No es mi trabajo —dijo con toda la calma.

Capté sus palabras, y no se granjeó precisamente mi aprecio por ello, sobre todo una vez que el estudiante se revolvió hacia mí, intentando alcanzarme mientras me acercaba a él por su espalda. Falló el golpe y yo le di en la cabeza con la bandeja. Se tambaleó hacia un lado, tal vez sangrando un poco, y Terry consiguió inmovilizar a Jeff LaBeff, que enseguida buscó una excusa para apartarse de allí.

Incidentes como éste se producían con mucha frecuencia, sobre todo cuando Sam no estaba presente. Era evidente que necesitábamos un gorila, como mínimo para las noches del fin de semana… y las noches de luna llena.

El estudiante amenazó con demandarnos.

—¿Cómo te llamas? —le pregunté.

—Mark Duffy —respondió el joven, palpándose la cabeza.

—¿De dónde eres, Mark?

—De Minden.

Realicé una evaluación rápida de sus prendas, su conducta y el contenido de su cabeza.

—Me gustará mucho llamar a tu madre y contarle que pretendías arrearle un puñetazo a una mujer —dije. Se quedó blanco y ya no se habló más de demandas. El chico se marchó al cabo de poco rato con sus colegas. Las amenazas de este tipo son de lo más efectivo.

Obligamos a Jeff a marcharse también.

Terry volvió a su lugar detrás de la barra y empezó a servir bebidas, pero cojeaba levemente y tenía una mirada tensa que me preocupó. Las experiencias que había sufrido en la guerra no le habían dejado muy estable. Y yo ya había tenido bastantes problemas por aquella noche.

Pero, naturalmente, la noche no había terminado.

Alrededor de una hora después de la pelea, entró en el bar una mujer. Era una mujer normal y corriente e iba vestida con unos pantalones vaqueros gastados y una chaqueta con estampado de camuflaje. Calzaba unas botas que nuevas debieron de ser maravillosas, aunque de eso hacía ya mucho tiempo. No llevaba bolso y tenía las manos hundidas en los bolsillos.

Varios detalles me animaron a conectar mi antena mental. Para empezar, aquella mujer no tenía buena pinta. Una de por aquí iría vestida de aquella manera para ir a cazar o para trabajar en la granja, pero no para entrar en el Merlotte's. Las mujeres solían arreglarse para salir de noche. De modo que aquella mujer estaba trabajando; pero por el mismo razonamiento, no se trataba de una prostituta.

Y eso sólo podía significar drogas.

Para proteger el bar en ausencia de Sam, me conecté a sus pensamientos. La gente, naturalmente, no piensa formulando frases completas, pero lo que pasaba más o menos por su cabeza era lo siguiente: «Quedan tres viales que están perdiendo su fuerza, tengo que venderlos esta noche para poder volver a Baton Rouge y comprar más. Hay un vampiro en el bar y si me pilla con la sangre de los suyos estoy muerta. Este pueblo es un lugar de mala muerte. Tengo que volver a la ciudad a la primera oportunidad que se me presente».

Era una drenadora, o a lo mejor una simple distribuidora. La sangre de vampiro era la droga más fuerte del mercado y, naturalmente, éstos no la donaban voluntariamente.

Extraérsela era un trabajo peligroso y por ello los diminutos viales de sangre de vampiro se cotizaban a precio de oro.

¿Qué conseguía el drogadicto a cambio de esas grandes cantidades de dinero? Mucho, aunque dependía de la antigüedad de la sangre —es decir, del tiempo transcurrido desde que había sido extraída de su propietario—, de la edad del vampiro en cuestión y de la química individual de cada uno. En líneas generales, producía sensación de omnipotencia, aumentaba la fuerza física, agudizaba la visión y el oído. Y algo que es tremendamente importante para los norteamericanos, mejoraba el aspecto físico.

Pero aun así, sólo un idiota bebería sangre de vampiro procedente del mercado negro. Para empezar, porque los resultados eran claramente impredecibles. Los efectos no sólo variaban, sino que podían durar entre dos semanas y dos meses. Por otro lado, había quien se volvía loco cuando la sangre entraba en contacto con su organismo, pudiéndose convertir incluso en un loco homicida. Había oído decir que algunos traficantes vendían sangre de cerdo o sangre humana contaminada a los clientes más ingenuos. Pero el motivo más importante para evitar este particular mercado negro era el siguiente: los vampiros odiaban a los drenadores y a los consumidores de sangre (a los que se conocía comúnmente como «cabezas ensangrentadas»). Y tropezarse con un vampiro cabreado no es algo recomendable.

Aquella noche no había en el Merlotte's ningún policía fuera de servicio. Sam estaba meneando la cola por algún lado. No me gustaba nada la idea de tener que decírselo a Terry, porque nunca sabía cómo reaccionaría. Pero tenía que hacer algo con aquella mujer.

Sinceramente, intento no intervenir en asuntos que únicamente conozco a través de mis poderes telepáticos. Si metiera baza cada vez que me entero de algo que pudiera afectar la vida de quienes me rodean (como saber que el responsable del archivo parroquial estafa o que uno de los detectives de la ciudad acepta sobornos) no podría vivir en Bon Temps, y aquella ciudad era mi hogar. Pero no podía permitir que aquella mujer de aspecto escabroso vendiera su veneno en el bar de Sam.

Se instaló en un taburete vacío y le pidió una cerveza a Terry. Él se quedó mirándola. También Terry se dio cuenta de que aquella desconocida era sospechosa.

Me acerqué a recoger mi siguiente pedido y me quedé a su lado. La mujer necesitaba un buen baño y había estado en una casa calentada con una chimenea de leña. La rocé ligeramente, pues el contacto físico siempre mejoraba mi percepción. ¿Dónde estaba la sangre? En el bolsillo de su chaqueta. Bien.

Sin más preámbulos, le tiré una copa de vino encima.

—¡Maldita sea! —dijo, levantándose de un salto del taburete y sacudiéndose el pecho sin conseguir nada—. ¡Eres la tía más patosa que he visto en mi vida!

—Disculpe —dije avergonzada. Dejé la bandeja en la barra y crucé brevemente mi mirada con la de Terry—. Permítame que le eche un poco de sifón a la mancha. —Sin esperar a que me diera permiso, tiré de su chaqueta para quitársela. Cuando comprendió lo que estaba haciéndole y empezó a resistirse, yo ya tenía la chaqueta en mis manos. Se la lancé a Terry—. Échale un poco de sifón, por favor —dije—. Y asegúrate de que no se moje nada que pueda llevar en los bolsillos. —Ya había utilizado aquel truco en alguna otra ocasión. Tuve suerte de que hiciese frío y llevase el material en la chaqueta, no en el bolsillo del pantalón. Ahí sí que no sé qué se me habría ocurrido.

Debajo de la chaqueta, la mujer llevaba una camiseta muy vieja de los Dallas Cowboys. Se puso a temblar, y me pregunté si habría estado tomando drogas más convencionales. Terry, ceremoniosamente, impregnó la mancha con sifón. Siguiendo la pista que le había lanzado, hurgó en el interior de los bolsillos. Se miró la mano con asco y oí el sonido de los viales al caer en el cubo de basura que había detrás de la barra. Volvió a guardar en los bolsillos el resto de su contenido.

La mujer abrió la boca para gritarle algo pero se dio cuenta de que no podía decirle nada. Terry la miraba fijamente, retándola a mencionar lo de la sangre. Todo el mundo nos miraba con interés. Sabían que sucedía alguna cosa pero no sabían qué, pues todo había ido muy rápido. Cuando Terry tuvo la seguridad de que la mujer no iba a ponerse a gritar, me pasó la chaqueta. Mientras yo la sujetaba para que pudiese introducir los brazos, Terry le dijo:

—No vuelvas nunca más por aquí.

Si seguíamos echando clientes a ese ritmo, pronto nos quedaríamos solos.

—Pueblerino hijo de puta —le soltó la mujer. La gente contuvo la respiración. (Terry era casi tan impredecible como un cabeza ensangrentada).

—Me da lo mismo lo que me digas —contestó Terry—. No ofende quien quiere sino quien puede. No vuelvas más. —Exhalé un suspiro de alivio.

La mujer se abrió paso entre la clientela. Todo el mundo observó su avance hacia la puerta, incluso Mickey el vampiro. Vi que estaba haciendo algo con un aparato que tenía en la mano. Parecía uno de esos teléfonos móviles que también hacen fotografías. Me pregunté a quién estaría enviándosela. Me pregunté también si la mujer acabaría llegando a su casa.

Terry no me preguntó cómo sabía que aquella mujer llevaba algo ilegal en los bolsillos. Otra cosa curiosa sobre la gente de Bon Temps. Los rumores sobre mí flotan en el am-

biente desde siempre, desde que era pequeña y mis compañeros me tenían por medio loca. Pero aun así, y a pesar de las
evidencias que tienen a su disposición, prácticamente todo el
mundo que conozco me consideraría una chica peculiar antes
que reconocer mi extraña habilidad. Naturalmente, me cuido
siempre mucho de no restregárselo a nadie por la cara. Y man-
tengo la boca cerrada.

Terry, de todos modos, ya tenía bastante con sus propios
demonios. Subsistía gracias a algún tipo de pensión del Estado y a lo que cobraba por limpiar el Merlotte's por las mañanas, junto a un par de trabajillos más. Sustituía a Sam tres o
cuatro veces al mes. El resto del tiempo estaba solo y nadie
sabía a qué se dedicaba. El trato con la gente dejaba a Terry
agotado, y noches como la de hoy no le sentaban nada bien.

Fue una suerte que no estuviese en el Merlotte's la noche
siguiente, cuando se armó la marimorena.

Capítulo

2

*A*l principio pensé que todo había vuelto a la normalidad. El bar parecía un poco más tranquilo la noche siguiente. Sam estaba de nuevo en su puesto, relajado y alegre. Nada parecía irritarle, y cuando le conté lo que había sucedido con la traficante la noche anterior, me felicitó por mi sutileza.

Tara no apareció, por lo que no pude preguntarle acerca de Mickey. ¿Tenía que meterme en ello, de todos modos? Seguramente no era asunto mío, aunque me preocupaba, eso lo tenía claro.

Jeff LaBeff había vuelto al bar y estaba abochornado por su comportamiento con aquel chaval la noche anterior. Sam se había enterado del incidente a través de una llamada telefónica que había recibido de Terry y le hizo una advertencia a Jeff para que aquello no se repitiera.

Andy Bellefleur, detective del condado de Renard y hermano de Portia, estaba en el bar con la chica con la que salía, Halleigh Robinson. Andy era mayor que yo, que tengo veintiséis años. Halleigh tenía veintiuno, edad suficiente para estar en el Merlotte's. Halleigh daba clases en la escuela de enseñanza primaria, acababa de finalizar sus estudios y era realmente atractiva; tenía el cabello castaño y peinado con una melenita que acababa justo por debajo de la oreja, unos ojos marrones enormes y una agradable figura curvilínea. Andy llevaba un par de meses saliendo con Halleigh y, por lo poco que veía de la pareja, parecían avanzar a muy buen ritmo en su relación.

Él pensaba que ella le gustaba mucho (a pesar de ser un poco aburrida) y estaba realmente dispuesto a hacer cualquier cosa por ella. Halleigh consideraba a Andy muy sexy y un hombre de mundo y le encantaba la recientemente restaurada mansión familiar de los Bellefleur, pero no creía que fueran a durar mucho después de que se acostase con él. No me gustaba nada conocer detalles sobre las relaciones de los demás que ni siquiera ellos mismos sabían, pero por mucho que tenga la antena bajada, sigo captando pequeñas cantidades de pensamientos.

Claudine se presentó en el bar aquella noche, casi a la hora de cerrar. Claudine mide un metro ochenta, tiene una melena oscura y ondulada y una tez blanca inmaculada, fina y brillante como la piel de una ciruela. Claudine se viste para llamar la atención. Aquella noche llevaba un traje pantalón de color terracota, muy ceñido a su cuerpo de amazona. Durante el día trabaja en el departamento de reclamaciones de un establecimiento importante del centro comercial de Ruston. Me habría gustado que hubiese venido acompañada por su hermano, Claude. No es que él me haga mucho caso, pero siempre es un regalo para la vista.

Es un duende, pero de los de verdad. Y Claudine es su equivalente en femenino, un hada.

Ella me saludó con la mano por encima de las cabezas de la clientela. Yo le devolví el gesto, sonriéndole. Todo el mundo se siente feliz cuando aparece Claudine, que siempre está alegre cuando no hay vampiros a su alrededor. Es impredecible y muy divertida, aunque, como todas las hadas, cuando se enfada es peligrosa como un tigre. Por suerte, eso no sucede muy a menudo.

Las hadas ocupan un lugar especial en la jerarquía de las criaturas mágicas. Aún no sé exactamente cuál, pero tarde o temprano acabaré atando cabos.

A todos los hombres presentes en el bar se les caía la baba con Claudine, y ella se aprovechaba de ello. Le lanzó una larga mirada a Andy Bellefleur y Halleigh Robinson le devolvió a su vez una furiosa y a punto estuvo de escupirle, hasta que recordó que era una dulce chica sureña. Pero Claudine se olvidó de todo el interés que sentía hacia Andy cuando vio que estaba bebiendo té helado con limón. Las hadas son aún más alérgicas al limón que los vampiros al ajo.

Claudine se abrió paso hasta llegar a mí y, para la envidia de todos los hombres del bar, me dio un enorme abrazo. Me cogió de la mano para tirar de mí y entrar en el despacho de Sam. La acompañé por pura curiosidad.

—Querida amiga —dijo Claudine—, te traigo malas noticias.

—¿Qué? —En un abrir y cerrar de ojos, pasé de estar contenta a estar asustada.

—Esta mañana se ha producido un tiroteo. Uno de los hombres pantera ha resultado herido.

—¡Oh, no! ¡Jason! —Pero enseguida pensé que alguno de sus amigos me habría llamado si no se hubiese presentado al trabajo.

—No, tu hermano está bien, Sookie. Pero Calvin Norris recibió un disparo.

Me quedé perpleja. ¿Y Jason no me había llamado para contármelo? ¿Tenía que enterarme por otra persona?

—¿Un disparo mortal? —pregunté, dándome cuenta de que me temblaba la voz. No es que Calvin y yo fuéramos íntimos, ni mucho menos, pero estaba conmocionada. Heather Kinman, una adolescente, había recibido un disparo mortal la semana pasada. ¿Qué estaba sucediendo en Bon Temps?

—Un disparo en el pecho. Está vivo, pero malherido.

—¿Está en el hospital?

—Sí, sus sobrinas lo llevaron al Grainger Memorial.

Grainger era una ciudad mucho más al sureste que Hotshot y estaba más cerca de allí que el hospital del condado, situado en Clarice.

—¿Quién ha sido?

—Nadie lo sabe. Alguien le disparó esta mañana a primera hora, cuando Calvin iba a trabajar. Había vuelto a casa después de su… transformación mensual y se dirigía a la ciudad para cumplir con su turno. —Calvin trabajaba en Norcross.

—Y ¿cómo te has enterado de todo esto?

—Uno de sus primos vino a la tienda a comprar algunos pijamas, pues Calvin no tenía. Al parecer duerme en pelotas —dijo Claudine—. No sé cómo piensan ponerle un pijama encima de tanto vendaje. Tal vez sólo necesitaba el pantalón. A Calvin no debe de gustarle la idea de pasearse por el hospital con uno de esos camisones horrorosos.

Claudine siempre llevaba sus conversaciones por otros derroteros.

—Gracias por decírmelo —dije. Me pregunté cómo habría conocido el primo a Claudine, pero decidí no trasladarle a ella mi duda.

—De nada. Suponía que querrías saberlo. Heather Kinman también era una cambiante. Seguro que eso no lo sabías.

Claudine se despidió de mí con un beso en la frente —las hadas son muy empalagosas— y regresamos a la zona de la barra. Me había dejado sin habla. Claudine estaba otra vez en su mundo. El hada pidió un *Seven and Seven*[*] y en dos minutos justos quedó rodeada de admiradores. Nunca se iba con nadie, pero a los hombres les gustaba intentarlo. Según mi parecer, Claudine se alimentaba de la admiración y la atención de los demás.

Incluso Sam la miraba sonriente, y eso que nunca dejaba propina.

Cuando cerramos el bar, Claudine ya había partido para Monroe y yo ya le había comunicado la noticia a Sam. Se quedó tan horrorizado como yo. Aunque Calvin Norris era el líder de la pequeña comunidad de cambiantes de Hotshot, el resto del mundo lo conocía como un tranquilo solterón, propietario de su casa y con un buen trabajo como capataz en el aserradero local. Resultaba difícil imaginar que cualquiera de estos perfiles provocara un intento de asesinato. Sam decidió enviarle unas flores de parte del personal del bar.

Me puse el abrigo y salí por la puerta trasera del bar justo antes que Sam. Lo oí a mis espaldas cerrar la puerta con llave. De pronto recordé que nos estábamos quedando sin sangre embotellada y me volví para decírselo a Sam. Él captó mi movimiento y se detuvo, esperando a que hablase, con el rostro expectante. Y en el tiempo que se tarda en pestañear, su expresión cambió de interesado a sorprendido, su pierna izquierda empezó a llenarse de sangre y oí el sonido de un disparo.

Después vi sangre por todas partes. Sam se derrumbó en el suelo y yo me puse a chillar.

---

[*] El *Seven and Seven* es un cóctel muy popular en Estados Unidos que se sirve en vaso largo y está compuesto por un chorro de whisky Seagram's Seven Crown y refresco Seven-Up hasta completar el vaso. (*N. del T.*)

Capítulo

3

Nunca había tenido que pagar la entrada en Fangtasia. Las pocas veces que había accedido al local por la entrada para el público lo había hecho acompañada por un vampiro. Pero ahora iba sola y notaba que llamaba mucho la atención. Estaba agotada después de una noche especialmente larga. Había estado en el hospital hasta las seis de la mañana y al llegar a casa había maldormido unas pocas horas.

Pam era la encargada de cobrar la entrada y de acompañar a los clientes a sus mesas. Llevaba el vestido negro, largo y transparente que solía lucir cuando le tocaba estar en la puerta. Pam nunca estaba feliz cuando se vestía como una vampira de ficción. Ella era real y se sentía orgullosa de ello. Su gusto personal se inclinaba más hacia prendas holgadas en tonos pasteles y mocasines. Al verme se sorprendió, en la medida en que los vampiros pueden sorprenderse.

—Sookie —dijo—, ¿tienes una cita con Eric? —Me cogió el dinero sin pestañear.

Y yo que me sentía feliz de verla… Patético, ¿no? No tengo muchos amigos, y valoro los pocos con los que cuento, aunque sospecho que sueñen con pillarme en un callejón oscuro y hacer cosas sangrientas conmigo.

—No, pero tengo que hablar con él. Negocios —añadí apresuradamente. No quería que nadie pensara que estaba cortejando la atención romántica del jefazo de los no muertos de Shreveport, un puesto al que los vampiros otorgaban el cargo de «sheriff». Me despojé de mi nuevo abrigo de color arándano y lo doblé con cuidado sobre mi brazo. Por los altavoces sonaba la música de WDED, la emisora de radio de los vampiros, con base en Baton Rouge. La suave voz de la DJ de primera hora de la noche, Connie la Cadáver, decía: «Y aquí tenemos una canción para todos los rastreros que estaban por ahí aullando a principios de esta semana… *Bad Moon Rising*, un viejo éxito de Creedence Clearwater Revival». Connie la Cadáver mostraba de aquella manera su reconocimiento a los cambiantes.

—Espera en la barra mientras le digo que estás aquí —dijo Pam—. Te gustará el nuevo camarero.

Los camareros de barra duraban poco en Fangtasia. Eric y Pam siempre intentaban contratarlos vistosos —un camarero de barra exótico llamaba la atención a los visitantes humanos que venían incluso en autobuses para darse un paseo por el lado oscuro de la noche— y siempre lo conseguían. Pero daba la casualidad de que el puesto tenía un desgaste muy rápido.

En cuanto me instalé en uno de los taburetes, el nuevo camarero me sonrió mostrándome su blanca dentadura. Era despampanante. Tenía el pelo rizado, de color castaño y le llegaba a la altura de los hombros. Llevaba bigote y perilla, y un parche negro cubriéndole el ojo izquierdo. Su cara era estrecha, sus facciones en consonancia y su rostro se veía muy lleno. Era más o menos de mi altura, un metro setenta y cinco, e iba vestido con una camisa de cuello abierto, un pantalón negro y unas botas altas, negras también. Lo único que le faltaba era un pañuelo en la cabeza y un trabuco.

—¿Cómo no llevas un loro posado en el hombro? —le pregunté.

—Ah, querida mía, no es usted la primera que me lo sugiere. —Tenía una espléndida voz de barítono—. Pero tengo entendido que las normas del departamento de salud impiden tener un ave no enjaulada en un establecimiento donde se sirvan bebidas. —Me hizo una reverencia hasta donde le permitía el estrecho espacio que quedaba detrás de la barra—. ¿Me permite que le sirva una copa y me concede el honor de darme a conocer su nombre?

No tuve más remedio que sonreír.

—Por supuesto, caballero. Me llamo Sookie Stackhouse. —Había captado mi singularidad. Los vampiros casi siempre la captan. Los no muertos suelen fijarse en mí; los humanos, no. Resulta casi irónico que mi capacidad para leer la mente de los demás no funcione precisamente con las criaturas que creen que ello me distingue del resto de la raza humana… mientras los humanos me consideran más bien una loca antes que reconocerme ninguna habilidad excepcional.

La mujer que estaba sentada en el taburete contiguo al mío (tarjetas de crédito al límite, hijo con trastorno por déficit de atención) se volvió ligeramente para escuchar nuestra conversación. Estaba celosa, pues llevaba la última media hora intentando conseguir que el camarero le hiciera un poco de caso. Me miró de reojo con la intención de averiguar por qué el vampiro había decidido entablar conversación conmigo. Y no se quedó en absoluto impresionada con lo que vio.

—Encantada de conocerla, bella doncella —dijo el nuevo vampiro, y le sonreí. Al menos me encontraba bella… en el sentido de que era rubia y con ojos azules. Me examinó detenidamente; aunque, naturalmente, cuando una trabaja en un bar, está más que acostumbrada a eso. Al menos no me miró de forma ofensiva; y, creedme, las camareras conocemos muy bien la diferencia entre que nos evalúen y que nos echen un polvo con la mirada.

—Apuesto lo que quieras a que de doncella no tiene nada —dijo la mujer sentada a mi lado.

Estaba en lo cierto, pero aquello no venía a cuento.

—Hay que ser educado con los demás —le dijo el vampiro, con una versión alterada de su sonrisa. No sólo había extendido levemente los colmillos, sino que me di cuenta además de que tenía los dientes torcidos (aunque blanquísimos). Los estándares norteamericanos de dientes alineados son muy modernos.

—A mí nadie me dice cómo tengo que comportarme —dijo la mujer, presentando batalla. Se mostraba arisca porque la noche no estaba saliéndole tal y como había imaginado. Había supuesto que le resultaría fácil atraer a un vampiro, que cualquiera de ellos se consideraría afortunado por tenerla. Había planeado permitir que uno le mordiera el cuello, si con ello solucionaba sus problemas con las tarjetas de crédito.

Se sobrevaloraba a ella e infravaloraba a los vampiros.

—Disculpe, señora, pero mientras esté usted en Fangtasia, seré yo quien le diga cómo tiene que comportarse —dijo el camarero.

La mujer bajó los humos después de que el vampiro le clavase su abrasante mirada, y me pregunté si con ello le habría dado ya la dosis de glamour que la mujer iba buscando.

—Me llamo —dijo, volviendo su atención hacia mí— Charles Twining.

—Encantada de conocerle —dije.

—¿Y la copa?

—Sí, por favor. Un *ginger ale.* —Tenía que conducir de vuelta a Bon Temps después de hablar con Eric.

El vampiro levantó las cejas, pero me sirvió la bebida y la colocó sobre una servilleta delante de mí. Le pagué y dejé una buena propina en el bote. En la servilletita blanca estaba dibujado un par de colmillos, y del derecho caía una gota roja: servilletas personalizadas para el bar de vampiros. La palabra «Fangtasia» aparecía escrita en rojo en la esquina opuesta de la servilleta, duplicando el rótulo del exterior. Una monada. En una vitrina había camisetas a la venta, junto con copas decoradas con el mismo logo. Debajo, rezaba la leyenda: «Fangtasia: El bar con mordisco». La experiencia en marketing de Eric había avanzado a pasos agigantados en el transcurso de los últimos meses.

Mientras esperaba que Eric me atendiera, observé el trabajo de Charles Twining. Era educado con todo el mundo, servía las bebidas con rapidez y nunca se ponía nervioso. Su técnica me gustaba mucho más que la de Chow, el anterior camarero, que siempre hacía que los clientes se sintiesen como si estuvieran recibiendo un favor al servirles las copas. Sombra Larga, el que estuvo antes que Chow, se distraía demasiado con la clientela femenina. Y eso provocaba muchos conflictos en el bar.

Perdida en mis pensamientos, no me di cuenta de que tenía a Charles Twining justo delante de mí hasta que me dijo:

—Señorita Stackhouse, ¿me permite que le diga que esta noche está usted encantadora?

—Gracias, señor Twining —contesté, imitando su estilo. La mirada del ojo visible de Charles Twining me daba a entender que era un granuja de primera categoría y que no debía confiar en él ni un pelo, como mucho la distancia a la que pudiera empujarle, que no creo que llegara a medio metro. (Los efectos de mi última infusión de sangre de vampiro se habían agotado y volvía a ser un ser humano normal y corriente. No soy una yonqui, claro está; la había tomado en una situación de emergencia que me exigía disponer de toda la fuerza posible).

Y no sólo había vuelto a quedarme con la energía normal de una veinteañera sana, sino que además mi aspecto volvía a ser normal… y corriente; se había acabado la mejoría que te otorga la sangre de vampiro. No me había arreglado mucho para la ocasión, pues no quería que Eric pensara que lo hacía para él, pero tampoco había querido mostrar un aspecto desaliñado. De modo que llevaba un pantalón vaquero de talle bajo y un jersey blanco y esponjoso de manga larga y escote barco. Me llegaba justo a la cintura, y se me veía un poco la barriga al caminar. Al menos, no estaba blanca como la nieve, gracias a los rayos UVA que tenían en el videoclub.

—Por favor, querida, llámame Charles —dijo el camarero, llevándose la mano al corazón.

A pesar de mi cautela, me eché a reír. La teatralidad del gesto no quedó en absoluto disminuida por el hecho de que el corazón de Charles no latiera.

—De acuerdo —dije—. Si tú me llamas Sookie.

Puso los ojos en blanco, como si no pudiese soportar la emoción, y volvió a reír. Pam me dio unos golpecitos en el hombro.

—Si puedes separarte de tu nuevo amigo, Eric ya está libre.

Saludé a Charles con un ademán de cabeza y salté del taburete para seguir a Pam. Para mi sorpresa, no me guió hacia el despacho de Eric, sino que me condujo hacia uno de los reservados. Evidentemente, Eric estaba aquella noche trabajando en la sala del bar. Todos los vampiros de la zona de Shreveport habían accedido a aparecer por Fangtasia un determinado número de horas a la semana para seguir atrayendo a los turistas; un bar de vampiros sin vampiros era un establecimiento con pérdidas seguras. Eric daba ejemplo a sus subordinados y también se dejaba ver por el bar regularmente.

Normalmente, el sheriff de la Zona Cinco se sentaba en el centro de la sala, pero esta noche estaba en un reservado. Me observó mientras yo me acercaba. Me di cuenta de que se estaba fijando en mis vaqueros, que eran ceñidos, y mi vientre, que era plano, y mi jersey blanco y esponjoso, que estaba lleno de volumen natural. Debería haberme puesto ropa más anticuada. (Creedme, tengo el armario lleno de ropa de ese tipo). No tendría que haber traído el abrigo de color arándano que Eric me había regalado. Debería haber hecho cualquier cosa, excepto estar atractiva para Eric… y tenía que admitir que ése había sido mi objetivo. Me había cogido por sorpresa.

Eric salió del reservado y se puso en pie. Era alto, rondaría el metro noventa. Le caía por la espalda una mata de pelo rubio y sus ojos azules destacaban en aquella cara tan blanca. Eric tenía facciones duras, los pómulos altos y la mandíbula cuadrada. Parecía un vikingo ingobernable, uno de ésos capaces de saquear una aldea en un abrir y cerrar de ojos; y eso era exactamente lo que había sido.

Los vampiros no se dan la mano para saludarse excepto en circunstancias extraordinarias, de modo que no esperé ningún saludo por parte de Eric. Pero se inclinó para darme un beso en la mejilla, y lo hizo lentamente, como si quisiera que yo me diera cuenta de que intentaba seducirme.

No era consciente de que ya había besado prácticamente cada centímetro de Sookie Stackhouse. Habíamos estado todo lo cerca que pueden estar un hombre y una mujer.

Pero Eric no podía recordar nada de todo aquello. Y así prefería yo que siguiesen las cosas. Bueno, no es que lo quisiera exactamente; pero sabía que era mejor que Eric no recordara nuestro pequeño romance.

—Me gusta cómo te has pintado las uñas —dijo Eric, sonriendo. Tenía un ligero acento. El inglés no era su segundo idioma, naturalmente; sería quizá el veinticinco de la lista.

Intenté no devolverle la sonrisa, pero me gustó su cumplido. Eric había sabido discernir lo único que tenía de nuevo y diferente en mí. No me había dejado las uñas largas hasta hacía muy poco y las llevaba pintadas de un maravilloso rojo subido…, arándano, en realidad, a juego con el abrigo.

—Gracias —murmuré—. ¿Qué tal estás?

—Bien, como siempre. —Levantó una de sus rubias cejas. La salud de los vampiros nunca cambiaba. Me indicó con la mano el lado vacío del reservado y tomé asiento.

—¿Algún problema para coger de nuevo las riendas? —le pregunté, para clarificar mi anterior pregunta.

Unas semanas antes, una bruja le había provocado a Eric un estado de amnesia y había tardado varios días en recuperar su sentido de la identidad. Durante aquel tiempo, Pam lo había instalado en mi casa para esconderlo de la bruja que le había echado el maleficio. Y la lujuria había seguido su curso. Muchas veces.

—Es como montar en bicicleta —dijo Eric, y me obligué a concentrarme. (Aunque me pregunté cuándo se habrían inventado las bicicletas y si Eric habría tenido algo que ver con ello.)—. Recibí una llamada del creador de Sombra Larga, un indio norteamericano llamado Lluvia Ardiente. Seguro que recuerdas a Sombra Larga.

—Hace un momento estaba pensando en él —dije.

Sombra Larga había sido el primer camarero de Fangtasia. Había estafado a Eric, que me había coaccionado para que interrogase a las camareras y a los demás empleados humanos hasta descubrir al culpable. Dos segundos antes de que Sombra Larga me cortara el cuello, Eric había ejecutado al camarero con la tradicional estaca de madera. Matar a otro vampiro es un asunto muy serio, comprendí entonces, y Eric tuvo que pagar una fuerte multa… A quién, nunca lo supe, aunque ahora estaba segura de que el dinero había ido a parar a Lluvia Ardiente. Si Eric hubiera matado a Sombra Larga sin justificación, habría sufrido otros castigos. Y casi prefería seguir sin saber en qué consistían.

—¿Qué quería Lluvia Ardiente? —pregunté.

—Hacerme saber que aunque le había pagado el precio establecido por el juez, no se consideraba satisfecho.

—¿Quería más dinero?

—No creo. Al parecer, con la recompensa económica no tenía suficiente. —Eric se encogió de hombros—. Por lo que a mí se refiere, el asunto está zanjado. —Eric bebió un trago de sangre sintética, se recostó en su asiento y me miró con sus inescrutables ojos azules—. Y mi breve episodio de amnesia terminó. La crisis acabó, las brujas están muertas y se ha restaurado el orden en mi pequeño pedacito de Luisiana. Y ¿a ti cómo te van las cosas?

—Bueno, la verdad es que he venido por un tema de negocios —dije, y puse cara seria.

—¿Qué puedo hacer por ti, Sookie, querida? —preguntó.

—Sam quiere que te pida una cosa —dije.

—Y te envía a ti a pedírmelo. ¿Es muy listo o muy estúpido? —se preguntó Eric en voz alta.

—Ninguna de las dos cosas —dije, intentando no sonar arrogante—. Tiene la pierna herida. De hecho, fue anoche. Recibió un disparo.

—Y ¿cómo fue eso? —Eric empezó a prestar más atención.

Se lo expliqué. Me estremecí levemente mientras le contaba que Sam y yo estábamos solos y lo silenciosa que era la noche.

—Arlene acababa de salir al aparcamiento. Se marchó a casa sin enterarse de nada. La nueva cocinera, Sweetie, también acababa de marcharse. Alguien disparó desde los árboles que hay al norte del aparcamiento. —Volví a estremecerme, esta vez con miedo.

—Y ¿tú estabas muy cerca?

—Oh —dije, y me tembló la voz—. Estaba muy cerca. Acababa de girarme…, y allí estaba él… Había sangre por todas partes.

Eric mantenía una expresión fría como el mármol.

—¿Qué hiciste?

—Sam llevaba el teléfono móvil en el bolsillo, gracias a Dios, y mientras trataba de contener con una mano el boquete que tenía en la pierna, llamé a urgencias con la otra.

—¿Cómo está él?

—Bueno. —Respiré hondo e intenté tranquilizarme—. Está bastante bien, teniendo en cuenta lo que ha sido. —Había conseguido expresarme con calma—. Pero, naturalmente, estará de baja por un tiempo y…, y últimamente han pasado tantas cosas raras en el bar… Nuestro camarero suplente sólo puede venir un par de noches. Terry tiene sus problemas.

—Y ¿qué es lo que me pide Sam?

—Sam quiere que le prestes un camarero hasta que tenga la pierna curada.

—Y ¿por qué me lo pide a mí en lugar de solicitárselo al jefe de la manada de Shreveport? —Los cambiantes, a diferencia de los hombres lobo, suelen estar poco organizados. Eric tenía razón: habría sido mucho más lógico que Sam se lo hubiese pedido al coronel Flood.

Bajé la vista hacia mi vaso de *ginger ale.*

—Alguien se dedica últimamente a disparar contra los cambiantes y los hombres lobo de Bon Temps —dije, hablando en voz muy baja. Sabía que Eric me oiría a pesar de la música y las conversaciones del bar.

Justo en aquel momento apareció dando tumbos un hombre, un joven militar de la base aérea de Barksdale, que forma parte de la zona de Shreveport. (Lo encasillé al instante por su corte de pelo, su forma física y los tipos que lo acompañaban, que eran más o menos como sus clones). Estuvo balanceándose un largo rato, mirándonos primero a mí y luego a Eric.

—Eh, tú —me dijo el joven, dándome golpecitos en el hombro con el dedo. Levanté la vista para mirarlo, resignada a lo inevitable. Hay gente a la que parece gustarle jugar con fuego, sobre todo cuando bebe. Aquel joven, con su corte de pelo y su cuerpo robusto, estaba lejos de casa y decidido a demostrar su valía.

Nada hay que me guste menos que se dirijan a mí con un «Eh, tú» y que me den golpecitos con el dedo. Pero intenté responderle con una expresión agradable. El chico tenía la cara y los ojos redondos, boca pequeña y cejas oscuras y tupidas. Iba vestido con una camiseta ceñida y pantalones de algodón recién planchados. Y estaba preparado para entrar en pelea.

—Me parece que no te conozco —le dije educadamente, tratando de apaciguar la situación.

—No tendrías que andar sentándote con un vampiro —dijo—. Las chicas humanas no deberían ir con tipos muertos.

¿Cuántas veces había oído aquello? Cuando salía con Bill Compton me había hartado de oír aquel tipo de porquerías.

—Mejor que vuelvas con tus amigos, Dave. Estoy segura de que no querrás que tu mamá reciba una llamada telefónica informándole de que has perdido la vida en el transcurso de una pelea en un bar de Luisiana. Especialmente si se trata de un bar de vampiros, ¿no?

—¿Cómo sabes mi nombre? —preguntó, muy lentamente.

—¿Tiene acaso alguna importancia?

Por el rabillo del ojo, vi que Eric movía la cabeza. No solía ser muy comprensivo con los intrusos.

De pronto, Dave empezó a tranquilizarse.

—¿Cómo sabes quién soy? —preguntó, ya más calmado.

—Tengo visión de rayos X —dije solemnemente—. Puedo leer el carné de conducir que llevas en el bolsillo del pantalón.

Se puso a sonreír.

—Y ¿puedes ver también otras cosas que llevo en el interior del pantalón?

Le devolví la sonrisa.

—Eres un hombre afortunado, Dave —contesté con cierta ambigüedad—. Estoy aquí para hablar de negocios con este tipo, de modo que si nos disculpas…

—De acuerdo. Lo siento, yo…

—Ningún problema —le aseguré. Volvió con sus amigos, caminando como un chulo. Apostaría cualquier cosa a que les daría una versión bastante embellecida de nuestra conversación.

Aunque los clientes del bar habían fingido no ver el incidente, que tanto potencial tenía para iniciar una jugosa escena violenta, todos se precipitaron a ocuparse en algo cuando Eric barrió con la mirada las mesas más cercanas.

—Estabas empezando a contarme algo cuando fuimos interrumpidos de forma grosera —dijo. Sin que yo lo hubiera pedido, se acercó una camarera, depositó un refresco en la mesa delante de mí y retiró el otro vaso. Quien acompañaba a Eric siempre recibía un trato exquisito.

—Sí. Sam no es el único cambiante a quien han disparado en Bon Temps en estos últimos tiempos. Hace unos días, Calvin Norris recibió un tiro en el pecho. Es un hombre pantera. Y antes de eso, asesinaron a Heather Kinman. Tenía sólo diecinueve años, y era una mujer zorro.

—Sigo sin ver por qué esto es tan interesante —dijo Eric.

—La mataron, Eric.

Mantuvo su mirada inquisitiva.

Apreté los dientes para no explicarle lo buena chica que era Heather Kinman: acababa de graduarse en el instituto y había conseguido su primer trabajo en la tienda de material de oficina de Bon Temps. Estaba tomando un batido en el Sonic cuando recibió el disparo. El laboratorio estaría analizando en ese momento la bala que dispararon a Sam con la que había matado a Heather, y ambas con la que le habían extraído a Calvin del pecho. Me imaginaba que el tipo de proyectil coincidiría.

—Intento explicarte por qué Sam no quiere que le ayude otro cambiante u otro hombre lobo —le dije apretando los dientes—. Piensa que estaría poniendo a esa persona en peligro. Y no hay ningún humano de por aquí capaz de desempeñar bien ese puesto. Por eso me pidió que viniera a verte.

—Cuando estuve en tu casa, Sookie…

Refunfuñé.

—Oh, Eric, déjalo correr.

A Eric le fastidiaba un montón no ser capaz de recordar lo que había sucedido mientras estaba bajo aquel maleficio.

—Algún día lo recordaré —dijo, casi malhumorado.

Cuando lo recordara todo, no sólo recordaría el sexo.

Recordaría también a la mujer que me estaba esperando en la cocina de mi casa armada con una pistola. Recordaría que él me había salvado la vida recibiendo una bala que iba dirigida a mí. Recordaría que yo había disparado a la mujer. Recordaría que él se había encargado del cuerpo.

Se daría cuenta de que tenía poder eterno sobre mí.

Tal vez recordaría también que se había humillado hasta el punto de ofrecerse a abandonarlo todo para venirse a vivir conmigo.

Disfrutaría recordando el sexo. Disfrutaría recordando el poder. Pero no sabía por qué, no creía que Eric disfrutara recordando esa última parte.

—Sí —dije en voz baja, mirándome las manos—. Espero que algún día lo recuerdes. —En la emisora sonaba una antigua canción de Bob Seger, *Night Moves.* Vi a Pam bailando espontáneamente al son de la música, moviendo su cuerpo con aquella fortaleza y agilidad tan poco naturales, doblándose y retorciéndose de una manera que los cuerpos humanos jamás podrían conseguir.

Me gustaría verla bailar al son de la música en vivo de los vampiros. Hay que oír tocar en directo a una banda de vampiros. Es algo que jamás se olvida. Suelen actuar en Nueva Orleans y San Francisco, a veces en Savannah o Miami. Cuando salía con Bill, me llevó una vez a escuchar a un grupo que tocaba en Fangtasia una única noche, de camino hacia Nueva Orleans. El cantante de la banda de vampiros —los Renfield's Masters, se llamaban— había llorado lágrimas de sangre cantando una balada.

—Sam ha sido muy inteligente enviándote aquí —dijo Eric después de una larga pausa. Yo no tenía nada que decir respecto a su comentario—. Prescindiré de alguien. —Noté que mis hombros se relajaban de puro alivio. Centré la mirada en mis manos y respiré hondo. Cuando levanté la vista, Eric estaba echando un vistazo a la sala, reflexionando sobre todos los vampiros presentes.

Los conocía prácticamente a todos de pasada. Thalia tenía una melena rizada que le cubría la espalda y un perfil que muy bien podría definirse como clásico. Tenía un acento muy marcado —griego, me parecía— y un carácter irreflexivo. Indira era una vampira india muy menuda, con inocentes ojos de corderito, a quien nadie se tomaría en serio hasta que la situación se desmadrara. Maxwell Lee era un banquero afroamericano especialista en inversiones. Aunque fuerte como cualquier vampiro, Maxwell solía disfrutar más con la actividad intelectual que como gorila.

—Y ¿si te mando a Charles? —Eric lo dijo como sin darle importancia, pero lo conocía lo bastante bien como para saber que se la daba.

—O a Pam —dije—. O a cualquiera capaz de controlarse. —Observé a Thalia aplastando una taza metálica con los dedos para impresionar a un tipo que intentaba hacer avances con ella. El tipo se puso blanco y regresó enseguida a su mesa. Hay vampiros a quienes les gusta la compañía humana, pero Thalia no era precisamente uno de ellos.

—Charles es el vampiro menos temperamental que he visto en mi vida, aunque confieso que aún no lo conozco bien. Lleva trabajando aquí sólo dos semanas.

—Veo que lo tienes muy ocupado.

—Puedo prescindir de él. —Eric me lanzó una mirada engreída que dejaba muy claro que de él dependía lo ocupado que quisiera mantener a su empleado.

—Hummm… de acuerdo. —A los clientes del Merlotte's les gustaría el pirata y los beneficios de Sam subirían en consecuencia.

—Éstos serán los términos del acuerdo —dijo Eric, mirándome fijamente—. Sam le suministrará a Charles la sangre que a él le apetezca y un lugar seguro donde instalarse. Tal vez quieras alojarlo en tu casa, como hiciste conmigo.

—O tal vez no —contesté indignada—. No dirijo ningún hostal para vampiros viajeros. —Empezó a sonar *Strangers in the Night*, de Frank Sinatra.

—Oh, claro, lo había olvidado. Pero fuiste pagada muy generosamente por ello.

Acababa de tocar un tema delicado. Efectivamente, Eric había desembolsado una cantidad impresionante. Me estremecí.

—Aquello fue idea de mi hermano —dije. Vi el brillo en la mirada de Eric y me sonrojé. Acababa de confirmarle la sospecha que albergaba—. Pero tenía toda la razón —proseguí con mucha convicción—. ¿Por qué instalar un vampiro en mi casa sin recibir un pago a cambio? Al fin y al cabo, necesitaba el dinero.

—¿Han desaparecido ya los cincuenta mil? —preguntó Eric, hablando muy despacio—. ¿Te pidió Jason una parte del dinero?

—Eso no es de tu incumbencia —contesté, con una voz tan seca e indignada como pretendía que sonara. Le había entregado a Jason sólo una quinta parte. Tampoco es que él me la hubiera pedido, aunque tenía que admitir que era evidente que Jason esperaba que le diese algo. Como yo necesitaba el dinero mucho más que él, me había quedado con más de lo que me había planteado en un principio.

Yo no tenía seguro médico. Jason, naturalmente, estaba cubierto por el seguro médico del condado. Y había empezado a pensar: «¿Y si me quedo inválida? ¿Y si me rompo un brazo o tienen que operarme de apendicitis?». No sólo no podría trabajar, sino que además tendría que pagar las facturas del hospital. Y cualquier estancia clínica, con los tiempos que corren, resulta carísima. El último año había tenido que pagar unas cuantas facturas al médico y me había llevado muchísimo tiempo y penurias poder hacerlo.

Me alegraba profundamente de haber sido tan previsora. En la vida normal, no soy de las que piensan muy a largo plazo, pues estoy acostumbrada a vivir el día a día. Pero lo que le había sucedido a Sam me había abierto los ojos. Había estado pensando en lo mucho que necesitaba un coche nuevo…, o mejor dicho, un nuevo coche de segunda mano. Había estado pensando en lo deslucidas que estaban las cortinas de la sala de estar, en lo que me gustaría encargar unas nuevas en JCPenney. Se me había pasado incluso por la cabeza que sería estupendo poder comprarme un vestido que no estuviese rebajado. Pero cuando Sam se había roto la pierna todas estas frivolidades habían quedado olvidadas.

Mientras Connie la Cadáver presentaba el nuevo tema que iba a sonar, *One of These Nights*, Eric examinó mi rostro.

—Ojalá pudiera leer tu mente igual que tú lees la de los demás —dijo—. Ojalá pudiera saber qué te pasa por la cabeza. Ojalá supiera por qué me importa lo que pasa por esa cabeza.

Le regalé una media sonrisa.

—Estoy de acuerdo con los términos del trato: sangre gratis y alojamiento, aunque el alojamiento no tiene por qué ser necesariamente en mi casa. ¿Y el sueldo?

Eric sonrió.

—Me lo cobraré en especie. Me gusta que Sam me deba un favor.

Llamé a Sam por el teléfono móvil que me había prestado. Se lo expliqué.

Sam se mostró resignado.

—Tengo un lugar en el bar donde podría dormir el vampiro. De acuerdo. Alojamiento con pensión completa y un favor. ¿Cuándo podrá venir?

Le transmití la pregunta a Eric.

—Ya mismo. —Eric llamó con señas a una camarera que llevaba el vestido negro largo y escotado que lucían todas las empleadas humanas del local. (Os contaré un detalle sobre los vampiros: no les gusta servir mesas. Y además lo hacen fatal. Tampoco veréis nunca a uno recogiéndolas. Los vampiros suelen contratar humanos para que trabajen en sus locales y se encarguen de los trabajos más sucios). Eric le dijo que fuera a buscar a Charles. Ella respondió con una especie de saludo militar:

—Sí, amo.

La verdad es que casi me dan náuseas.

Charles saltó teatralmente por encima de la barra y se acercó al reservado de Eric entre los aplausos de la clientela.

Me saludó con una reverencia y se volvió hacia Eric con un aire de solicitud que en otro podría parecer servil, pero que en él tenía un aspecto impersonal.

—Esta mujer te dirá lo que tienes que hacer. Mientras ella te necesite, considérala tu ama. —Fui incapaz de descifrar la expresión de Charles Twining cuando escuchó la orden de Eric. La mayoría de los vampiros no accedería jamás a someterse a las órdenes de un humano, por mucho que dijera su superior.

—¡No, Eric! —Estaba sorprendida—. Si Charles tiene que responder ante alguien, ése debería ser Sam.

—Sam te envió. Y yo confío en ti la dirección de Sam. —Eric adoptó una expresión impenetrable. Sabía por experiencia que en cuanto Eric adoptaba ese gesto, no había manera de llevarle la contraria.

No tenía ni idea de dónde acabaría todo aquello, pero estaba segura de que no traería nada bueno.

—Voy a buscar el abrigo y estaré listo en cuanto desees marchar —dijo Charles Twining, haciendo una reverencia tan cortesana y elegante que me hizo sentir como una idiota. Le devolví el saludo emitiendo un extraño ruidito, y mientras Charles seguía inclinado, me hizo un guiño con el ojo que no llevaba parche. Sonreí sin quererlo y me sentí mucho mejor.

En aquel momento, habló Connie la Cadáver por megafonía:

—Hola, oyentes nocturnos. Continuando con los diez mejores, aquí tenéis, cabezas muertas, uno de nuestros temas favoritos. —Connie sintonizó *Here Comes the Night* y Eric dijo:

—¿Bailas?

Dirigí mi mirada hacia la pequeña pista de baile. Estaba vacía. Pero Eric le había proporcionado a Sam un camarero y un gorila, tal y como él había pedido. Me tocaba ser amable.

—Gracias —dije educadamente, y abandoné el reservado. Eric me ofreció la mano, se la tomé, y posó la otra en mi cintura.

A pesar de la diferencia de altura, el resultado fue bastante bueno. Fingí ignorar que el bar entero nos miraba y nos deslizamos por la pista como si supiéramos muy bien lo que estábamos haciendo. Concentré la mirada en el cuello de Eric para no levantar la vista y mirarlo a los ojos.

Cuando el baile hubo acabado, me dijo:

—La sensación de abrazarte me resulta muy familiar, Sookie.

Con un esfuerzo tremendo, continué con la mirada fija en la nuez de Eric. Sentí un impulso tremendo de decirle: «Me dijiste que me amabas y que te quedarías para siempre conmigo».

—Ya te gustaría a ti —dije en cambio. Le solté la mano lo más rápidamente que pude y me deshice de su abrazo—. Por cierto, ¿te has tropezado alguna vez con un vampiro de aspecto antipático llamado Mickey?

Eric volvió a cogerme la mano y me la apretó. Dije: «¡Ay!» y me la soltó.

—Estuvo aquí la semana pasada. ¿Dónde has visto a Mickey? —preguntó.

—En el Merlotte's. —Me quedé asombrada al ver el efecto que mi pregunta de última hora había causado en Eric—. ¿Qué pasa?

—¿Qué hacía allí?

—Beber Red Stuff y estar sentado en compañía de mi amiga Tara. Ya la conoces. La viste en el Club de los Muertos, en Jackson.

—Cuando la vi estaba bajo la protección de Franklin Mott.

—Estaban saliendo. No entiendo por qué la deja ir con un tipo como Mickey. Esperaba que ese tipo fuera tal vez su guardaespaldas, o algo por el estilo. —Recogí el abrigo del reservado—. Si no es así, ¿quién es? —le pregunté.

—Mantente alejada de él. No le hables, no le hagas enfadar y no intentes ayudar a tu amiga Tara. Cuando estuvo aquí, Mickey habló básicamente con Charles. Charles me dijo que es un delincuente, que es capaz de…, de hacer auténticas barbaridades. No andes por ahí con Tara.

Abrí las manos, como pidiéndole más explicaciones a Eric.

—Mickey haría cosas que ninguno de nosotros haría —dijo Eric.

Me quedé mirando a Eric, sorprendida y tremendamente preocupada.

—No puedo limitarme a ignorar la situación de Tara. Tengo pocas amigas y no puedo permitirme perder ésta.

—Si se relaciona con Mickey, es que está poniendo toda la carne en el asador —dijo Eric, con brutal simplicidad. Me cogió el abrigo y lo sujetó mientras yo me lo ponía. Me acarició los hombros después de que me lo abrochara—. Te queda bien —añadió. No era necesario intentar leer sus pensamientos para adivinar que no quería decir nada más sobre Mickey.

—¿Recibiste mi nota de agradecimiento?

—Naturalmente. Muy… correcta.

Asentí, esperando con ello indicar que se había acabado hablar de ese tema. Pero, claro está, no fue así.

—Sigo preguntándome por qué tu viejo abrigo tenía manchas de sangre —murmuró Eric, y nuestras miradas se cruzaron. Maldije una vez más mi descuido. En su día, cuando vino a darme las gracias por haberlo acogido en mi casa, había estado dando vueltas por allí y había encontrado el abrigo—. ¿Qué hicimos, Sookie? Y ¿a quién?

—Era sangre de pollo. Maté un pollo para cocinarlo —mentí. Había visto a mi abuela hacerlo cuando yo era pequeña, más de una vez, pero yo nunca lo había hecho.

—Sookie, Sookie. Mi detector de mentiras está captando un «Falso» —dijo Eric, moviendo la cabeza como queriendo regañarme.

Me quedé tan sorprendida que me eché a reír. Era un buen momento para marcharme. Vi que Charles Twining ya estaba en la puerta, cubierto con una moderna chaqueta acolchada.

—Adiós, Eric, y gracias por el camarero —dije, como si me hubiera prestado un par de pilas pequeñas o una taza de arroz. Se inclinó y me rozó la mejilla con sus fríos labios.

—Conduce con cuidado —dijo—. Y mantente alejada de Mickey. Tengo que averiguar qué hace en mi territorio. Llámame si tienes algún problema con Charles. —(Si las pilas son defectuosas o si encuentras que el arroz está lleno de gusanos). Detrás de Eric, seguía aquella mujer aún sentada en la barra, la que subrayó que yo no era doncella. Evidentemente, estaría preguntándose qué había hecho yo para llamar la atención de un vampiro tan antiguo y atractivo como Eric.

A menudo, también me lo preguntaba yo.

Capítulo

4

El viaje de regreso a Bon Temps fue agradable. Los vampiros no huelen como los humanos ni actúan como nosotros, pero son relajantes para mi cerebro. Estar con uno de ellos es una situación casi tan libre de tensiones como estar sola, excepto, naturalmente, por la posibilidad de que te chupen la sangre.

Charles Twining me formuló unas cuantas preguntas sobre el trabajo para el que había sido contratado y sobre el bar. Mi conducción le inquietaba, aunque posiblemente esta actitud era debida al simple hecho de ir en coche. Muchos vampiros anteriores a la Revolución Industrial odian los medios de transporte modernos. El parche le cubría el ojo izquierdo, el de mi lado, lo que me proporcionaba la curiosa sensación de ser invisible.

Lo había acompañado al hostal para vampiros donde se hospedaba para que recogiera su equipaje. Salió de allí con una bolsa de deporte lo bastante grande como para meter en ella ropa para tres días. Acababa de trasladarse a Shreveport, me explicó, y aún no había tenido tiempo de decidir dónde se instalaría.

Cuando llevábamos ya unos cuarenta minutos de camino, el vampiro me preguntó:

—¿Y tú, señorita Sookie? ¿Vives con tus padres?

—No, murieron cuando yo tenía siete años —contesté. Por el rabillo del ojo capté un gesto con la mano que me invitaba a continuar—. Un día, en primavera, no paró de llover en toda la noche y mi padre intentó cruzar un puente. Fueron arrastrados por las aguas.

Miré de reojo hacia mi derecha y vi que Charles hacía un gesto de asentimiento. La gente moría, a veces de forma repentina e inesperada, y en ocasiones incluso por tonterías. Un vampiro sabía eso mejor que nadie.

—Mi hermano y yo nos criamos con mi abuela —continué—. Ella murió el año pasado. Mi hermano vive ahora en casa de mis padres y yo vivo en casa de mi abuela.

—Es una suerte tener un lugar donde vivir —comentó Charles.

De perfil, su nariz ganchuda era una miniatura elegante. Me pregunté si le importaría que la raza humana hubiera cambiado mientras él seguía siendo el mismo.

—Oh, sí —concedí—. Soy muy afortunada. Tengo trabajo, tengo a mi hermano, tengo una casa, tengo amigos. Y estoy sana.

Se volvió para verme bien, pero yo estaba en aquel momento adelantando a una maltrecha camioneta Ford y no pude devolverle la mirada.

—Resulta interesante. Discúlpame, pero por lo que dijo Pam entendí que sufrías algún tipo de minusvalía.

—Oh, bueno, sí.

—Y… ¿qué podría ser? Se te ve muy… robusta.

—Tengo poderes telepáticos.

Reflexionó sobre lo que acababa de decirle.

—Y eso significa…

—Que puedo leer la mente humana.

—Pero no la de los vampiros.

—No, no la de los vampiros.

—Muy bien.

—Sí, eso creo yo. —Si pudiera leer la mente de los vampiros, estaría ya muerta. Los vampiros valoran mucho su intimidad.

—¿Conociste a Chow? —preguntó.

—Sí. —Ahora me tocaba a mí ponerme tensa.

—¿Y a Sombra Larga?

—Sí.

—Como nuevo camarero de barra de Fangtasia, tengo mucho interés por cómo fue su muerte.

Comprensible, pero no tenía ni idea de cómo responder.

—Lo entiendo —dije con cautela.

—¿Estabas presente cuando Chow volvió a morir? —Así era como algunos vampiros se referían a su muerte definitiva.

—Hummm..., sí.

—Y ¿cuando volvió a morir Sombra Larga?

—Bueno..., pues sí.

—Me interesaría conocer tu opinión.

—Chow murió en lo que dicen fue una «Guerra de Brujos». Sombra Larga estaba intentando matarme cuando Eric le clavó una estaca porque había estado estafándole.

—¿Estás segura de que ése fue el motivo por el que Eric le clavó la estaca? ¿Por qué le estafaba?

—Yo estaba presente. Claro que lo sé. Se acabó hablar del tema.

—Me imagino que tu vida habrá sido complicada —dijo Charles después de una pausa.

—Sí.

—¿Dónde pasaré las horas de sol?

—Mi jefe tiene un lugar para ti.

—¿Hay muchos problemas en ese bar?

—No los había hasta hace poco —respondí, con algo de duda.

—¿Y su gorila habitual no es capaz de tratar con los cambiantes?

—Nuestro gorila habitual es el propietario, Sam Merlotte. Y es un cambiante. En estos momentos, es un cambiante con una pierna rota. Recibió un disparo. Y no es el único.

El vampiro no pareció sorprenderse.

—¿Cuántos han sido?

—Tres que yo sepa. Un hombre pantera llamado Calvin Norris, que no resultó mortalmente herido, y otra cambiante llamada Heather Kinman, que falleció. Recibió el disparo mientras estaba en el Sonic. ¿Sabes lo que es el Sonic? —Los vampiros, al no comer, no siempre prestan atención a los restaurantes de comida rápida. (Y a vosotros, por cierto, ¿cuántos bancos de sangre os vendrían ahora a la cabeza?).

Charles asintió, agitando su cabello castaño y rizado sobre sus hombros.

—¿Ese lugar donde comes en el coche?

—Sí, eso es —dije—. Heather había estado en el coche de una amiga, charlando, y salió para dirigirse al suyo, que estaba aparcado muy cerca. El disparo vino del otro lado de la calle. Llevaba un batido en la mano. —El helado de chocolate se había fundido con la sangre sobre la calzada. Lo había leído en la mente de Andy Bellefleur—. Era ya de noche, y todos los establecimientos del otro lado de la calle llevaban horas cerrados. Y quienquiera que le disparara, consiguió huir.

—¿Los tres ataques fueron por la noche?

—Sí.

—Me pregunto si eso tendrá alguna importancia.

—Podría ser; pero quizá es simplemente porque de noche es más fácil esconderse.

Charles asintió.

—Desde que Sam resultó herido, los cambiantes están muy inquietos, pues resulta difícil de creer que los tres ataques hayan sido pura coincidencia. Y los humanos están preocupados porque, bajo su punto de vista, esa gente fue atacada de forma aleatoria, era gente que no tenía nada en común y con pocos enemigos. Y como todo el mundo está tenso, se producen más peleas en el bar.

—Nunca he trabajado como gorila —dijo Charles, para continuar con la conversación—. Fui el hijo menor de un noble poco importante, de modo que tuve que buscarme la vida, y he hecho de todo. Ya había trabajado como camarero, y hace muchos años fui anunciante callejero de un prostíbulo. Yo me quedaba en la puerta, pregonaba las bondades de la mercadería —una frase curiosa, ¿verdad?— y echaba a los hombres que se propasaban con las rameras. Me imagino que es más o menos parecido a ser un gorila.

Me quedé sin habla ante esta confidencia inesperada.

—Por supuesto, eso fue después de que perdiera el ojo, pero antes de convertirme en vampiro —dijo Charles.

—Por supuesto —repetí débilmente.

—El ojo lo perdí cuando era pirata —continuó. Sonreía. Lo verifiqué mirándolo de reojo.

—Y ¿con qué... pirateabas? —No sabía muy bien si aquello era o no un verbo, pero él me entendió enseguida.

—Oh, intentábamos pillar a cualquiera que estuviera desprevenido —dijo alegremente—. De vez en cuando vivía en la costa norteamericana, cerca de Nueva Orleans, donde asaltábamos pequeños cargueros. Navegaba a bordo de un barquito minúsculo, de modo que no podíamos abordar barcos grandes o bien defendidos. Pero cuando tropezábamos con algún navío de nuestro tamaño, ¡aquello sí que eran batallas!

Suspiró, recordando la felicidad de pelear con capa y espada, me imagino.

—Y ¿qué pasó? —pregunté educadamente, queriendo decir con ello que me gustaría saber cómo se alejó de aquella maravillosa vida de sangre caliente, de rapiña y carnicería, para decantarse por la versión vampírica de lo mismo.

—Una noche, abordamos un galeón que no llevaba a bordo ningún ser vivo —contestó. Me di cuenta de que cerraba las manos hasta formar dos puños. Su voz me produjo un escalofrío—. Habíamos navegado hasta las Tortugas. Anochecía. Fui el primer hombre que bajó a la bodega. Pero lo que había en la bodega me agarró a mí primero.

Después de aquel breve relato, guardamos silencio por mutuo consentimiento.

Sam estaba tendido en el sofá de la sala de estar de su tráiler. Había hecho instalar su casa prefabricada de tal modo que quedaba formando ángulo recto con la parte trasera del bar. De este modo, cuando abría la puerta veía el aparcamiento, que siempre era mejor que ver la pared trasera del bar, con aquel enorme cubo de basura situado entre la puerta de la cocina y la entrada de empleados.

—Bueno, veo que ya estáis aquí —dijo Sam, algo malhumorado. Era de los que nunca pueden parar quietos. Y la inactividad obligada por la pierna escayolada le ponía nervioso. ¿Qué haría cuando llegara la siguiente luna llena? ¿Estaría su pierna ya curada y podría transformarse sin problemas? Y, si se transformaba, ¿qué pasaría con la escayola? Había conocido a otros cambiantes lesionados, pero nunca había estado presente durante su recuperación, por lo que aquello era un terreno completamente nuevo para mí—. Empezaba a pensar que os habíais perdido por el camino de vuelta. —La voz de Sam me devolvió al aquí y ahora. Tenía un matiz distinto.

—Caramba, gracias, Sookie, veo que has regresado con un gorila —dije—. Siento que hayas tenido que pasar por la humillante experiencia de pedirle un favor a Eric en mi nombre. —En aquel momento, no me importaba que fuera mi jefe.

Sam parecía incómodo.

—Veo que Eric acabó accediendo —dijo. Saludó al pirata con un ademán de cabeza.

—Charles Twining, a su servicio —dijo el vampiro.

Sam abrió los ojos de par en par.

—Muy bien. Soy Sam Merlotte, propietario del bar. Te agradezco mucho que hayas venido a ayudarnos.

—Me ordenaron hacerlo —replicó fríamente el vampiro.

—De modo que cerraste un trato de pensión completa a cambio de un favor —me dijo Sam—. Le debo un favor a Eric. —Por su tono, cualquiera diría que hablaba de mala gana.

—Sí. —Estaba enfadada—. Me enviaste a hacer un trato. ¡Verifiqué los términos contigo! Y ése es el trato que he hecho. Le has pedido un favor a Eric, y ahora le debes tú un favor a él. Por mucho que te comas la cabeza, todo se resume en eso.

Sam asintió, aunque no se le veía feliz.

—Además, he cambiado de idea. Pienso que el señor Twining debería instalarse en tu casa.

—Y ¿por qué se te ha ocurrido eso?

—El armario está hecho un lío. Y tú tienes un lugar oscuro para vampiros, ¿verdad?

—No me has preguntado antes si me parecía bien.

—¿Te niegas a hacerlo?

—¡Sí! ¡Mi casa no es un hotel para vampiros!

—Pero tú trabajas para mí, y él trabaja para mí…

—Ya. ¿Se lo pedirías a Arlene o a Holly?

Sam puso aún más cara de asombro.

—Bueno, no… Pero no lo haría porque… —Se interrumpió.

—No se te ocurre cómo terminar la frase, ¿verdad? —le espeté—. De acuerdo, colega, me largo. He pasado la noche poniéndome en una situación embarazosa por tu culpa. Y ¿qué consigo a cambio? ¡Que ni siquiera me des las gracias!

Salí de la casa prefabricada. No di un portazo porque no quería parecer una chiquilla. Los portazos no son de persona adulta. Ni lloriquear. De acuerdo, quizá salir así tampoco lo sea. Pero se trataba de elegir entre realizar una salida verbalmente enfática o darle un bofetón a Sam. Normalmente, él era una de mis personas favoritas en este mundo, pero aquella noche…, no.

Durante los tres días siguientes me tocaba trabajar en el primer turno…, aunque, la verdad, no estaba muy segura de si seguiría conservando mi puesto. Cuando a las once de la mañana siguiente, cubierta con mi feo pero útil impermeable, entré corriendo en el Merlotte's por la puerta de empleados, llovía a cántaros y estaba casi segura de que Sam me diría que recogiese mi último cheque y volviera a salir por la puerta. Pero él no estaba. Durante un instante me sentí algo así como decepcionada. A lo mejor me apetecía una nueva pelea, aunque me resultaba extraño.

Terry Bellefleur estaba de nuevo defendiendo el puesto de Sam, y tenía un mal día. No era buena idea formularle preguntas, ni siquiera hablar con él más allá de la necesidad de irle pasando los pedidos.

Me había dado cuenta de que Terry odiaba especialmente el tiempo lluvioso, y que tampoco le gustaba el sheriff Bud Dearborn. Desconocía los motivos de sus prejuicios en ambos sentidos. Y aquel día, por un lado, la lluvia aporreaba con fuerza las paredes y el tejado y, por otro, Bud Dearborn estaba sentado en la zona de fumadores echándoles un sermón a cinco de sus amigotes. Arlene captó mi mirada y abrió los ojos para ponerme sobre aviso.

Aunque Terry estaba pálido y sudando, se había bajado la cremallera de la chaqueta fina que solía llevar por encima de la camiseta del Merlotte's. Me di cuenta de que le temblaban las manos al servir una cerveza de barril. Y me pregunté si resistiría hasta que anocheciera.

Al menos no había muchos clientes, lo que era una ventaja si las cosas se ponían feas. Arlene se acercó a atender a una pareja casada que acababa de entrar, amigos suyos. Mi sección estaba casi vacía, con la excepción de mi hermano, Jason, y su amigo Hoyt.

Hoyt era amigo íntimo de Jason. De no ser los dos heterosexuales, les habría recomendado que se casasen, de lo bien que se complementaban el uno con el otro. A Hoyt le encantaban los chistes, y a Jason le gustaba contarlos. Hoyt nunca sabía cómo llenar su tiempo libre, y Jason siempre se traía algo entre manos. La madre de Hoyt era un poco agobiante, y Jason no tenía padres. Hoyt estaba firmemente anclado en el aquí y ahora y tenía un sentido férreo de lo que la comunidad podía tolerar y lo que no. Jason no lo tenía.

Pensé en el enorme secreto que Jason guardaba y me pregunté si habría sentido la tentación de compartirlo con Hoyt.

—¿Cómo estás, hermanita? —preguntó Jason. Levantó el vaso, indicando con ello que quería que volviese a llenárselo de Dr. Pepper. Jason no bebía alcohol hasta que terminaba su jornada laboral, un gran punto a su favor.

—Muy bien, hermanito. ¿Quieres alguna cosa más, Hoyt? —pregunté.

—Sí, Sookie, por favor. Un té helado —dijo Hoyt.

Regresé en un instante con las bebidas. Terry me miró cuando pasé detrás de la barra, pero no dijo nada. Sé ignorar una mirada.

—Sook, ¿me acompañarías al hospital de Grainger esta tarde cuando salgas de trabajar? —me preguntó Jason.

—Oh —dije—. Sí, claro que sí. —Calvin siempre se había portado muy bien conmigo.

—Esto es una locura —dijo Hoyt—. Sam, Calvin y Heather víctimas de disparos. ¿Qué opinas de eso, Sookie? —Hoyt me tenía por una especie de oráculo.

—No sé más que tú sobre el tema, Hoyt —le dije—. Pienso que debemos andarnos con cuidado. —Confié en que el significado de mis palabras no se le pasara por alto a mi hermano. Jason se encogió de hombros.

Cuando levanté la vista, vi a un desconocido a la espera de ser acomodado y me acerqué a él. Tenía el pelo oscuro, negro al estar mojado por la lluvia, recogido en una cola de caballo. Una cicatriz blanca le recorría la mejilla. Cuando se quitó la chaqueta, me di cuenta de que era un culturista.

—¿Fumador o no fumador? —le pregunté, con el menú ya en la mano.

—No fumador —respondió, y me siguió hasta una mesa. Colgó la chaqueta empapada en el respaldo de la silla y cogió el menú en cuanto se hubo sentado—. Mi esposa vendrá en unos minutos —dijo—. Hemos quedado aquí.

Dejé un menú más junto a la otra silla.

—¿Quiere pedir ahora o prefiere esperarla?

—Tráigame un té caliente —dijo—. Y esperaré a que llegue ella para pedir la comida. Un menú un poco limitado, ¿no? —Miró por encima de mi hombro a Arlene y luego volvió a mirarme. Empezaba a sentirme incómoda. Estaba claro que no había venido porque le atrajera nuestra comida.

—Es lo que podemos preparar —dije, tratando con todas mis fuerzas que mi voz sonora relajada—. Y lo que tenemos, está bueno.

Preparé el agua caliente y una bolsita de té y puse también un platito con un par de rodajas de limón. No había hadas que pudieran sentirse ofendidas.

—¿Es usted Sookie Stackhouse? —preguntó cuando le serví el té.

—Sí, soy yo. —Dejé el platillo con cuidado sobre la mesa, justo al lado de la taza—. ¿Por qué quiere saberlo? —Ya sabía por qué, pero siempre hay que preguntarlo primero.

—Soy Jack Leeds, detective privado —dijo. Dejó una tarjeta de visita en la mesa, de cara a mí para que pudiera leerla. Esperó un instante, como si normalmente obtuviera una reacción dramática ante ese anuncio—. Me ha contratado una familia de Jackson, Misisipi…, la familia Pelt —prosiguió, cuando vio que yo no tenía intención de hablar.

Se me cayó el alma a los pies antes de que el corazón se me pusiera a latir a un ritmo frenético. Aquel hombre creía que Debbie estaba muerta. Y pensaba que había bastantes posibilidades de que yo supiera alguna cosa al respecto.

Y tenía toda la razón.

Yo había matado a Debbie Pelt unas semanas atrás, en defensa propia. Eric había escondido su cuerpo. Él había recibido la bala que ella me había disparado a mí.

La desaparición de Debbie después de abandonar una «fiesta» en Shreveport, Luisiana (en realidad, una batalla a vida o muerte entre brujos, vampiros y hombres lobo) había sido una intriga que había durado nueve días. Había confiado en no oír hablar más sobre el tema.

—¿De modo que los Pelt no se sienten satisfechos con la investigación policial? —pregunté. Era una cuestión estúpida, elegida a boleo. Algo tenía que decir para romper el silencio.

—En realidad no hubo ninguna investigación —contestó Jack Leeds—. La policía de Jackson decidió que seguramente desapareció por voluntad propia. —Pero él no lo creía así.

Y entonces le cambió la cara; era como si alguien acabara de encender una luz detrás de sus ojos. Me volví para ver hacia dónde miraba, y vi a una mujer rubia de altura media que sacudía su paraguas en la puerta. Llevaba el pelo corto y era de piel clara, y cuando se volvió, vi que era muy guapa; o, como mínimo, lo habría sido de estar más animada.

Pero eso no era lo importante para Jack Leeds. Estaba mirando a la mujer a la que amaba, y cuando ella le vio, la misma luz apareció también en sus ojos. Cruzó la sala hasta llegar a su mesa con la elegancia de una bailarina y cuando se despojó de la chaqueta mojada, vi que sus brazos eran tan musculosos como los de él. No se besaron, pero Jack deslizó la mano sobre la de ella y se la apretó sólo brevemente. Después de acomodarse en su asiento y de pedir una Coca-Cola Light, pasó a fijarse en el menú. Empezó a pensar que la comida que servían en el Merlotte's era poco sana. Y tenía razón.

—¿Una ensalada? —preguntó Jack Leeds.

—Necesito algo caliente —respondió ella—. ¿Chili?

—De acuerdo. Dos de chili con carne —me dijo él—. Lily, te presento a Sookie Stackhouse. Señorita Stackhouse, le presento a Lily Bard Leeds.

—Hola —dijo—. Tenía intención de pasarme por su casa.

Tenía los ojos azul claro y una mirada que recordaba a un láser.

—Usted vio a Debbie Pelt la noche de su desaparición, ¿verdad? —Y mentalmente añadió: «Usted es aquella chica a la que ella tanto odiaba».

Desconocían la verdadera naturaleza de Debbie Pelt y me sentí aliviada al ver que los Pelt no habían podido encontrar a un investigador licántropo. De lo contrario, no habrían dejado a su hija en manos de detectives ordinarios. Cuanto más tiempo pudieran los seres de dos naturalezas mantener en secreto su existencia, mejor para ellos.

—Sí —respondí—. La vi aquella noche.

—¿Podemos venir a hablar con usted sobre el tema? ¿Cuando acabe su turno?

—Cuando salga de trabajar tengo que ir a visitar a un amigo al hospital —dije.

—¿Está enfermo? —preguntó Jack Leeds.

—Le dispararon —contesté.

Su interés se aceleró.

—¿Fue alguien de por aquí? —preguntó la mujer rubia.

Entonces me di cuenta de que había una forma de que todo encajara.

—Fue un francotirador —dije—. Últimamente alguien ha estado disparando a la gente al azar en esta zona.

—¿Ha desaparecido alguno de ellos? —preguntó Jack Leeds.

—No —admití—. Todos permanecieron en el lugar donde fueron atacados. Naturalmente, todos los ataques tuvieron testigos. A lo mejor fue por eso. —De hecho, no había oído decir que hubiera testigos del atentado contra Calvin

Norris, pero alguien llegó justo después y llamó al número de emergencias.

Lily Leeds me preguntó si podían hablar conmigo al día siguiente antes de ir a trabajar. Les expliqué cómo llegar a mi casa y les dije que vinieran a las diez. No creía que fuera muy buena idea hablar con ellos, pero no me quedaba otra alternativa. Si me negaba a hablar sobre Debbie, me convertiría automáticamente en sospechosa.

Me descubrí deseando poder llamar a Eric esta noche y contarle lo de Jack y Lily Leeds; las preocupaciones compartidas son medias preocupaciones. Pero Eric no se acordaba de nada. Ojalá pudiera olvidar yo también la muerte de Debbie. Resultaba terrible saber algo tan fuerte y tan horroroso y ser incapaz de compartirlo con nadie.

Conocía muchos secretos, pero casi ninguno de ellos era mío. Éste sí lo era, y constituía una carga oscura y sangrienta.

Charles Twining tenía que relevar a Terry cuando oscureciera. Arlene trabajaba hasta tarde, pues Danielle tenía que asistir al recital de danza de su hermana, de modo que pude aliviar un poco mi mal humor comentando con ella los detalles del nuevo camarero-gorila. Se sentía intrigada. Nunca habíamos tenido a un inglés en el bar, y mucho menos a uno con un parche en el ojo.

—Dile a Charles que le mando recuerdos —dije mientras empezaba a ponerme el impermeable. Había estado chispeando durante un par de horas y ahora empezaba a llover de nuevo con fuerza.

Salí corriendo hacia el coche, casi cubriéndome la cara con la capucha. Y justo cuando ponía la llave en la puerta del conductor y la abría, oí una voz que me llamaba. Sam se apoyaba en sus muletas a la puerta de su casa prefabricada. Un par de años atrás, había añadido un pequeño porche a la estructura, gracias al cual ahora no se mojaba, aunque tampoco tenía ninguna necesidad de permanecer allí de pie. Cerré la puerta del coche, sorteé los charcos y en un par de segundos me planté delante de él, chorreando.

—Lo siento —dijo Sam.

Me quedé mirándolo fijamente.

—Eso espero —refunfuñé.

—Lo siento de verdad.

—De acuerdo, está bien. —Expresamente, no le pregunté qué había hecho con el vampiro.

—¿Algún problema hoy en el bar?

Dudé un momento.

—No ha venido mucha gente, que digamos. Pero… —Iba a empezar a contarle lo de los detectives privados, pero enseguida me di cuenta de que me formularía preguntas. Y sabía que muy probablemente acabaría contándole toda la historia simplemente por la sensación de alivio que me produciría poder confiársela a alguien—. Tengo que irme, Sam. Jason me acompaña a visitar a Calvin Norris en el hospital de Grainger.

Se quedó mirándome y entrecerró los ojos. Sus pestañas tenían el mismo tono dorado rojizo de su pelo, por lo que sólo se veían cuando estabas muy cerca de él. Era mejor que no me pusiera a pensar en las pestañas de Sam, ni en ninguna otra parte de su cuerpo, la verdad.

—Ayer me comporté fatal —dijo—. No es necesario que te diga por qué.

—Pues podrías decírmelo —añadí, perpleja—. Porque no lo entiendo.

—Lo importante es que puedes contar conmigo.

¿Contar contigo para que te cabrees sin ningún motivo? ¿Para que me pidas disculpas después?

—Últimamente me confundes mucho —dije—. Pero eres mi amigo desde hace años y te tengo en gran estima. —Sonaba quizá algo afectado, por lo que intenté sonreír. Él me devolvió la sonrisa y de mi capucha cayó una gota de agua que me salpicó en la nariz y que dio por finalizado aquel momento—. ¿Cuándo piensas que podrás volver al bar?

—Intentaré pasarme un rato mañana —dijo—. Al menos, trataré de sentarme en el despacho y trabajar con las cuentas, archivar un poco.

—Pues hasta mañana.

—Hasta mañana.

Y salí corriendo hacia el coche, sintiéndome mucho más aliviada. Estar a malas con Sam no me gustaba. Y no me había dado cuenta de que ese estado mental había influido mis pensamientos a lo largo de todo el día hasta que volví a estar de buenas con él.

Capítulo
5

Llovía a cántaros cuando llegamos al aparcamiento del hospital de Grainger. Era tan pequeño como el de Clarice, al que acudían mayoritariamente los habitantes del condado de Renard. Pero el hospital de Grainger era más nuevo y disponía de equipos de diagnóstico más modernos.

Me había cambiado y me había vestido con unos vaqueros y un jersey, pero seguía con mi impermeable. Mientras Jason y yo nos apresuramos hacia las puertas correderas de cristal, me felicité por haber decidido calzarme con botas. En lo que a la climatología se refería, la tarde estaba siendo aún más asquerosa que la mañana.

El hospital estaba lleno de cambiantes furiosos. Me percaté de su rabia tan pronto puse el pie allí dentro. En el vestíbulo vi a un hombre y una mujer pantera de Hotshot; me imaginé que estarían allí a modo de vigilantes. Jason se acercó a ellos y les estrechó la mano con fuerza. Tal vez intercambiaran algún tipo de saludo secreto, no tengo ni idea. Al menos no se restregaron las piernas los unos con los otros. No me dio la impresión de que se alegraran tanto de ver a Jason como Jason se alegraba de verlos a ellos, y vi que él se volvía luego hacia mí con el entrecejo fruncido. Los dos cambiantes se quedaron mirándome fijamente. El hombre era de estatura mediana y robusto, con el cabello castaño claro. Me miraba con unos ojos llenos de curiosidad.

—Sook, te presento a Dixon Mayhew —dijo Jason—. Y ésta es Dixie Mayhew, su hermana gemela. —Dixie tenía el cabello del mismo color que su hermano, y lo llevaba casi tan corto como Dixon, pero sus ojos eran oscuros, casi negros. Eran gemelos, pero no idénticos.

—¿Todo tranquilo por aquí? —pregunté con cautela.

—Hasta el momento, ningún problema —dijo Dixie, sin levantar apenas la voz. Dixon miraba fijamente a Jason—. ¿Qué tal está tu jefe?

—Escayolado, pero se pondrá bien.

—Calvin resultó malherido. —Dixie se quedó mirándome—. Está en la 214.

Después de recibir su aprobación, Jason y yo subimos por las escaleras. Los gemelos no dejaron de observarnos en ningún momento. Pasamos por delante de la auxiliar clínica que estaba de guardia en el mostrador de recepción. La pobre mujer me dejó preocupada: con el pelo blanco, gafas de gruesos cristales, una cara dulce llena de arrugas por todos lados. Confié en que durante su turno de guardia no pasase nada que alterase su visión del mundo.

Averiguar en qué habitación estaba instalado Calvin resultaba muy sencillo. Fuera, apoyado en la pared, había un hombre musculoso y fornido al que no había visto nunca. Era un hombre lobo. Según dice la tradición de los seres de dos naturalezas, los hombres lobo son buenos guardaespaldas porque son despiadados y tenaces. Por lo que yo he visto, sin embargo, su imagen de malos chicos no es más que eso: imagen. Aunque es verdad que, como norma, son los elementos más duros de la comunidad de seres de dos naturalezas. No se encuentran muchos hombres lobo que sean médicos, por ejemplo, aunque sí se ven muchos en el sector de la construcción. También los trabajos relacionados con el mundo de las motos están dominados por ellos. Hay bandas que hacen algo más que dedicarse a beber cerveza durante las noches de luna llena.

Ver allí a un hombre lobo me llenó de inquietud. Me sorprendió que las panteras de Hotshot hubiesen contratado a un extraño.

—Ése es Dawson. Es propietario de un pequeño taller de reparaciones que hay entre Hotshot y Grainger —murmuró Jason.

Dawson se puso en estado de alerta en cuanto aparecimos por el pasillo.

—Jason Stackhouse —dijo, en cuanto identificó a mi hermano pasado un momento. Dawson iba vestido con camisa y pantalones vaqueros, y sus bíceps casi reventaban el tejido. Sus botas de cuero negro habían vivido muchas batallas.

—Venimos a ver qué tal le va a Calvin —dijo Jason—. Te presento a mi hermana, Sookie.

—Encantado —rugió Dawson. Me miró fijamente, lentamente, pero con una mirada que no tenía nada de lasciva. Me alegré de haber dejado el bolso dentro del coche. Estaba segura de que me lo habría registrado—. ¿Puede quitarse esa chaqueta y darse la vuelta?

No me lo tomé como una ofensa; Dawson estaba haciendo su trabajo. Yo tampoco quería que Calvin fuese atacado de nuevo. Me quité el impermeable, se lo di a Jason y giré sobre mí misma. Una enfermera que acababa de salir de la habitación con un carrito, observó todo el proceso con evidente curiosidad. Sujeté entonces yo la chaqueta de Jason, y él dio también la vuelta en redondo. Satisfecho, Dawson llamó a la puerta. Aunque yo no oí ninguna respuesta, debió de haberla, pues Dawson abrió la puerta y dijo:

—Los Stackhouse.

Se oyó un susurro en el interior de la habitación. Dawson movió la cabeza afirmativamente.

—Señorita Stackhouse, puede pasar —dijo. Jason se dispuso a seguirme, pero Dawson interrumpió el avance con su fornido brazo—. Sólo tu hermana —dijo.

Jason y yo nos pusimos a protestar simultáneamente, pero Jason acabó encogiéndose de hombros.

—Adelante, Sook —dijo. Evidentemente, era imposible hacer cambiar de opinión a Dawson y tampoco tenía sentido disgustar a un herido llevándole la contraria por tan poca cosa. Abrí la puerta.

Calvin estaba solo, aunque en la habitación había otra cama. El líder de los panteras tenía un aspecto horrible. Estaba pálido y ojeroso. Llevaba el pelo sucio, aunque, por encima de su barba recortada, se veían las mejillas bien afeitadas. Iba vestido con un camisón del hospital y estaba conectado a un montón de cosas.

—Lo siento mucho —dije. Me quedé horrorizada. Comprendí enseguida que, de no ser por la doble naturaleza de Calvin, el disparo le habría matado al instante. Quienquiera que hubiera disparado contra él, deseaba su muerte.

Calvin volvió la cabeza hacia mí, despacio y con mucho esfuerzo.

—No es tan terrible como parece —dijo secamente y con un hilo de voz—. Mañana empezarán a quitarme alguna de estas cosas.

—¿Dónde te dieron? —pregunté.

Calvin movió una mano para tocarse la parte superior izquierda del pecho. Sus ojos marrón dorado captaron mi mirada. Me acerqué más a él y posé mi mano sobre la suya.

—Lo siento mucho —volví a decir. Sus dedos se entrelazaron con los míos hasta darme la mano.

—Ha habido más —dijo en un murmullo.

—Sí.

—Tu jefe.

Asentí.

—Esa pobre chica.

Asentí de nuevo.

—Hay que detener a quienquiera que esté haciendo esto.

—Sí.

—Tiene que ser alguien que odie a los cambiantes. La policía nunca conseguirá descubrir quién está detrás de esto. No podemos decirles lo que tienen que buscar.

Ése era el problema de mantener en secreto su naturaleza.

—Les resultará complicado encontrar al autor —admití—. Pero a lo mejor lo consiguen.

—Entre mi gente hay quien se pregunta si el atacante podría ser también un cambiante —dijo Calvin. Me apretó la mano con fuerza—. Alguien que no naciera con esa condición. Alguien que haya sido mordido.

Tardé un segundo en comprenderlo. Soy una idiota rematada.

—Oh, no, Calvin, no, no —dije, trabándome al hablar—. Oh, Calvin, por favor, no permitas que persigan a Jason. Es todo lo que tengo en esta vida, por favor. —Las lágrimas empezaron a rodar por mis mejillas como si acabara de abrirse un grifo—. Me ha contado lo mucho que le gustó ser uno de los vuestros, aun sin poder ser un hombre pantera de nacimiento. Es demasiado novato, aún no ha tenido tiempo de averiguar quién más posee vuestras dos naturalezas. Me imagino que ni siquiera se había dado cuenta de que Sam y Heather eran...

—Nadie la tomará con él hasta que conozcamos la verdad —dijo Calvin—. Aunque esté postrado en esta cama, sigo siendo el líder. —Pero yo sabía que había tenido que combatir contra ello, y sabía también (porque lo escuchaba directamente del cerebro de Calvin) que algunas de las panteras seguían mostrándose a favor de ejecutar a Jason. Calvin no podía impedirlo. Se enfadaría después, pero si Jason moría, sería un hecho sin apenas importancia. Los dedos de Calvin se despegaron de los míos y levantó la mano con gran esfuerzo para secarme las lágrimas que rodaban por mis mejillas—. Eres una mujer muy dulce —añadió—. Me gustaría que pudieras amarme.

—También me gustaría a mí —dije. Muchos de mis problemas se solucionarían si amara a Calvin Norris. Me trasladaría a vivir a Hotshot, me convertiría en miembro de aquella pequeña y secreta comunidad. Tendría que asegurarme de permanecer encerrada en casa dos o tres noches al mes pero, por lo demás, estaría segura. No sólo Calvin me defendería hasta la muerte, sino también todos los demás miembros del clan de Hotshot.

Pero pensar en aquello me producía escalofríos. Los campos asolados por el viento, el viejo cruce de caminos en torno al cual se agrupaban las casitas... No me veía capaz de vivir en aislamiento perpetuo del resto del mundo. Mi abuela me habría animado a aceptar la oferta de Calvin. Era un hombre serio, era jefe de turno en Norcross, un puesto de trabajo que le aportaba muy buenos beneficios extra salariales. Hay quien ahora se ríe de eso, pero ya veremos cuando le toque pagar de su bolsillo su seguro médico y su pensión; a ver quién se ríe entonces.

Se me ocurrió que Calvin se encontraba en una posición perfecta para forzarme a aceptar su propuesta —la vida de Jason a cambio de mi compañía— y que no se había aprovechado de ello.

Me incliné y le di un beso en la mejilla.

—Rezaré por tu recuperación —dije—. Gracias por darle una oportunidad a Jason. —A lo mejor la nobleza de Calvin se debía en parte al hecho de que no estaba en forma para aprovecharse de mí, pero era nobleza, al fin y al cabo, y lo valoré mucho—. Eres un buen hombre —dije, y le acaricié la cara. Su acicalada barba era suave al tacto.

Se despidió de mí mirándome fijamente.

—Vigila a ese hermano tuyo, Sookie —dijo—. Ah, y dile a Dawson que no quiero más compañía por esta noche.

—No me creerá —dije.

Calvin consiguió esbozar una sonrisa.

—No sería un buen guardaespaldas de hacerlo.

Le transmití el mensaje al hombre lobo. Pero, en cuanto Jason y yo empezamos a bajar por la escalera, me di cuenta de que Dawson entraba en la habitación para que Calvin le confirmara lo que yo acababa de decirle.

Pasé un par de minutos de debate interior y finalmente decidí que era mejor que Jason supiera a lo que se enfrentaba. En la camioneta, de vuelta a casa, le expliqué a mi hermano la conversación que había mantenido con Calvin.

Se quedó horrorizado al enterarse de que sus nuevos colegas en el universo de los hombres pantera lo creyeran capaz de tal cosa.

—No puedo decir que no hubiera resultado tentador de haberlo pensado antes de transformarme por primera vez —dijo Jason, conduciendo el coche bajo la lluvia de regreso a Bon Temps—. En aquel momento estaba cabreado. No sólo cabreado, sino también furioso. Pero ahora que ya me he transformado, lo veo todo distinto. —Continuó hablando mientras mis pensamientos daban vueltas en círculo, intentando encontrar la manera de salir de aquel lío.

El asunto de los disparos tenía que resolverse antes de la próxima luna llena. De no ser así, aquella gente despedazaría a Jason en cuanto se transformasen. Mejor sería que, una vez transformado, él se limitase a dar vueltas por los bosques de alrededor de su casa o a cazar por las cercanías de la mía... Cualquier cosa excepto ir a Hotshot, donde no estaría a salvo. Aunque también cabía la posibilidad de que fueran a buscarlo. Yo no podría defenderlo contra todos ellos.

El francotirador tenía que estar detenido antes de la próxima luna llena.

Aquella noche, mientras lavaba los platos, pensé en lo extraño que era que la comunidad de hombres pantera acusara a Jason de ser un asesino, cuando quien en realidad había matado a una cambiante era yo. Había estado pensando en la reunión que tenía con los detectives privados a la mañana siguiente. Y, casi por costumbre, había inspeccionado una vez más la cocina en busca de indicios de la muerte de Debbie Pelt. Por lo que había visto en Discovery Channel y en Learning Channel, sabía que no había manera de erradicar por completo los rastros de sangre y tejido que habían salpicado toda la cocina pero, aun así, yo seguía fregando y limpiando una y otra vez. Tenía que asegurarme de que ninguna mirada fortuita —y, de hecho, ninguna inspección detallada a simple vista— pudiera revelar la presencia de algo extraño en aquella estancia.

En su día hice lo único que podía hacer, a menos que hubiese preferido quedarme allí inmóvil a la espera de ser asesinada. ¿Sería eso a lo que se referiría Jesucristo con lo de poner la otra mejilla? Esperaba que no, porque mi instinto me había llevado a defenderme, y el medio que en aquel momento tenía al alcance para hacerlo resultó ser un rifle.

Naturalmente, debería haber informado enseguida de lo sucedido. Pero la herida de Eric ya se había curado, la herida provocada por el disparo que Debbie había dirigido hacia mí. Así que, exceptuando el testimonio de un vampiro y el mío propio, no había pruebas de que ella hubiese disparado primero, y el cadáver de Debbie habría sido un testimonio elocuente de nuestra culpabilidad. Mi primer instinto había sido ocultar que hubiera estado en mi casa. Eric no me había dado otro consejo, un consejo que también podría haber cambiado las cosas.

No, no quería echarle la culpa a Eric de la complicada situación en la que me encontraba. Cuando todo sucedió, Eric no era él. Era culpa mía no haberme sentado a reflexionar detalladamente sobre la situación. En la mano de Debbie tenía que haber indicios de su disparo. Debbie había disparado. En el suelo tenía que haber residuos de la sangre seca de Eric. Ella había entrado en mi casa por la puerta principal, y la puerta, en su momento, mostraba claros signos de aquella entrada ilegal. Su coche estaba escondido en el otro lado de la carretera, y en su interior sólo habría huellas de ella.

Me inundó una sensación de pánico, pero la superé.

Tenía que acostumbrarme a vivir con aquello.

Sin embargo, me daba lástima la sensación de incertidumbre en que vivía su familia. Yo les debía la verdad... pero no podía dársela.

Escurrí la bayeta y la dejé en el espacio que divide los dos fregaderos. Había puesto mi culpabilidad en el sitio que le correspondía. ¡Eso estaba mucho mejor! No. Enfadada conmigo misma, salí de la cocina, fui a la sala de estar y encendí la tele: otro error. Un reportaje sobre el funeral de Heather; un grupo de reporteros de Shreveport se había trasladado hasta aquí para cubrir la noticia del modesto funeral. ¡Qué revuelo habría en los medios de comunicación si se conociese el motivo por el que el francotirador seleccionaba a sus víctimas! El locutor, un afroamericano solemne, explicaba que la policía del condado de Renard había descubierto otros ataques aleatorios con arma de fuego en pequeñas ciudades de Tennessee y Misisipi. Me quedé perpleja. ¿Un asesino en serie? ¿Aquí?

Sonó entonces el teléfono.

—Diga —respondí, sin esperarme nada bueno.

—Hola, Sookie, soy Alcide.

Sonreí sin quererlo. Alcide Herveaux, que trabajaba en Shreveport con su padre en un negocio de peritajes para construcciones, era una de mis personas favoritas. Era hombre lobo, sexy y trabajador a la vez, y me gustaba mucho. Había sido en su día, además, el prometido de Debbie Pelt. Pero Alcide había abjurado de ella antes de que Debbie desapareciera, un rito que la convertía en un ser invisible e inaudible para él…; no en el sentido literal, sino en el práctico.

—Estoy en el Merlotte's, Sookie. Creía que estarías trabajando esta noche, y por eso me he pasado. ¿Puedo pasarme por tu casa? Tengo que hablar contigo.

—¿Sabes que corres peligro viniendo a Bon Temps?

—No. ¿Por qué?

—Por lo del francotirador. —Oía de fondo los típicos sonidos del bar. La risa de Arlene era inconfundible. Estaba segura de que el nuevo camarero los tenía a todos fascinados.

—Y ¿por qué tendría que preocuparme por eso? —Comprendí que Alcide no le había dado muchas vueltas a la noticia.

—¿Sabías que todos los que han resultado atacados eran seres de dos naturalezas? —dije—. Y acaban de explicar en las noticias que por todo el sur se han producido ataques similares. Disparos aleatorios en ciudades pequeñas. Con balas iguales a la que se recuperó del cuerpo de Heather Kinman. Y te apuesto lo que quieras a que todas las demás víctimas eran también cambiantes.

Se produjo un silencio pensativo en el otro extremo de la línea, si es que el silencio puede caracterizarse de algún modo.

—No lo sabía —dijo Alcide. Su grave voz sonaba aún más profunda de lo habitual.

—Ah, y…, ¿has estado ya con los detectives privados?

—¿Qué? ¿De qué me hablas?

—Si nos ven hablando, la familia de Debbie sospechará.

—¿Que la familia de Debbie ha contratado detectives privados para localizarla?

—Eso es lo que intento decirte.

—Oye, voy enseguida a tu casa. —Y colgó el teléfono.

No sabía por qué demonios los detectives podrían estar vigilando mi casa, o desde dónde podrían estar haciéndolo, pero si veían al antiguo prometido de Debbie llegando a mi casa, atarían cabos fácilmente y obtendrían una imagen del asunto completamente errónea. Pensarían que Alcide mató a Debbie para poder estar conmigo, y no podrían estar más equivocados. Confiaba en que Jack Leeds y Lilly Bard Leeds estuvieran profundamente dormidos y no rondando por el bosque con un par de prismáticos.

Alcide me abrazó al llegar. Lo hacía siempre. Una vez más me sentí abrumada por su tamaño, su masculinidad, por aquel olor tan familiar. Y a pesar de la luz de alarma que se encendió en mi cabeza, le devolví el abrazo.

Nos sentamos en el sofá, y nos pusimos de costado para vernos mejor. Alcide iba vestido con ropa de trabajo, un conjunto que con este tiempo consistía en una camisa de franela abierta sobre una camiseta, pantalones vaqueros y calcetines gruesos debajo de sus botas. En su mata de pelo negro, un pelo que empezaba a verse algo hirsuto, se notaba la marca del casco.

—Cuéntame lo de los detectives —pidió, y le describí a la pareja y le conté lo que me habían dicho—. La familia de Debbie no me comentó nada al respecto —dijo Alcide. Se paró un momento a reflexionar la situación. Pude seguir sus pensamientos—. Eso significa que están seguros de que fui yo quien la hizo desaparecer.

—A lo mejor no. A lo mejor sólo piensan que estás muy afligido y por eso no te lo comentaron.

—Afligido. —Alcide reflexionó un rato sobre aquello—. No. Agoté todas mis… —Hizo una pausa para encontrar las palabras adecuadas—. Agoté todas mis energías en ella —dijo por fin—. Estaba ciego, incluso a veces pienso que utilizó algún tipo de magia para atraerme. Su madre es maga y medio cambiante. Su padre es un cambiante de pura sangre.

—¿Lo crees posible? ¿Magia? —No pretendía cuestionar que la magia existiera, sino que Debbie la hubiera utilizado.

—¿Por qué si no aguanté tanto tiempo con ella? Desde que desapareció es como si me hubiesen quitado la venda de los ojos. Siempre estaba dispuesto a perdonarla, incluso cuando te encerró en aquel maletero.

Debbie había aprovechado la oportunidad que se le había presentado para encerrarme en el maletero de un coche con mi novio vampiro, Bill, que llevaba días sin consumir sangre. Y se había ido y me había dejado en el maletero con él a punto de despertarse.

Bajé la vista para tratar de alejar de mí aquel recuerdo de desesperación, aquel dolor.

—Permitió que te violaran —dijo con voz ronca Alcide.

Que expresara aquello, de esa manera, me sorprendió.

—Bill no sabía que era yo —dije—. Llevaba días y días sin comer, y todos sus impulsos están muy relacionados. Se detuvo, ¿lo sabías? Se detuvo en cuanto se dio cuenta de que era yo. —No podía decírmelo así, no podía pronunciar aquella palabra. Sabía sin lugar a dudas que, de estar en sus cabales, Bill habría devorado antes su propia mano que hacerme eso a mí. En aquel momento, él era la única pareja sexual que yo había tenido en mi vida. Mis sentimientos respecto a aquel incidente eran tan confusos que ni siquiera soportaba recordarlos. Cuando anteriormente había pensado en una violación, cuando otras chicas me habían explicado sus experiencias o cuando se lo había leído en su mente, nunca había experimentado la ambigüedad que sentía con respecto al breve y terrible momento que pasé en el interior del maletero de aquel coche.

—Hizo algo que tú no querías que hiciera —dijo simplemente Alcide.

—No estaba en sus cabales —le repliqué.

—Pero lo hizo.

—Sí, lo hizo, y yo estaba tremendamente asustada. —Me empezó a temblar la voz—. Pero entonces recuperó el sentido y se detuvo, y yo me sentí bien y él lo lamentó muchísimo y de verdad. Desde entonces, jamás ha vuelto a ponerme la mano encima, jamás ha vuelto a pedirme si podíamos mantener relaciones, jamás… —Mi voz se fue apagando. Bajé la vista—. Sí, Debbie fue la responsable de que eso sucediera. —No sé por qué, pero decir aquello en voz alta me hizo sentir mejor—. Sabía lo que podía pasar, o, cuando menos, no le importaba lo que pudiera pasar.

—E incluso entonces —dijo Alcide, regresando al origen de todo—, ella volvió a mí y yo traté de racionalizar su comportamiento. Me cuesta creer que actuara así de no estar bajo algún tipo de influencia mágica.

No quería que Alcide se sintiera aún más culpable. Bastaba con la carga de culpabilidad que yo tenía que soportar.

—Oye, eso ya pasó.

—Parece que lo dices con seguridad.

Miré a Alcide a los ojos. Tenía entrecerrados sus ojos verdes.

—¿Crees que existe alguna posibilidad de que Debbie esté viva? —le pregunté.

—Su familia… —Alcide se interrumpió—. No, no lo creo.

No podía quitarme de encima a Debbie Pelt, ni viva ni muerta.

—Y ¿por qué tenías que hablar conmigo? —le pregunté—. Por teléfono me dijiste que querías contarme algo.

—El coronel Flood falleció ayer.

—Oh, lo siento mucho. ¿Qué pasó?

—Iba en coche a comprar cuando otro vehículo impactó con él por el costado.

—Es terrible. ¿Iba con alguien?

—No, iba solo. Sus hijos vendrán a Shreveport al funeral, naturalmente. Me preguntaba si querrías acompañarme.

—Claro que sí. ¿No es un servicio privado?

—No. Conocía a mucha gente destinada en la base aérea, era el jefe del grupo de vigilancia de su barrio y tesorero de su iglesia. Además, claro, de ser el jefe de nuestra manada.

—Muchas cosas. Mucha responsabilidad —dije.

—Es mañana a la una. ¿Qué horario de trabajo tienes?

—Si puedo cambiar el turno con alguna compañera, podría ir siempre que esté de regreso aquí a las cuatro y media, para cambiarme e ir a trabajar.

—Ningún problema.

—¿Quién será ahora el jefe de la manada?

—No lo sé —dijo Alcide, aunque su voz no sonó tan neutral como cabía esperar.

—¿Quieres tú el puesto?

—No. —Me pareció verlo algo dubitativo e intuí que en su cabeza reinaba el conflicto—. Pero mi padre sí lo quiere. —No había terminado. Me quedé esperando—. Los funerales de los hombres lobo son bastante ceremoniosos —prosiguió, y me di cuenta de que intentaba añadir alguna cosa más. Aunque no estaba segura de qué.

—Suéltalo. —Ser directo siempre es bueno, por lo que a mí refiere.

—Si piensas que puedes arreglarte bien para asistir, hazlo —dijo—. Sé que el resto de los cambiantes piensa que a los lobos sólo nos va el cuero y las cadenas, pero no es verdad. Para asistir a los funerales nos vestimos decentemente. —Quería tal vez darme más pistas sobre cómo vestirme, pero se detuvo ahí. Veía los pensamientos acumulándose detrás de sus ojos, ansiosos por salir.

—A las mujeres nos gusta saber cómo debemos arreglarnos —dije—. Gracias. No llevaré pantalones.

Movió la cabeza.

—Sé que puedes leer mis pensamientos, pero siempre me pillas desprevenido. —Escuché en su cabeza que estaba desconcertado—. Te recogeré a las once y media —añadió.

—Déjame mirar primero si puedo cambiar el turno.

Llamé a Holly y me dijo que me cambiaría el turno sin problema.

—Puedo ir en coche y nos vemos allí.

—No —dijo Alcide—. Vendré a buscarte y te devolveré a casa.

De acuerdo, si quería tomarse la molestia de venir a buscarme, no le diría que no. Así le ahorraría kilómetros a mi coche. Mi viejo Nova empezaba a no ser de mucho fiar.

—De acuerdo. Estaré lista a esa hora.

—Mejor que me vaya ya —dijo. Se hizo el silencio. Sabía que Alcide estaba pensando en besarme. Se inclinó y me besó levemente en los labios. Y, con aquellos escasos centímetros de por medio, nos quedamos mirándonos.

—Bueno, creo que yo tengo cosas que hacer y tú tienes que regresar a Shreveport. Estaré lista mañana a las once y media.

Cuando Alcide se hubo marchado, cogí el libro que había pedido prestado en la biblioteca, el último de Carolyn Haines, e intenté olvidar mis preocupaciones. Pero, por una vez, el libro no me ayudó a conseguirlo. Lo intenté con un baño caliente, y aproveché para depilarme las piernas hasta que quedaron suaves y perfectas. Me pinté las uñas de los pies y de las manos con un tono rosa intenso y después me arreglé las cejas. Al final conseguí relajarme y, cuando me acosté, me di cuenta de que había conseguido aquella sensación de paz gracias a los mimos que me había regalado. Caí dormida tan pronto, que ni siquiera terminé mis oraciones.

Capítulo
6

Como sucede con cualquier otro acto social, siempre hay que pensar bien qué te pones para acudir a un funeral, por mucho que parezca que la ropa tendría que ser la menor de tus preocupaciones en una ocasión así. Pese a que habíamos coincidido poco, admiraba al coronel Flood, de manera que quería ir correctamente vestida a su funeral, sobre todo después de los comentarios de Alcide.

Y no conseguía encontrar en mi armario nada que me pareciera adecuado. A las ocho de la mañana, llamé a Tara, que me dio el código para entrar en su casa y desactivar la alarma.

—Coge lo que necesites de mi armario —me dijo—. Pero sobre todo no entres en las demás habitaciones, ¿entendido? Ve directamente de la puerta de acceso trasera a mi habitación y vuelve.

—Eso es lo que pensaba hacer —dije, intentando no parecer ofendida. ¿Acaso pensaba Tara que me dedicaría a fisgonear por toda la casa?

—Ya lo sé, es sólo que me siento responsable.

De pronto comprendí que lo que Tara pretendía decirme era que tenía a un vampiro durmiendo en su casa. Podía tratarse del guardaespaldas, Mickey, o tal vez de Franklin Mott. Después de la advertencia de Eric, quería mantenerme alejada de Mickey. Aunque sólo los vampiros muy antiguos pueden levantarse antes del anochecer, tampoco es que me apeteciera en absoluto tropezarme con uno dormido.

—De acuerdo, ya te capto —dije apresuradamente. La idea de estar a solas con Mickey me produjo un escalofrío, y no de placer, precisamente—. Entro y salgo. —Como no tenía tiempo que perder, me metí en el coche y me dirigí a la casita que Tara tenía en la ciudad. Era una casa sencilla en un barrio modesto, pero al recordar el lugar donde se había criado, pensé que era casi un milagro que Tara tuviese su propio hogar.

Hay gente que nunca debería tener hijos; y si sus hijos tuvieran la desgracia de nacer, deberían ser apartados de sus padres inmediatamente. Pero eso no está permitido en nuestro país, ni en ningún lugar que yo conozca, aunque estoy segura de que sería bueno. Los Thornton, alcohólicos ambos, habían sido gente malvada que debería haber muerto mucho antes de lo que lo hicieron. (Cuando pienso en ellos me olvido por completo de mi religión). Recuerdo a Myrna Thornton irrumpiendo en casa de mi abuela en busca de Tara, haciendo caso omiso a las propuestas de mi abuela, hasta que ésta se vio obligada a llamar a la oficina del sheriff para que vinieran a llevarse a Myrna. Tara, en cuanto había visto aparecer a su madre, había salido corriendo por la puerta trasera para ir a esconderse en el bosque que hay detrás de la casa. Tara y yo teníamos trece años por aquel entonces.

Aún veo con claridad la expresión del rostro de mi abuela hablando con el representante de la ley que acababa de obligar a Myrna Thornton, esposada y chillando, a sentarse en la parte posterior del coche patrulla.

—Es una lástima que no pueda echarla al río de camino hacia la ciudad —había dicho el policía. No recordaba su nombre, pero sus palabras me dejaron impresionada. Tardé un momento en comprender a qué se refería, pero en cuanto lo capté, vi que había más gente que sabía por lo que Tara y sus hermanos estaban pasando. Y esa gente eran adultos de pleno derecho. Si estaban al corriente, ¿por qué no hacían nada para solucionar el problema?

Ahora comprendía que las cosas no son tan sencillas, pero seguía pensando que los hijos de los Thornton podrían haberse ahorrado unos cuantos años de penurias.

Al menos ahora Tara tenía su casita, con sus electrodomésticos nuevos, un armario lleno a rebosar de ropa y un novio rico. Tenía la incómoda sensación de que no estaba al corriente de todo lo que sucedía en la vida de Tara, pero a simple vista las cosas le iban mucho mejor de lo que habría cabido esperar.

Tal y como Tara me dijo, atravesé la cocina, limpia como los chorros del oro, giré hacia la derecha y atravesé una esquina de la sala de estar para acceder a su habitación. Ella no había tenido tiempo de hacer la cama por la mañana. En un momento, estiré las sábanas y la dejé arreglada. (No pude evitarlo). No sabía si acababa de hacerle un favor o no, pues ahora Tara sabría que me importaba no ver la cama hecha, pero por nada del mundo pensaba deshacerla de nuevo.

Abrí la puerta del vestidor. Y al instante detecté lo que necesitaba. En la zona central, de una de las perchas colgaba un traje de chaqueta de punto. La chaqueta era negra con las solapas con detalles de color rosa claro, pensada para ir a juego con la blusa rosa que había colgada en otra percha a su lado. La falda negra era plisada. Tara la había hecho acortar por el dobladillo. La etiqueta del arreglo estaba aún en la bolsa de plástico que cubría el conjunto. Me acerqué la falda y me miré en el espejo de cuerpo entero. Tara era unos cinco centímetros más alta que yo, de modo que la falda me quedaba un par de centímetros por encima de la rodilla, un largo adecuado para un funeral. Las mangas de la chaqueta me iban un poco largas, pero apenas se notaba. Yo tenía unos zapatos de salón negros y un bolso, e incluso unos guantes negros que guardaba para ocasiones especiales.

Misión cumplida, en tiempo récord.

Guardé la chaqueta y la blusa en la bolsa de plástico, junto con la falda, y salí enseguida de la casa. Había estado allí menos de diez minutos. Deprisa, ya que tenía mi cita a las diez, empecé a prepararme. Me recogí el pelo en una trenza francesa y la enrollé formando un moño con la ayuda de unos pasadores antiguos de mi tatarabuela. Por suerte tenía unas medias negras y también unas braguitas negras, y el rosa de mis uñas iba perfectamente conjuntado con el de la chaqueta y la blusa. Cuando a las diez oí que llamaban a la puerta, ya estaba lista. Sólo me faltaba ponerme los zapatos. Me los calcé de camino hacia la puerta.

Jack Leeds observó asombrado mi transformación y Lily levantó las cejas.

—Pasen, por favor —dije—. Estaba arreglándome para asistir a un funeral.

—Espero que no se trate del entierro de un amigo —dijo Jack Leeds. La cara de su compañera parecía esculpida en mármol. ¿No habría oído hablar nunca de los rayos UVA?

—No era un amigo íntimo. ¿Quieren sentarse? ¿Desean tomar algo? ¿Un café?

—No, gracias —dijo él, transformando su cara con una sonrisa.

Los detectives tomaron asiento en el sofá y yo me instalé en mi sillón reclinable. No sabía por qué, pero aquella elegancia a la que no estaba acostumbrada me daba valentía.

—En cuanto a la noche de la desaparición de la señorita Pelt —empezó a decir Leeds—, ¿la vio usted en Shreveport?

—Sí, estaba invitada a la misma fiesta que ella. En casa de Pam. —Todos los que estuvimos presentes en la Guerra de los Brujos (Pam, Eric, Clancy, los tres wiccanos y los lobos que habían sobrevivido) habíamos acordado un relato común: en lugar de explicar a la policía que Debbie se había marchado del local comercial abandonado donde los brujos establecieron su escondite, dijimos que habíamos pasado la velada en casa de Pam y que Debbie se había marchado de allí en su propio coche. Los vecinos podrían haber testificado que todo el mundo había salido en masa de allí de no ser porque los wiccanos habían recurrido a su magia para borrarles los recuerdos de la noche.

—El coronel Flood también estaba allí —dije—. De hecho, el funeral al que tengo que asistir es el suyo.

Lily forzó una expresión de curiosidad, seguramente el equivalente a la que pondría otra persona al decir: «¡Oh, no puede ser, estará bromeando!».

—El coronel Flood murió en un accidente de coche hace dos días —les dije.

Se miraron entre ellos.

—¿Así que en esa fiesta había bastante gente? —preguntó Jack Leeds. Estaba segura de que tenía la lista completa de todos los presentes en el salón de casa de Pam para celebrar lo que básicamente fue una reunión de preparación de la batalla.

—Oh, sí, bastante gente. Yo no los conocía a todos. Era gente de Shreveport. —Aquella noche fue, por ejemplo, la primera vez que vi a los tres wiccanos. A los licántropos los conocía de vista. A los vampiros, bastante más.

—¿Conocía usted ya a Debbie Pelt?

—Sí.

—¿De cuándo usted salía con Alcide Herveaux?

Estaba claro que habían hecho los deberes.

—Sí —respondí—. De cuando salía con Alcide. —Mi cara era tan inexpresiva como la de Lily. Tenía mucha práctica en lo que a guardar secretos se refiere.

—¿Estuvo usted con él alguna vez en el apartamento que los Herveaux tienen en Jackson?

A punto estuve de decirles que habíamos dormido en camas separadas, pero la verdad es que no les importaba.

—Sí —respondí.

—¿Se encontraron ustedes dos una noche con la señorita Pelt en Jackson, en un club llamado Josephine's?

—Sí, ella celebraba su compromiso con un chico apellidado Clausen —dije.

—¿Sucedió algo entre ustedes aquella noche?

—Sí. —Me pregunté con quién habrían estado hablando; alguien había dado a los detectives mucha información que no deberían tener—. Se acercó a nuestra mesa, nos hizo algunos comentarios.

—Y hace unas semanas, usted fue a visitar a Alcide Herveaux a su oficina. ¿Estuvieron ustedes en la escena de un crimen aquella tarde?

Habían hecho los deberes demasiado bien.

—Sí —respondí.

—Y ¿le contó a la policía presente en aquel lugar que usted y Alcide Herveaux estaban prometidos?

Las mentiras siempre acaban dándote un buen pellizco en el culo.

—Creo que fue Alcide quien lo dijo —respondí, intentando poner cara pensativa.

—¿Y era verdad?

Jack Leeds me tenía por la mujer más errática que había conocido en su vida, y no alcanzaba a comprender cómo alguien que se comprometía y rompía su compromiso con tanta facilidad podía ser la camarera trabajadora y seria a la que había conocido la noche anterior.

Ella estaba pensando que yo tenía la casa muy limpia y aseada. (Extraño, ¿no?) Pensaba también que yo era muy capaz de matar a Debbie Pelt, pues era una mujer que encontraba a los demás capaces de hacer cosas horripilantes. Ella y yo compartíamos más de lo que se imaginaba. Yo pensaba lo mismo que ella, aunque eso tan sólo se debía a todo lo que había captado directamente del cerebro de la gente.

—Sí —respondí—. En aquel momento era cierto. Estuvimos comprometidos durante… diez minutos. A lo Britney Spears. —Odiaba mentir. Siempre sabía cuándo los demás mentían, así que me sentí como si tuviera la palabra «MENTIROSA» impresa en la frente.

Jack Leeds dejó escapar una mueca, pero mi referencia al matrimonio de cuarenta y cinco horas de duración de la cantante pop no hizo mella en Lily Bard Leeds.

—¿Se oponía la señorita Pelt a que usted saliera con Alcide?

—Oh, sí. —Me alegraba de tener años de práctica escondiendo mis sentimientos—. Pero Alcide no quería casarse con ella.

—¿Estaba la señorita Pelt enfadada con usted?

—Sí —respondí, pues sin duda alguna ellos conocían la verdad al respecto—. Sí, podría decirse que sí. Me insultó.

Probablemente ya habrán oído decir que Debbie no creía que fuera bueno esconder sus emociones.

—¿Cuándo la vio por última vez?

—La vi por última vez… —(Le faltaba prácticamente la mitad de la cabeza, estaba tirada en el suelo de mi cocina, enlazando sus piernas con las patas de una silla)—. A ver que lo piense… Cuando se fue de la fiesta aquella noche. Se marchó sola. —Aunque no de casa de Pam, sino de otro lugar; un lugar lleno de cadáveres, con las paredes completamente salpicadas de sangre—. Me imaginé que regresaría a Jackson. —Me encogí de hombros.

—¿No pasó por Bon Temps? Le venía de paso por la carretera interestatal, en el camino de vuelta.

—No sé por qué tendría que hacerlo. En cualquier caso, a mi puerta no llamó. —Sino que la forzó.

—¿La vio después de la fiesta?

—No la he visto desde esa noche. —Eso era completamente cierto.

—¿Ha vuelto a ver al señor Herveaux?

—Sí.

—¿Están prometidos en este momento?

Sonreí.

—No, que yo sepa —respondí.

No me sorprendió que la mujer me preguntara si podía utilizar mi baño. Había bajado mi guardia mental para escuchar sus pensamientos y averiguar hasta qué punto sospechaban los detectives, de manera que sabía que quería echar un vistazo más a fondo a mi casa. Le indiqué el baño del vestíbulo, no el de mi dormitorio; tampoco es que fuera a encontrar algo sospechoso en ninguno de ellos.

—Y ¿qué me dice del coche? —me preguntó de pronto Jack Leeds. Intenté mirar de reojo el reloj de la repisa de la chimenea porque quería asegurarme de que la pareja se iba antes de que Alcide pasara a buscarme para asistir al funeral.

—¿Hummm? —Había perdido el hilo de la conversación.

—El coche de Debbie Pelt.

—¿Qué pasa con él?

—¿Tiene usted idea de dónde está?

—Ni la más remota —dije, con total sinceridad.

Cuando Lily regresó al salón, Jack Leeds me preguntó:

—Señorita Stackhouse, por pura curiosidad, ¿qué cree que le ha pasado a Debbie Pelt?

Pensé: «Creo que obtuvo su merecido». Me quedé sorprendida ante mi propia reflexión. A veces no soy una persona muy agradable, y no parece que esté mejorando en este sentido.

—No lo sé, señor Leeds —contesté—. Supongo que podría decirle que, exceptuando la preocupación que pueda sentir su familia, la verdad es que no me importa. No nos gustábamos. Ella me hizo un agujero en mi chal, me llamó ramera y se comportaba fatal con Alcide; aunque, dado que es adulto, ése debería ser su problema. A ella le gusta fastidiar a la gente. Y le encanta que todo el mundo baile a su son. —Jack Leeds estaba algo pasmado ante aquel torrente de información—. ¿Qué quiere que le diga? —concluí—, así es como me siento.

—Gracias por su sinceridad —dijo, mientras su esposa me taladraba con sus ojos azul claro. Por si me quedaban dudas, en aquel momento comprendí con claridad que ella era el cerebro de la pareja. Y considerando lo profundo de la investigación llevada a cabo por Jack Leeds, ella debía de ser muy inteligente.

—Lleva el cuello arrugado —dijo ella en voz baja—. Permítame que se lo ponga bien. —Me quedé inmóvil mientras ella, con destreza, me arreglaba el cuello de la chaqueta.

Se marcharon después de aquello. En cuanto vi desaparecer el coche en dirección a la carretera, me quité la chaqueta y la examiné con atención. Aunque no había captado esa información en su cerebro, ¿podría ser que me hubiese puesto un micrófono? Tal vez los Leed sospecharan más de mí de lo que parecía. No, descubrí: en realidad aquella mujer era tan maniática como yo me imaginaba y lo único que ocurría era que no soportaba ver aquel cuello mal puesto. Pero, como la que sí que sospechaba era yo, inspeccioné el baño del vestíbulo. No había entrado en él desde que lo había limpiado hacía ya una semana, de modo que se veía tan limpio, arreglado y reluciente como puede verse un baño muy antiguo de una casa muy antigua. El lavabo estaba húmedo, y la toalla había sido utilizada y doblada otra vez, pero eso era todo. No había nada más, y no faltaba nada, y si la detective había abierto el armarito del baño para verificar su contenido, me daba lo mismo.

Me enganché el tacón en un orificio del suelo, ya muy desgastado. Por enésima vez me pregunté si algún día aprendería a colocar el linóleo, porque aquel suelo necesitaba en serio un arreglo. Me pregunté también cómo era capaz de preocuparme del suelo cuando apenas hacía un momento estaba tratando de ocultar el hecho de que había matado a una mujer.

—Era mala —dije en voz alta—. Era malvada y mala, y deseaba mi muerte sin ningún motivo.

Por eso podía hacerlo. Hasta ahora había vivido dentro de una coraza de culpabilidad que acababa de romperse. Estaba harta de andar constantemente angustiada y preocupada por alguien que podía haberme matado en un abrir y cerrar de ojos, por alguien que había hecho todo lo posible por provocar mi muerte. Yo nunca habría estado a la espera de poder tenderle una emboscada a Debbie, pero tampoco estaba dispuesta a permitir que me matase porque le apeteciera verme muerta.

Al diablo con todo aquel asunto. No sé si la encontrarían o no. Pero no tenía sentido seguir preocupándose por ello.

De pronto, me sentí mucho mejor.

Oí el sonido de un vehículo avanzando por el bosque. Alcide llegaba puntual. Esperaba ver aparecer su Dodge Ram, pero para mi sorpresa llegó a bordo de un Lincoln azul oscuro. Llevaba el pelo lo mejor peinado posible, que tampoco es decir mucho, e iba vestido con un sobrio traje gris marengo y corbata granate. Cuando lo vi ascender las escaleras del porche, me quedé boquiabierta. Estaba para comérselo, e intenté no ponerme a reír como una tonta ante aquella imagen mental.

Cuando abrí la puerta, también él se quedó pasmado.

—Estás estupenda —dijo, después de repasarme de arriba abajo.

—También tú —dije, casi con timidez.

—Tenemos que irnos.

—Tienes razón, si queremos llegar a tiempo…

—Tenemos que llegar con diez minutos de antelación —dijo Alcide.

—¿Por qué? —Cogí mi bolsito negro de mano, me miré en el espejo para comprobar el estado de mi lápiz de labios y cerré la puerta principal de la casa. Por suerte, el día era lo bastante cálido como para poder dejar el abrigo. No me apetecía esconder mi conjunto.

—Es el funeral de un hombre lobo —dijo, dándole importancia.

—Y ¿en qué sentido es distinto a un funeral normal?

—Es el funeral de un jefe de manada, y eso lo hace más… formal.

Es verdad, ya me lo había dicho el día anterior.

—Y ¿cómo hacéis para que la gente normal y corriente no se dé cuenta?

—Ya lo verás.

Todo aquello me tenía un poco recelosa.

—¿Estás seguro de que yo debo ir?

—Él te convirtió en amiga de la manada.

Recordé que, aunque en su momento no me di cuenta, aquello era un título: «Amiga de la manada».

Tuve la incómoda sensación de que aún me quedaban muchos detalles por conocer sobre el funeral del coronel Flood. Normalmente, al leer la mente de los demás, solía disponer de más información sobre los temas de la que en realidad me interesaba; pero en Bon Temps no había hombres lobo, y los demás cambiantes no estaban organizados como los lobos. Y aunque me costaba leerle la mente a Alcide, sabía que estaba preocupado por lo que pudiera suceder en la iglesia, y sabía también que le preocupaba un hombre lobo en concreto llamado Patrick.

El funeral se celebraba en la iglesia episcopal de Grace, un barrio antiguo y adinerado de Shreveport. El edificio de la iglesia era muy tradicional, construido con piedra gris y coronado con un chapitel. En Bon Temps no había iglesia episcopal, pero sabía que sus servicios eran muy similares a los de la iglesia católica. Alcide me había comentado que su padre también asistiría al funeral y que, de hecho, era suyo el coche que habíamos utilizado.

—Mi padre pensó que mi camioneta no era lo bastante digna para la ocasión —dijo Alcide. Sabía que el padre de Alcide dominaba gran parte de sus pensamientos.

—Y ¿cómo va a venir tu padre? —le pregunté.

—Tiene otro coche —añadió Alcide distraídamente, como si apenas hubiera escuchado lo que acababa de decirle. Me quedé un poco sorprendida con la idea de que una sola persona tuviera dos coches: donde yo vivía, lo normal era tener un coche familiar y una camioneta, o una camioneta y un todoterreno, pero no dos vehículos del mismo tipo. De todas formas, mis sorpresas de la jornada no habían hecho más que empezar. Cuando llegamos a la I-20 y emprendimos camino hacia el oeste, el estado de humor de Alcide se había apoderado del interior del coche. No estaba muy segura de qué le pasaba, pero era evidente que requería silencio.

—Sookie —dijo de pronto Alcide, apretando con tanta fuerza el volante que incluso tenía los nudillos blancos.

—¿Sí? —Que la conversación tenía mala pinta no habría sido más evidente de haber estado escrito en un cartel luminoso colocado sobre la frente de Alcide. Seguía siendo «Don Conflictos Internos».

—Tengo que hablar contigo de un tema.

—¿De qué? ¿Crees que la muerte del coronel Flood tiene algo de sospechoso? —¡Sabía que debería habérmelo preguntado! Pero los demás cambiantes habían sido atacados con arma de fuego. Un accidente de coche era algo tan distinto…

—No —respondió Alcide, sorprendido—. Por lo que sé, el accidente no fue más que eso: un simple accidente. El otro coche se pasó un semáforo en rojo.

Me acomodé en el asiento de cuero.

—Y entonces ¿qué?

—¿Hay alguna cosa que quieras contarme?

Me quedé helada.

—¿Contarte? ¿Sobre qué?

—Sobre aquella noche. Sobre la noche de la Guerra de Brujos.

Por una vez me sirvieron mis muchos años de controlar mi expresión.

—No tengo nada que contarte —dije tranquila.

Alcide no preguntó nada más. Aparcó el coche, abrió su puerta y rodeó el vehículo para abrir la mía, un detalle que no era necesario pero que resultó agradable. Decidí que no necesitaba llevarme el bolso, de modo que lo escondí debajo del asiento y Alcide cerró el coche. Empezamos a caminar hacia la iglesia. Me cogió de la mano, una acción que me pilló por sorpresa. Tal vez fuera una amiga de la manada, pero supuestamente debía ser más amiga de algunos miembros de la manada que de otros.

—Allí está mi padre —dijo Alcide cuando nos acercamos a un grupo de asistentes. El padre de Alcide era algo más bajo que su hijo, pero era un hombre fornido como él. Jackson Herveaux tenía el cabello gris acerado en lugar de negro y una nariz más pronunciada. Tenía la misma piel morena olivácea que Alcide. En aquel momento, Jackson se veía mucho más oscuro porque estaba al lado de una mujer de piel clara y delicada con resplandeciente cabello blanco.

—Padre —dijo formalmente—, te presento a Sookie Stackhouse.

—Encantado de conocerte, Sookie —dijo Jackson Herveaux—. Te presento a Christine Larrabee. —Christine, que debía de estar entre los cincuenta y siete y los sesenta y siete, parecía un cuadro al pastel. Sus ojos eran de un azul clarísimo, su piel suave tenía el tono de una magnolia con un débil matiz rosa, llevaba el cabello blanco impecablemente peinado.

Vestía un traje de chaqueta de color azul celeste, que yo personalmente no me habría puesto hasta que el invierno estuviese completamente terminado, pero que a ella le sentaba de maravilla.

—Encantada de conocerles —dije, preguntándome si debía hacer una pequeña genuflexión. Le había estrechado la mano al padre de Alcide, pero Christine no había extendido la suya. Me saludó con un movimiento de cabeza y una dulce sonrisa. Probablemente no querría arañarme con su anillo de diamantes, decidí después de echar un vistazo a sus dedos. Naturalmente, la sortija hacía juego con los pendientes. Aquella gente me superaba con mucho, sin duda. «Me da lo mismo», pensé. Al parecer era mi día ideal para quitarme de encima cosas desagradables.

—Una ocasión muy triste —dijo Christine.

Si le apetecía un poco de cháchara de cortesía, me apuntaba al tema.

—Sí, el coronel Flood era un hombre maravilloso —dije.

—Oh, ¿le conocías, querida?

—Sí —respondí. De hecho, incluso le había visto desnudo, aunque es evidente que en circunstancias nada eróticas.

Mi lacónica respuesta no le dio muchas alternativas. Vi en sus ojos claros que yo le hacía gracia. Alcide y su padre estaban intercambiando comentarios en voz baja, comentarios que evidentemente yo tenía que ignorar.

—Me parece que hoy, tú y yo no somos más que simples elementos decorativos —dijo Christine.

—Entonces, ya sabe usted más que yo.

—Eso espero. ¿No tienes dos naturalezas?

—No. —Christine sí las tenía, por supuesto. Era una mujer lobo de pura sangre, como hombres lobo eran Jackson y Alcide. No lograba imaginarme aquella mujer tan elegante transformándose en loba, sobre todo con la reputación salvaje y vulgar que los lobos tenían dentro de la comunidad de los cambiantes, pero las impresiones que recibía de su mente eran inconfundibles.

—El funeral del jefe de la manada marca el inicio de la campaña para sustituirle —dijo Christine. Teniendo en cuenta que aquélla era la información más sólida que recibía en dos horas, me sentí de inmediato bien dispuesta hacia aquella mujer—. Teniendo en cuenta que Alcide te ha elegido como acompañante para un día como éste, tienes que ser algo extraordinario —continuó Christine.

—No sé si soy «extra» ordinaria. En el sentido literal, me imagino que lo soy. Tengo «extras» que no son ordinarios.

—¿Bruja? —conjeturó Christine—. ¿Hada? ¿Medio duende?

Caramba. Negué con la cabeza.

—Ninguna de esas cosas. ¿Qué tiene que suceder ahora?

—Como verás, hay más bancos reservados de lo habitual. La manada se sentará en la parte delantera de la iglesia, los emparejados con sus parejas, y sus hijos. Los candidatos a jefe de la manada vendrán al final.

—¿Cómo son elegidos?

—Se anuncian ellos mismos —dijo Christine—. Pero serán puestos a prueba y los miembros votarán después.

—Si no es una pregunta demasiado personal, ¿por qué el padre de Alcide la ha elegido como su acompañante?

—Soy la viuda del jefe de la manada anterior al coronel Flood —respondió sin alterarse Christine Larrabee—. Eso me da cierta influencia.

Asentí.

—Y ¿el jefe de la manada ha de ser siempre un hombre?

—No. Pero teniendo en cuenta que la fuerza forma parte de la prueba, siempre suelen ganar los varones.

—¿Cuántos candidatos hay?

—Dos. Jackson, naturalmente, y Patrick Furnan. —Inclinó su aristocrática cabeza ligeramente hacia la derecha, y observé con atención a una pareja que hasta entonces me había pasado desapercibida.

Patrick Furnan tendría unos cuarenta y cinco años, una edad entre la de Alcide y la de su padre. Era un hombre robusto, de pelo castaño claro y barba recortada. Llevaba un traje marrón y parecía tener problemas para abrocharse la chaqueta. Su acompañante era una mujer muy guapa que creía en el poder del lápiz de labios y las joyas. También tenía el pelo castaño y corto, aunque con reflejos rubios y un peinado sofisticado. Llevaba unos tacones de al menos diez centímetros. Observé aquellos zapatos con temor reverencial. Yo me partiría el cuello si intentara andar con ellos. Pero aquella mujer mantenía su sonrisa y ofrecía una palabra amable a quienquiera que la abordaba. Patrick Furnan era más frío. Calibraba a todo el mundo con sus ojos entrecerrados y evaluaba a todos los hombres lobo allí congregados.

—Esa mujer que se parece a Tammy Faye, ¿es su esposa? —le pregunté a Christine con discreción.

Ella emitió un sonido que habría clasificado de risa disimulada de no provenir de alguien con un porte tan aristocrático.

—Es verdad que lleva demasiado maquillaje —dijo Christine—. Se llama Libby. Sí, es su esposa, una mujer lobo de pura sangre, y tienen dos hijos. Forma parte de la manada.

Sólo el mayor de sus hijos se convertiría en hombre lobo al alcanzar la pubertad.

—Y ¿a qué se dedica? —pregunté.

—Es propietario de un concesionario de Harley-Davidson —dijo Christine.

—Es natural. —A los hombres lobo les encantaban las motos.

Christine sonrió, una sonrisa que probablemente era para ella lo más cercano a la risa.

—¿Quién lleva ventaja? —Me había visto empujada a participar en una partida y tenía que conocer las reglas. Más tarde ya me las apañaría con Alcide; pero en aquel momento se trataba de superar el funeral, pues a eso había ido.

—Es difícil de decir —murmuró Christine—. Si me hubiesen dado a elegir, no habría venido con ninguno de los dos, pero Jackson recurrió a nuestra vieja amistad y tuve que venir con él.

—Eso no está bien.

—No, pero es práctico —dijo ella—. Jackson necesita todo el apoyo que pueda obtener. ¿Te pidió Alcide que apoyases a su padre?

—No. Ignoraba por completo la situación hasta que usted ha tenido la amabilidad de informarme. —Moví la cabeza indicándole que le estaba agradecida por ello.

—Ya que no eres una mujer lobo… Discúlpame, cariño, pero simplemente estoy tratando de comprender todo esto… ¿Qué puedes hacer por Alcide, me pregunto? ¿Por qué te ha metido en esto?

—Más le vale explicármelo pronto —contesté, y si mi voz sonó fría y amenazadora, me dio lo mismo.

—Su última novia desapareció —dijo Christine, pensativa—. Siempre estaban rompiendo y reconciliándose, según me ha contado Jackson. Si sus enemigos tuvieron algo que ver con el asunto, deberías andarte con cuidado.

—No creo que corra peligro —dije.

—¿Perdón?

Pero ya había hablado demasiado.

—Hummm —dijo Christine, después de examinarme con atención—. Bueno, ella era demasiado diva para no ser ni siquiera una mujer lobo. —La voz de Christine expresó el desdén que los lobos sienten hacia los demás cambiantes. («¿Por qué molestarse en una transformación si no puedes transformarte en lobo?», le oí decir una vez a un hombre lobo).

Me llamó la atención el brillo de una cabeza afeitada, y me situé un poco más a la izquierda para ver mejor. Era un hombre al que no había visto nunca. A buen seguro me habría acordado de él: muy alto, más alto que Alcide o incluso que Eric, me daba la impresión. Su cabeza y sus brazos lucían un espléndido bronceado. Lo sabía porque iba vestido con una camiseta sin mangas de seda negra, pantalones negros y relucientes zapatos de vestir. Era un día fresquillo de finales de enero, pero eso parecía traerle sin cuidado. Entre él y la gente que le rodeaba había un espacio muy definido.

Lo miré, preguntándome sobre su persona, y él se volvió hacia mí, como si hubiera captado mi mirada. Tenía una nariz orgullosa y su cara era tan suave como su cabeza afeitada. Desde la distancia a la que estaba, me pareció ver que tenía los ojos negros.

—¿Quién es? —le pregunté a Christine con un hilo de voz. Se había levantado el viento y agitaba las hojas de los arbustos de acebo plantados junto a la iglesia.

Christine le lanzó una mirada al hombre, y debió de entender mi pregunta, pero no me respondió.

La escalera y el interior de la iglesia empezaban a llenarse de gente normal y corriente que se mezclaba con los licántropos. Aparecieron en las puertas dos hombres vestidos de negro. Se quedaron allí, cruzando las manos delante de su cuerpo, y el de la derecha saludó con un movimiento de cabeza a Jackson Herveaux y Patrick Furnan.

Los dos hombres, junto con sus acompañantes femeninas, se quedaron el uno frente al otro al pie de las escaleras. Los hombres lobo desfilaron entre los dos para entrar en la iglesia. Algunos saludaban con la cabeza a uno, otros al otro, y algunos incluso a los dos. Gente que quería quedar bien con todo el mundo. Aunque su número se había visto reducido después de la reciente guerra con los brujos, conté veinticinco lobos adultos de pura sangre en Shreveport, una manada muy grande para una ciudad tan pequeña. Me imaginé que su tamaño era atribuible a la presencia de la base aérea en la ciudad.

Todos los que pasaron entre los dos candidatos eran hombres lobo. Vi solamente a dos niños. Naturalmente, habría padres que habían decidido dejar a sus hijos en el colegio antes que llevarlos al funeral. Pero estaba segura de que estaba siendo testigo de lo que Alcide me había contado: los hombres lobo sufrían infertilidad y un elevado porcentaje de mortalidad infantil.

La hermana menor de Alcide, Janice, se había casado con un humano. De hecho, ella nunca llegaría a transformarse, pues no era la primera hija del matrimonio. Alcide me había contado que los genes recesivos de lobo de su hijo se revelarían en forma de una mayor fortaleza y una mayor capacidad de curación. Muchos atletas profesionales venían de parejas cuyo componente genético contenía cierto porcentaje de sangre de hombre lobo.

—Vamos a entrar enseguida —murmuró Alcide. Estaba de pie a mi lado, examinando las caras de los que entraban.

—Después te mato —le dije, manteniendo una expresión tranquila mientras los hombres lobo iban entrando—. ¿Por qué no me explicaste todo esto?

El hombre alto subió las escaleras, balanceando los brazos al ritmo de su paso y moviendo el cuerpo con resolución y elegancia. Giró la cabeza hacia mí cuando pasó por mi lado, y nuestras miradas se encontraron. Tenía los ojos muy oscuros, pero seguía sin poder distinguir bien el color. Me sonrió.

Alcide me rozó la mano, como si supiera que me había despistado un poco. Se inclinó hacia mí y me susurró al oído:

—Necesito tu ayuda. Después del funeral, tienes que tratar de leerle la mente a Patrick. Seguro que piensa hacer alguna cosa para sabotear a mi padre.

—Y ¿por qué no te has limitado a pedírmelo? —Me sentía confusa, y herida, principalmente.

—¡Esperaba que te dieras cuenta de que de todas formas me lo debías!

—¿Y por qué piensas eso?

—Sé que mataste a Debbie.

Si me hubiera dado un bofetón, no me habría sorprendido tanto. No tenía ni idea de qué cara se me había quedado. Superado el impacto de la sorpresa y mi sensación de culpabilidad, le dije:

—Abjuraste de ella. ¿Qué te importa?

—Nada —respondió—. Nada. Para mí ya estaba muerta. —Pasó un instante sin que acabara de creerse lo que acababa de decir—. Pero tú pensaste que me afectaría mucho y por eso me lo ocultaste. Así que convendrás conmigo en que me debes una.

De haber tenido una pistola a mano, la habría sacado en aquel mismo momento.

—Yo no te debo nada —dije—. Y me parece que viniste a buscarme con el coche de tu padre porque sabías que de haber venido en mi propio coche me habría ido después de oír esto.

—No —dijo. Seguíamos hablando en voz baja, pero por las miradas de reojo que estábamos recibiendo, me di cuenta de que nuestro intenso coloquio empezaba a llamar la atención—. Bueno, quizá. Por favor, no le des importancia a lo de que me debías una. La verdad es que mi padre tiene problemas y haría cualquier cosa por ayudarle. Y tú puedes ayudarme.

—La próxima vez que necesites ayuda, limítate a pedírmela. No intentes chantajearme para que lo haga, ni manipularme. Me gusta ayudar a la gente. Pero odio que me fuercen o me engañen. —Alcide bajó la vista, así que lo agarré por la barbilla y le obligué a mirarme—. Lo odio.

Miré la escalera para calibrar el interés que nuestra pelea atraía. El hombre alto había reaparecido. Nos miraba con una expresión indescriptible. Pero sabía que habíamos llamado su atención.

Alcide también levantó la vista. Se le subieron los colores.

—Tenemos que entrar ya. ¿Entras conmigo?

—¿Qué significado tiene que entre contigo?

—Significa que estás del lado de mi padre en su lucha por la jefatura de la manada.

—Y eso ¿qué me obliga hacer?

—Nada.

—Y entonces ¿por qué es importante que entre contigo?

—Porque aunque elegir al jefe es un asunto de la manada, podría influir que se supiese lo mucho que nos ayudaste en la Guerra de los Brujos.

La Trifulca de los Brujos, sería más preciso, porque aunque fue la lucha de ellos contra nosotros, el número total de gente involucrada había sido bastante pequeño… cuarenta o cincuenta. Comprendí, sin embargo, que en la historia de la manada de Shreveport era un episodio épico.

Bajé la vista hacia mis zapatos de tacón negros. Mis instintos eran contradictorios, y parecían ambos igual de fuertes. Uno me decía: «Estás en un funeral. No montes el numerito. Alcide siempre se ha portado bien contigo y no te costaría nada hacer esto por él». El otro me decía: «Alcide te ayudó en Jackson porque intentaba mantener a su padre alejado de los problemas con los vampiros. Ahora vuelve de nuevo a quererte involucrar en algo peligroso simplemente para ayudar a su padre». La primera voz irrumpió de nuevo: «Alcide sabía que Debbie era mala. Intentó alejarse de ella y luego la abjuró». La segunda voz dijo: «¿Por qué se enamoraría de una mala zorra como Debbie? ¿Por qué se planteó incluso seguir con ella cuando tenía pruebas de que era malvada? Nadie más ha sugerido que Debbie tuviera poderes mágicos. Eso de la "magia" no es más que una excusa barata». Me sentía como Linda Blair en *El exorcista*, como si mi cabeza diera vueltas sin cesar sobre mi cuello.

Ganó finalmente la voz número uno. Posé la mano en el brazo doblado de Alcide, subimos la escalinata y entramos en la iglesia.

Los bancos estaban llenos de gente normal y corriente. Las primeras tres filas de ambos lados estaban reservadas para la manada. Pero el hombre alto, que destacaría en cualquier parte, estaba sentado en la última fila. Miré de reojo sus anchos hombros antes de centrar toda mi atención en la ceremonia de la manada. Los dos niños Furnan, monísimos ellos, avanzaron solemnemente hasta el primer banco del lado derecho de la iglesia. Después entramos Alcide y yo, precediendo a los dos candidatos a jefe de la manada. Curiosamente, aquella ceremonia de tomar asiento me recordaba a una boda, con Alcide y yo ocupando el puesto del padrino y la dama de honor. Jackson y Christine y Patrick y Libby Furnan representarían el papel de los padres del novio y de la novia.

No tengo ni idea de lo que pensaría de todo aquello la gente normal y corriente que asistía a la ceremonia.

Sabía que todo el mundo nos miraba, pero yo ya estaba acostumbrada a eso. Si siendo camarera te acostumbras a algo, es a que todo el mundo te mire. Yo iba vestida adecuadamente y había conseguido obtener el máximo rendimiento de mi persona, y Alcide se había aplicado tanto como yo. Que miraran, pues. Tomamos asiento en el primer banco de la parte izquierda de la iglesia. Vi que Patrick Furnan y su esposa, Libby, se instalaban en el banco del otro lado del pasillo. Miré hacia atrás y vi que Jackson y Christine se acercaban caminando lentamente, muy serios. Hubo un ligero movimiento de cabezas y manos, unos pocos susurros, y entonces Christine se sentó en el banco, con Jackson a su lado.

El féretro, envuelto en un paño elaboradamente bordado, entró por el pasillo sobre un carrito y todo el mundo se puso en pie. Empezó entonces el triste funeral.

Después de recitar la letanía que Alcide me indicó en el libro de oraciones, el sacerdote preguntó si alguien quería pronunciar unas palabras sobre el coronel Flood. Uno de sus amigos de la base aérea fue el primero y habló sobre el amor al deber del coronel y del orgullo con que ejercía su puesto. Le siguió uno de sus compañeros de la iglesia, que elogió la generosidad del coronel y alabó el tiempo que había dedicado a poner en orden los libros de contabilidad de la congregación.

Patrick Furnan abandonó entonces su lugar en el banco y se dirigió al atril. No caminaba con elegancia; era demasiado fornido para ello. Pero su discurso supuso un cambio con respecto a las elegías anteriores.

—John Flood fue un hombre notable y un gran líder —empezó a decir Furnan. Era un orador mucho mejor de lo que me esperaba. Aunque no sabía quién había escrito sus comentarios, era evidente que lo había hecho alguien muy culto—. En el orden fraternal que compartíamos, él fue siempre quien nos indicó la dirección que debíamos tomar, el objetivo que debíamos alcanzar. A medida que fue envejeciendo, comentó muchas veces que el suyo era un puesto para jóvenes.

Un cambio directo, de elegía a discurso de campaña. No fui la única que se percató de ello; todo a mi alrededor era movimiento, comentarios en voz baja.

Aunque desconcertado por la reacción que había levantado, Patrick Furnan siguió adelante.

—Yo le decía a John que él era el mejor hombre para ese puesto, y sigo creyéndolo. Independientemente de quién siga sus pasos, John Flood nunca será olvidado ni sustituido. El líder que lo siga sólo puede esperar trabajar tan duro como lo hizo John. Siempre me he sentido orgulloso de que él confiara en mí más de una vez, de que me considerara su mano derecha. —Con aquellas frases, el concesionario de Harley ponía de relieve su apuesta por reemplazar al coronel Flood como jefe de la manada (o, como se referían al puesto internamente, como Líder de la Manada).

Alcide, a mi derecha, estaba rígido de rabia. De no haber estado sentado en primera fila, le habría encantado hacerme unos cuantos comentarios sobre el discurso de Patrick Furnan. Al otro lado de Alcide estaba sentada Christine y, aunque su rostro parecía esculpido en marfil, también se notaba que estaba reprimiéndose.

El padre de Alcide esperó un momento más antes de iniciar su viaje hasta el atril. Era evidente que quería que despejásemos un poco las ideas antes de empezar su discurso.

Jackson Herveaux, adinerado perito y hombre lobo, nos dio la oportunidad de examinar su atractivo rostro maduro. Empezó su discurso diciendo:

—No existen muchas personas como John Flood. Un hombre cuya sabiduría fue atemperada y puesta a prueba con el paso de los años… —Vaya, vaya. Aquello no iba con intención, qué va.

Desconecté durante el resto del funeral y me sumergí en mis propios pensamientos. Tenía más que de sobra en qué pensar. Luego, cuando John Flood, coronel de la fuerza aérea y jefe de manada abandonó la iglesia por última vez, nos pusimos todos en pie. Me mantuve en silencio durante el trayecto hasta el cementerio, permanecí al lado de Alcide durante el entierro y regresé al coche cuando la ceremonia del pésame hubo concluido.

Busqué al hombre alto, pero no lo vi en el cementerio.

En el camino de regreso a Bon Temps, comprendí que Alcide quería seguir en silencio, pero sabía también que había llegado el momento de responder algunas preguntas.

—¿Cómo lo supiste? —le pregunté.

Ni siquiera trató de fingir que no comprendía lo que acababa de preguntarle.

—Cuando ayer fui a tu casa olí un rastro muy débil de ella en la puerta de entrada —dijo—. Tardé un rato en comprenderlo.

Nunca había considerado aquella posibilidad.

—No creo que hubiese podido captarlo de no haberla conocido tan bien —dijo—. La verdad es que no capté el olor de nadie más en toda la casa.

Al menos tanto fregar había merecido la pena. Era una suerte que Jack y Lilly Leeds no fueran seres de dos naturalezas.

—¿Quieres saber lo que ocurrió?

—Me parece que no —contestó, después de una prolongada pausa—. Conociendo a Debbie, me imagino que simplemente hiciste lo que tenías que hacer. Al fin y al cabo, la olí en tu casa, y ella no tenía nada que hacer allí. Y Eric seguía en tu casa por aquel entonces, ¿no? A lo mejor fue Eric. —La voz de Alcide sonaba casi esperanzada.

—No —dije.

—A lo mejor sí que quiero saber qué sucedió.

—A lo mejor yo ya no quiero contártelo. O crees en mí, o no crees. O piensas que soy el tipo de persona que mataría a una mujer sin tener buenos motivos para ello, o te das cuenta de que no lo soy. —La verdad es que me sentía más herida de lo que imaginaba podría llegar a sentirme. Traté por todos los medios de no introducirme en la cabeza de Alcide, pues temía poder captar algo que me resultara aún más doloroso.

Alcide intentó repetidas veces iniciar otra conversación, y tuve la sensación de que el viaje no terminaba nunca. Cuando aparcó en el claro y supe que estaba a escasos metros de mi casa, sentí una sensación de alivio abrumadora. Me moría de ganas de salir de aquel precioso coche.

Pero Alcide me siguió.

—No me importa —dijo con una voz que sonó casi como un gruñido.

—¿Qué? —Yo ya había llegado a la puerta y había introducido la llave en la cerradura.

—Que no me importa.

—No me lo creo.

—¿Qué?

—Tus pensamientos son más difíciles de leer que los de un ser humano normal y corriente, Alcide, pero veo en tu mente que tienes tus reservas. Y ya que querías que te ayudase con lo de tu padre, te lo diré: Patrick como quiera que se llame piensa sacar a relucir los problemas de juego de tu padre para demostrar que no puede ser un buen líder de la manada.

—Nada más poco limpio y sobrenatural que la verdad—. Leí su mente antes de que me pidieras que lo hiciera. Y, por cierto, me gustaría no volver a verte durante mucho, muchísimo tiempo.

—¿Qué? —volvió a decir Alcide. Era como si le hubiera dado un golpe en la cabeza con una barra de hierro.

—Verte…, escuchar tus pensamientos…, me hace sentir mal. —Naturalmente, era por diversos motivos, pero no me apetecía enumerarlos—. De modo que gracias por llevarme al funeral. —Tal vez sonó un poco sarcástico—. Te agradezco que pensaras en mí. —Y ahí debí de sonar más sarcástica si cabe. Entré en casa, le cerré la puerta en sus sorprendidas narices y rematé la escena cerrándola con llave. Me dirigí a la sala de estar, de tal modo que él pudiera oír mis pasos, pero me detuve para comprobar que regresaba al Lincoln. Oí el coche avanzar por el camino a toda velocidad, seguramente dejando unos buenos surcos marcados en mi preciosa gravilla.

Tengo que confesar que cuando me despojé del traje de Tara y lo doblé para llevarlo a la tintorería, me sentía abatida. Dicen que cuando se cierra una puerta, otra se abre. Pero quien dice esas cosas no sabe lo que es vivir en mi casa.

La mayoría de puertas que abro suelen tener algo espantoso acechando detrás.

Capítulo
7

Aquella noche, Sam estaba en el bar sentado en una mesa en un rincón, como un rey en visita oficial, con la pierna apoyada sobre otra silla y entre almohadones. Desde allí observaba el comportamiento de Charles y la reacción de la clientela al camarero vampiro.

Los clientes se acercaban a saludar a Sam, se sentaban en el taburete que tenía enfrente, charlaban con él unos minutos y luego dejaban el taburete libre. Sabía que a Sam le dolía la herida. Siempre capto la preocupación de la gente que sufre dolor. Pero se alegraba de ver a la clientela, le gustaba estar de vuelta en el bar y estaba satisfecho con el trabajo de Charles.

Captaba todo esto, pero no tenía ni idea de quién le había disparado. Alguien estaba atacando a los seres de dos naturalezas, alguien que había matado a unos cuantos y herido a bastantes más. Era necesario descubrir cuanto antes la identidad del francotirador. La policía no sospechaba de Jason, pero los suyos sí. Y si la gente de Calvin Norris decidía tomarse la justicia por su mano, encontrarían muy fácilmente la oportunidad de quitarse de encima a Jason. Ellos no sabían que, aparte de los atentados de Bon Temps, había habido más víctimas.

Sondeé cabezas, intenté sorprender a gente en momentos desprevenidos, traté incluso de pensar en los candidatos más prometedores para el papel de posible asesino a fin de no perder tiempo escuchando, por ejemplo, las preocupaciones de Liz Baldwin sobre su nieta mayor.

Daba por sentado que, con casi toda probabilidad, el atacante era un hombre. Conocía a muchas mujeres que cazaban y muchas más con acceso a rifles. Pero ¿verdad que los francotiradores siempre eran hombres? A la policía le desconcertaba la selección de objetivos del asesino porque desconocía la verdadera naturaleza de sus víctimas. Y los cambiantes encontraban obstáculos a su investigación porque buscaban solamente entre los sospechosos locales.

—Sookie —dijo Sam cuando pasé por su lado—. Ven aquí un momento.

Me agaché a su lado doblando una rodilla para que pudiera hablarme en voz baja.

—Sookie, no me gusta nada tener que volver a pedírtelo, pero el armario del almacén no es lo más adecuado para Charles. —El armario de la limpieza del almacén no estaba hecho para que quedase herméticamente cerrado, pero en su interior no entraba luz del día, lo que ya era algo. No tenía aberturas y estaba en el interior de una habitación sin ventanas.

Me llevó un momento dejar de divagar y concentrarme en lo que me decía.

—No vas a decirme ahora que no ha podido dormir —respondí con incredulidad. Los vampiros podían dormir durante el día bajo cualquier circunstancia—. Y estoy segura de que habrás colocado un candado también por la parte de dentro de la puerta.

—Sí, pero el interior del armario está lleno de bultos y dice que huele a fregona vieja.

—Normal, es donde guardamos las cosas de la limpieza.

—Lo que intento preguntarte es si de verdad te vendría tan mal alojarlo en tu casa.

—Dime cuál es el verdadero motivo por el que quieres que lo aloje en mi casa —respondí—. Tiene que haber un motivo más convincente que la comodidad diurna de un vampiro desconocido cuando, de todos modos, está muerto.

—¿Verdad que somos amigos desde hace mucho tiempo, Sookie?

Aquello empezaba a olerme mal.

—Sí —admití, incorporándome para que Sam tuviera que levantar la vista para mirarme—. ¿Y?

—He oído rumores de que la comunidad de Hotshot ha contratado a un hombre lobo para que vigile la habitación de Calvin en el hospital.

—Sí, a mí también me parece extraño. —Reconocí su preocupación, aunque no lo mencionase—. De modo que supongo que has oído lo que sospechan.

Sam movió afirmativamente la cabeza. Sus ojos azules se encontraron con los míos.

—Tienes que tomarte este asunto en serio, Sookie.

—Y ¿qué te hace pensar que no me lo tomo así?

—Que hayas rechazado a Charles.

—No veo qué tiene que yo no quiera a Charles durmiendo en mi casa con mi preocupación por Jason.

—Creo que te ayudaría a proteger a Jason, si hubiera necesidad. Yo estoy de baja con lo de la pierna… y no creo que fuera Jason quien me disparara.

El nudo de tensión que tenía en mi interior se relajó en cuanto Sam dijo eso. No me había dado cuenta de que estaba preocupada por lo que pudiera pensar él, pero así era.

Me ablandé un poco.

—Bien, de acuerdo —dije—. Puede quedarse en mi casa. —Me fui de su lado malhumorada, sin saber aún muy bien por qué había accedido.

Sam llamó a Charles y habló brevemente con él. Más tarde, mi nuevo invitado me pidió prestadas las llaves del coche para guardar su bolsa en el maletero. Pasados unos minutos, estaba de vuelta en el bar y me indicó que había guardado las llaves en mi bolso. Le hice un ademán de reconocimiento con la cabeza, tal vez un poco seco. No me sentía feliz, pero ya que me tocaba cargar con un huésped, me alegraba de que al menos fuese uno educado.

Aquella noche Mickey y Tara aparecieron por el Merlotte's. Como ocurrió la otra vez, la oscura intensidad del vampiro excitó levemente a todos los presentes en el bar, que empezaron a hablar más alto. Los ojos de Tara me siguieron con una especie de triste pasividad. Tenía ganas de poder hablar con ella a solas, pero no vi que abandonara la mesa con ninguna excusa. Aquello me pareció un motivo más de alarma. Siempre que acudía al bar en compañía de Franklin Mott, encontraba un momento para darme un abrazo, para charlar conmigo sobre la familia y el trabajo.

Vi de reojo en el otro extremo de la sala a Claudine, el hada, y pensé que tenía que llegar hasta allí para hablar un momento con ella. La situación de Tara me preocupaba. Como era habitual, Claudine estaba rodeada de un tropel de admiradores.

Finalmente, empecé a agobiarme tanto que decidí agarrar al vampiro por los colmillos y acercarme a la mesa de Tara. El peligroso Mickey miraba fijamente a nuestro llamativo nuevo camarero y apenas si me miró cuando me aproximé. Tara parecía tan esperanzada como asustada. Me coloqué a su lado y le posé la mano en el hombro para poder leer mejor sus pensamientos. Tara ha sabido salir tan bien adelante que apenas me preocupa su única debilidad: siempre elige al hombre equivocado. Me acordé de cuando salía con «Huevos» Benedict, que al parecer murió en un incendio el otoño pasado. Huevos bebía mucho y era de personalidad débil. Franklin Mott, al menos, trataba a Tara con respeto y la había inundado de regalos, aun cuando la naturaleza de los regalos sirviese para pregonar «Soy su amante» y no «Soy su novia con todas las de la ley». ¿Cómo se lo había hecho para estar ahora en compañía de Mickey? ¿De Mickey, cuyo nombre hacía temblar incluso al mismísimo Eric?

Me dio la sensación de haber estado leyendo un libro al que alguien hubiera arrancado algunas páginas.

—Tara —dije en voz baja. Levantó la vista, mostrando sus grandes ojos marrones soñolientos y mortecinos: más allá del miedo, más allá de la vergüenza.

Para quien no la conociera bien, su aspecto era prácticamente normal. Iba bien peinada y maquillada, iba vestida a la moda y estaba atractiva. Pero, interiormente, Tara vivía atormentada. ¿Qué le pasaba a mi amiga? ¿Por qué no me había dado cuenta antes de que algo la consumía por dentro?

Me pregunté qué hacer a continuación. Tara y yo nos habíamos quedado mirándonos, y aunque ella sabía que yo leía su interior, no respondía.

—Despierta —dije, sin siquiera saber de dónde me surgieron aquellas palabras—. ¡Despierta, Tara!

Una mano blanca me agarró en aquel momento del brazo y me obligó a retirar la mano del cuerpo de Tara.

—No te pago para que toques a mi chica —dijo Mickey. Tenía los ojos más fríos que había visto en mi vida. Eran fangosos, recordaban a los de un reptil—. Sino para que nos traigas las bebidas.

—Tara es mi amiga —contesté. Él seguía apretándome el brazo, y si es un vampiro quien lo hace, lo notas de verdad—. Estás haciéndole alguna cosa. O estás permitiendo que alguien le haga daño.

—Eso no es asunto tuyo.

—Claro que es asunto mío —dije. Sabía que mis ojos revelaban mi dolor y por un momento me atacó la cobardía. Con sólo mirarle a la cara sabía que podía matarme y salir acto seguido del bar sin que nadie pudiera detenerle. Que podía llevarse a Tara con él, como si fuese una mascota, o una cabeza de ganado. Antes de que el miedo se apoderara de mí, dije—: Suéltame. —Lo pronuncié de forma clara y precisa, aun sabiendo que su capacidad auditiva le permitía incluso detectar una aguja que cayera al suelo durante una tormenta.

—Tiemblas como un perro enfermo —dijo sarcásticamente.

—Suéltame —repetí.

—O… ¿qué me harás?

—No puedes permanecer despierto eternamente. Si no soy yo, será cualquier otro.

Mickey recapacitó. No creo que fuera por mi amenaza, aunque hablaba completamente en serio.

Miró a Tara y ella empezó a hablar, como si él acabara de darle cuerda.

—Sookie, no hagas una montaña de un grano de arena. Mickey es mi novio ahora. No me pongas en una situación incómoda delante de él.

Volví a posar la mano en su hombro y me arriesgué a apartar la mirada de Mickey para girarme hacia ella. Era evidente que quería que me fuera, lo decía con total sinceridad. Pero el porqué de sus motivos estaba curiosamente turbio.

—De acuerdo, Tara. ¿Queréis tomar alguna cosa más? —pregunté sin prisas. Estaba introduciéndome en su cabeza, pero me topaba con un muro de hielo, resbaladizo y prácticamente opaco.

—No, gracias —respondió con educación Tara—. Mickey y yo tenemos que irnos ya.

Me di cuenta de que las palabras de Tara pillaron a Mickey por sorpresa. Me sentí un poco mejor; Tara era responsable de sus actos, al menos hasta cierto punto.

—Te devolveré el traje de chaqueta. Ya lo he dejado en la tintorería —dije.

—No hay prisa.

—De acuerdo. Hasta luego. —Mickey sujetaba con fuerza el brazo de mi amiga y los dos se abrieron paso entre la multitud.

Recogí los vasos vacíos de la mesa, le pasé el trapo y regresé a la barra. Charles Twining y Sam estaban en estado de alerta. Habían observado el pequeño incidente. Me encogí de hombros y se relajaron.

Después de cerrar el bar, el nuevo gorila se quedó esperándome junto a la puerta trasera mientras yo me ponía el abrigo y buscaba las llaves en el bolso.

Abrí la puerta del coche y Charles entró.

—Gracias por acceder a alojarme en tu casa —dijo.

Le repliqué con la misma educación. No tenía ningún sentido ser descortés.

—¿Crees que a Eric le importará que me hospede aquí? —preguntó Charles mientras circulábamos por la estrecha carretera local.

—No ha dado su opinión al respecto —respondí secamente. Me molestaba que automáticamente se hubiese preguntado por Eric.

—¿Te viene a visitar a menudo? —preguntó Charles con una insistencia poco normal.

No le respondí hasta que aparcamos detrás de mi casa.

—Mira —dije—. No sé lo que habrás oído, pero no es mi…, no somos… eso. —Charles se quedó mirándome y fue lo suficientemente inteligente como para no decir nada más hasta que abrí la puerta trasera—. Inspecciona tú mismo —le indiqué, después de invitarle a cruzar el umbral. A los vampiros les gusta saber dónde están las entradas y las salidas—. Después te mostraré dónde vas a dormir. —Mientras el gorila observaba con curiosidad la humilde casa donde mi familia llevaba tantos años viviendo, colgué el abrigo y guardé el bolso en mi habitación. Me preparé un bocadillo después de preguntarle a Charles si le apetecía un poco de sangre. Siempre guardo alguna botella del grupo cero en la nevera, y vi que se sentía encantado de poder sentarse en el sofá y beber un poco después de haber examinado la casa. Charles Twining era un tipo tranquilo, teniendo en cuenta que era vampiro. No me atosigaba y no parecía querer nada de mí.

Le enseñé el panel que se levantaba en el suelo del vestidor de la habitación de invitados. Le expliqué el funcionamiento del mando a distancia de la tele, le mostré mi pequeña colección de películas y le enseñé los libros que tenía en las estanterías de la sala de estar y de la habitación de invitados.

—¿Se te ocurre cualquier otra cosa que pudieras necesitar? —le pregunté. Mi abuela me había educado muy bien, aunque no creo que nunca llegara a imaginarse que acabaría ejerciendo de anfitriona de unos cuantos vampiros.

—No, gracias, Sookie —respondió educadamente Charles. Sus largos y blancos dedos acariciaron el parche que le cubría el ojo, una curiosa costumbre que me ponía los pelos de punta.

—Entonces, si me disculpas, yo ya me voy a la cama. —Estaba cansada y me resultaba agotador tener que mantener una conversación con un desconocido.

—Por supuesto. Que descanses, Sookie. ¿Si me apetece pasear por el bosque…?

—Como quieras —dije enseguida. Tenía una copia de la llave de la puerta de atrás y la saqué del cajón de la cocina donde la guardaba. Éste llevaba siendo el cajón de sastre de la casa desde que se montó la cocina, quizá hacía ochenta años. En su interior había tal vez un centenar de llaves. Algunas, las que ya eran viejas cuando se montó la cocina, tenían un aspecto verdaderamente extraño. Yo había etiquetado las de mi generación, guardando la de la puerta de atrás en un llavero de plástico de color rosa que me había regalado el agente de seguros de State Farm—. Cuando entres ya para dormir, cierra con el pestillo de seguridad, por favor.

Asintió y cogió la llave.

Sentir compasión hacia un vampiro suele ser un error, pero no podía evitar pensar que Charles estaba envuelto por cierto halo de tristeza. Me parecía un ser solitario, y la soledad siempre tiene algo de patético. Yo misma la había experimentado. Siempre negaría con energía ser una persona patética, pero cuando veía la soledad en los demás, no podía evitar sentir lástima.

Me lavé la cara y me puse un pijama de nailon de color rosa. Me cepillé los dientes ya medio dormida y me acosté en la vieja cama que había utilizado mi abuela hasta su muerte. Mi bisabuela había tejido el edredón que me cubría, y mi tía abuela Julia había bordado el cubrecama. Por muy sola que estuviera en el mundo —con la excepción de mi hermano Jason—, dormía rodeada de toda mi familia.

Habitualmente duermo con mayor profundidad alrededor de las tres de la mañana, y fue durante ese periodo cuando me despertó la sensación de una mano en el hombro.

Volví a la consciencia de golpe, como si me hubiesen echado en una piscina de agua fría. Para combatir el susto que amenazaba con paralizarme, intenté lanzar un puñetazo. Algo gélido me lo agarró.

—No, no, ssshhh. —Era un susurro punzante en la oscuridad. Acento inglés. Charles—. Hay alguien por ahí fuera, Sookie.

Mi respiración parecía un acordeón. Me pregunté si estaría a punto de sufrir un infarto. Me llevé la mano al corazón, con la intención de sujetarlo cuando saliera disparado de mi pecho.

—¡Acuéstate! —me dijo al oído, y entonces noté, entre las sombras, que se agachaba al lado de la cama. Me tumbé de nuevo y cerré los ojos. El cabezal estaba situado entre las dos ventanas de la habitación, de manera que quienquiera que estuviese dando vueltas a la casa no podía ver bien mi cara. Intenté quedarme lo más quieta y relajada que me fue posible. Traté de pensar, pero estaba demasiado asustada. Si quien estaba fuera era un vampiro, no podría entrar... A menos que fuera Eric. ¿Había rescindido la invitación de entrada de Eric? No conseguía recordarlo. «Ése es precisamente el tipo de cosas de las que debería estar al tanto», me dije.

—Acaba de pasar —dijo Charles, con un hilo de voz tan débil que parecía casi la voz de un fantasma.

—¿Qué es? —pregunté en una voz que esperaba fuera prácticamente inaudible.

—Está demasiado oscuro para saberlo. —Si un vampiro no lograba verlo significaba que estaba oscuro de verdad—. Saldré a averiguarlo.

—No —dije enseguida, pero ya era demasiado tarde.

¡Por todos los santos! ¿Y si el merodeador era Mickey? Mataría a Charles..., seguro.

—¡Sookie! —Lo último que esperaba (aunque, en realidad, fuera incapaz de poder esperar alguna cosa) era que Charles me llamara—. ¡Sal, por favor!

Me puse mis zapatillas de color rosa y corrí por el pasillo hacia la puerta de atrás; me pareció que la voz venía de allí.

—Voy a encender la luz de fuera —grité. No quería cegar a nadie encendiéndola sin previo aviso—. ¿Estás seguro de que no pasará nada si salgo?

—Sí —respondieron dos voces casi de forma simultánea.

Le di al interruptor con los ojos cerrados. Los abrí transcurrido un segundo y crucé la puerta con mi pijama y mis zapatillas rosa. Crucé los brazos sobre el pecho. Aunque la noche no era gélida, hacía frío.

Intenté asumir la escena que estaba presenciando.

—Lo que faltaba —dije muy despacio. Charles estaba en la zona de suelo de gravilla donde solía aparcar y tenía el brazo cruzado sobre el cuello de Bill Compton, mi vecino. Bill es un vampiro, lo es desde que finalizó nuestra Guerra Civil. Estuvimos saliendo. Seguramente nuestra historia no fue más que un insignificante guijarro en la larga vida de Bill, pero en la mía supuso toda una roca.

—Sookie —masculló Bill entre dientes—. No quiero causarle ningún daño a este desconocido. Dile que me quite las manos de encima.

Reflexioné sobre aquello a toda velocidad.

—Charles, creo que puedes soltarlo —dije, y en un abrir y cerrar de ojos Charles estaba a mi lado.

—¿Conoces a este hombre? —me preguntó Charles fríamente.

Y con la misma sequedad, fue Bill quien respondió:

—Por supuesto que me conoce, incluso íntimamente.

Oh, mierda.

—¿Te parece educado decir eso? —Es posible que mi voz sonara también algo hiriente—. Yo no ando por ahí contándole a todo el mundo los detalles de nuestra antigua relación. Y esperaba lo mismo de un caballero.

Para mi satisfacción, Charles miró de reojo a Bill, levantando una ceja con aires de superioridad.

—¿De modo que es éste quien ocupa tu cama ahora? —Bill inclinó la cabeza hacia el vampiro de menor altura.

Si hubiese dicho cualquier otra cosa, me habría reprimido. No suelo perder los nervios con frecuencia, pero cuando lo hago, los pierdo de verdad.

—¿Te importa acaso? —le pregunté, escupiendo cada palabra—. ¡No es asunto tuyo si me acuesto con un centenar de hombres o con un centenar de ovejas! ¿Qué haces merodeando por mi casa en plena noche? Me has dado un susto de muerte.

Bill no parecía en absoluto arrepentido.

—Siento que te hayas despertado y asustado —dijo con poca sinceridad—. Velaba por tu seguridad.

—Estabas paseando por el bosque y has olido a otro vampiro —dije. Siempre había tenido muy buen olfato—. Y has venido hasta aquí para ver quién era.

—Quería asegurarme de que no te hubieran atacado —dijo Bill—. Me ha parecido captar también el olor de un humano. ¿Has tenido hoy algún visitante humano?

Ni por un instante me creí que Bill estuviera únicamente preocupado por mi seguridad, pero tampoco quería aceptar que se hubiera acercado a mi ventana por celos, o por pura curiosidad. Respiré profundamente durante un minuto, tratando de calmarme y de pensar.

—Charles no me ha atacado —dije, orgullosa de hablar de un modo tan pausado.

Bill sonrió socarronamente.

—Charles —repitió con cinismo.

—Charles Twining —dijo mi invitado, e hizo una reverencia, si es que puede llamarse así a una leve inclinación de su rizada cabeza.

—¿De dónde has sacado a éste? —La voz de Bill había recuperado la calma.

—Pues, en realidad, trabaja para Eric; igual que tú.

—¿Eric te ha puesto un guardaespaldas? ¿Necesitas un guardaespaldas?

—Escúchame bien, estúpido —dije apretando los dientes—, mi vida ha continuado mientras tú no estabas. Y lo mismo le sucede a la ciudad. Hay gente que ha sido atacada, entre ellos Sam. Necesitábamos un camarero que lo sustituyese en la barra, y Charles se ha prestado voluntario para ello. —Tal vez el relato no fuera completamente exacto, pero en aquel momento la precisión me traía sin cuidado. Lo que me importaba era dejar las cosas claras.

Al menos Bill se quedó sorprendido con la información.

—Sam. Y ¿quién más?

Estaba tiritando, pues no hacía tiempo para andar por ahí con un pijama rosa de nailon. Pero no quería que Bill entrara en casa.

—Calvin Norris y Heather Kinman.

—¿Han muerto?

—Heather sí. Calvin está muy mal herido.

—¿Ha arrestado a alguien la policía?

—A nadie.

—¿Sabes quién lo hizo?

—No.

—Estás preocupada por tu hermano.

—Sí.

—¿Se transformó por luna llena?

—Sí.

Bill me lanzó una mirada que bien podría ser de lástima.

—Lo siento, Sookie —dijo, y esta vez hablaba en serio.

—No sirve de nada que me lo digas a mí —le espeté—. Díselo a Jason…, es él quien se vuelve peludo.

La expresión de Bill se tornó fría y rígida.

—Disculpa mi intrusión —dijo—. Me marcharé. —Y desapareció en el bosque.

No sé cómo reaccionó Charles a este episodio, porque di media vuelta, entré en la casa y apagué la luz. Volví a meterme en la cama y permanecí despierta, rabiosa e inquieta. Me tapé incluso la cabeza para que el vampiro comprendiese que no me apetecía comentar el incidente. Se movía de forma tan silenciosa que ni siquiera sabía si estaba en la casa; creo que se detuvo en la puerta un segundo y luego siguió caminando.

Permanecí despierta al menos cuarenta y cinco minutos y luego caí dormida.

Entonces alguien me sacudió por el hombro. Olí un perfume dulzón y algo más, algo horroroso. Estaba terriblemente grogui.

—Sookie, la casa está ardiendo —dijo una voz.

—No puede ser —dije—. No he dejado nada encendido.

—Tienes que salir ahora mismo —insistió la voz. Un chillido persistente me recordaba los simulacros de incendio del colegio.

—De acuerdo —dije, con la cabeza embotada por el sueño y el humo que vi en cuanto abrí los ojos. Lentamente me di cuenta de que el chillido de fondo era el sonido del detector de humos. En mi dormitorio amarillo y blanco se alzaban espesas columnas de humo gris que parecían genios malvados. Según Claudine, yo no estaba actuando con la rapidez suficiente, por lo que me arrancó de la cama y me arrastró hacia la puerta de entrada. Jamás me había cogido una mujer en brazos, aunque Claudine, claro está, no es una mujer normal y corriente. Me depositó sobre la hierba helada del jardín. La sensación de frío me despertó de repente. Aquello no era una pesadilla.

—¿Cómo que mi casa se incendia? —Empezaba a recobrar mis sentidos.

—Dice el vampiro que ha sido ese humano, el que está allí —dijo Claudine, señalando hacia la parte izquierda de la casa. Pero permanecí durante un largo rato con los ojos clavados en la terrible visión de las llamas y en el resplandor del fuego que iluminaba la noche. El porche trasero y parte de la cocina estaban ardiendo.

Me obligué a mirar hacia una forma acurrucada que yacía en el suelo, cerca de una forsitia en flor. Charles estaba arrodillado a su lado.

—¿Habéis llamado a los bomberos? —les pregunté a los dos mientras empezaba a caminar descalza para echar un vistazo a la figura yacente. En la penumbra, examiné la cara del hombre muerto. Era de raza blanca, iba bien afeitado y probablemente tendría unos treinta años. Las condiciones del momento dejaban bastante que desear, y no lo reconocí.

—Pues no, no se me había ocurrido. —Charles levantó la vista. En su época el cuerpo de bomberos no existía.

—Y yo me he olvidado el móvil —dijo Claudine, que era decididamente moderna.

—Entonces tengo que volver a entrar para llamar, si es que el teléfono todavía funciona —dije, dando la vuelta. Charles se levantó y se me quedó mirando.

—Tú no vuelves a entrar ahí —me ordenó Claudine—. A ver, tú, el nuevo; tú corres mucho más y puedes lograrlo.

—El fuego —replicó Charles— es fatal para los vampiros.

Y era verdad; prendían como antorchas. Egoístamente, insistí un instante; quería mi abrigo, las zapatillas y el bolso.

—Ve a llamar por el teléfono de Bill —dije, señalando en la dirección correcta, y Charles salió corriendo como una liebre. En cuanto desapareció de la vista, y antes de que Claudine pudiera impedírmelo, entré otra vez en la casa y corrí hacia mi habitación. El humo era mucho más espeso y desde el vestíbulo se veían llamas en la cocina. En cuanto las vi supe que había cometido un error enorme al entrar de nuevo en la casa y tuve que dominarme para no caer presa del pánico. El bolso estaba donde lo había dejado y el abrigo sobre la sillita, en una esquina de la habitación. No conseguía encontrar las zapatillas y sabía que no podía quedarme más rato allí. Hurgué en un cajón en busca de un par de calcetines, pues sabía seguro que los encontraría allí y salí a toda velocidad, tosiendo y medio ahogada. Por puro instinto, me volví un instante hacia mi izquierda para cerrar la puerta de la cocina y eché a correr hacia la entrada. Tropecé con un sillón de la sala de estar.

—Ha sido una estupidez —dijo Claudine, el hada, y me puse a chillar. Me agarró por la cintura y, como si transportara una alfombra, me sacó de nuevo de la casa.

La combinación de gritos y tos fastidió mi aparato respiratorio durante un par de minutos, tiempo que Claudine aprovechó para alejarme de la casa. Me senté en la hierba y me puse los calcetines. Después me ayudó a levantarme y a ponerme el abrigo. Me envolví en él, agradecida.

Era la segunda vez que Claudine aparecía de la nada cuando estaba a punto de meterme en graves problemas. La primera fue cuando caí dormida al volante después de una jornada agotadora.

—Me lo estás poniendo muy difícil —dijo. Su voz seguía sonando alegre, aunque quizá no tan dulce.

Algo había cambiado en la casa, y me di cuenta de que la luz del vestíbulo se había apagado. Podía ser que se hubiera apagado la electricidad o que, desde la ciudad, los bomberos hubieran cortado la línea.

—Lo siento —dije, pensando que era apropiado decirlo, aunque no tenía ni idea de por qué Claudine estaba allí cuando era mi casa la que estaba quemándose. Hice el ademán de echar a correr hacia el jardín trasero para ver mejor lo que sucedía, pero Claudine me sujetó por el brazo.

—No te acerques —dijo simplemente, y no conseguí soltarme—. Escucha, ya llegan los camiones.

Oí los coches de bomberos y bendije interiormente a todos los que acudían en mi ayuda. Sabía que todos los buscapersonas de la zona se habían activado y que los voluntarios habían salido de la cama para ir directamente a bomberos.

Catfish Hunter, el jefe de mi hermano, bajó de su coche. Corrió directamente hacia donde estaba yo.

—¿Queda alguien dentro? —preguntó enseguida. El camión de bomberos de la ciudad llegó tras él, echando a perder mi nuevo camino de gravilla.

—No —respondí.

—¿Tienes algún tanque de propano?

—Sí.

—¿Dónde?

—En el jardín de atrás.

—¿Dónde tienes aparcado el coche, Sookie?

—Detrás —dije, y me empezó a temblar la voz.

—¡El tanque de propano está detrás! —vociferó Catfish por encima de su hombro.

Hubo un grito de respuesta, seguido por una actividad frenética. Reconocí a Hoyt Fortenberry y a Ralph Tooten, además de a otros cuatro o cinco hombres y a un par de mujeres.

Catfish, después de una rápida conversación con Hoyt y Ralph, llamó a una mujer menuda que parecía engullida por su uniforme. Señaló a la figura inmóvil que yacía en la hierba, ella se quitó el casco y se arrodilló a su lado. Después de examinarlo y tocarlo, hizo un movimiento negativo con la cabeza. La reconocí a duras penas como la enfermera del doctor Robert Meredith, Jan nosequé.

—¿Quién es el hombre muerto? —preguntó Catfish. La presencia de un cadáver no parecía trastornarle.

—No tengo ni idea —dije. Fue entonces cuando me di cuenta, al oír mi voz temblorosa y débil, de lo conmocionada que estaba. Claudine me rodeó con su brazo.

En aquel momento llegó un coche de policía que aparcó junto al camión de bomberos y del que salió el sheriff Bud Dearborn. Lo acompañaba Andy Bellefleur.

—Oh, oh —dijo Claudine.

—Sí —dije yo.

Charles llegó justo entonces, con Bill pisándole los talones. Los vampiros observaron la frenética pero organizada actividad. Se percataron al instante de la presencia de Claudine.

La mujer menuda, que se había puesto en pie, gritó entonces:

—Sheriff, hágame el favor de llamar a una ambulancia para que se lleve este cuerpo.

Bud Dearborn miró a Andy, que se dirigió al coche para hablar por la radio.

—¿No te basta con un galán muerto, Sookie? —me preguntó Bud Dearborn.

Bill gruñó alguna cosa, los bomberos rompieron la ventana que había junto a la mesa de comedor de mi tatarabuela y la noche se llenó de un aluvión visible de calor y chispas. El camión de bomberos empezó a hacer mucho ruido y el tejado metálico que cubría la cocina y el porche se separó de la casa.

Mi casa estaba desapareciendo entre las llamas y el humo.

Capítulo
8

Claudine estaba a mi izquierda. Bill se colocó a mi derecha y me cogió de la mano. Juntos, observamos a los bomberos enfocar la manguera hacia la ventana rota. Un sonido de cristales cayendo en el suelo procedente del otro lado de la casa me dio a entender que acababan de romper también la ventana que había sobre el fregadero. Mientras los bomberos se concentraban en el fuego, la policía lo hizo en el cadáver. Charles salió en su propia defensa enseguida.

—Lo he matado yo —dijo con calma—. Lo sorprendí prendiendo fuego a la casa. Iba armado y me atacó.

El sheriff Bud Dearborn parecía un perro pequinés. La forma de su cara era prácticamente cóncava. Tenía los ojos redondos y brillantes y, en aquel momento, llenos de curiosidad. Llevaba su cabello castaño, pincelado con canas, peinado hacia atrás. La verdad es que casi esperaba que fuese a resoplar en lugar de hablar.

—Y usted..., ¿quién es? —le preguntó al vampiro.

—Charles Twining —respondió con elegancia Charles—. A su servicio.

Esta vez el resoplido del sheriff o los ojos en blanco de Andy Bellefleur no fueron producto de mi imaginación.

—Y usted…, ¿por qué estaba aquí?

—Se hospeda en mi casa —dijo Bill— mientras trabaja en el Merlotte's.

Seguramente el sheriff ya había oído hablar del nuevo camarero, porque se limitó a asentir. Me sentí aliviada al no tener que confesar que Charles supuestamente iba a dormir en mi casa, y bendije en silencio a Bill por haber mentido al respecto. Nuestras miradas se encontraron por un instante.

—De modo que… ¿admite que mató a este hombre? —le preguntó Andy a Charles. Charles movió afirmativamente la cabeza.

Andy llamó con señas a la mujer vestida con uniforme médico que esperaba junto a su vehículo. Delante de mi casa había cinco coches, además del camión de bomberos. La recién llegada me miró con curiosidad al pasar por mi lado de camino hacia el hombre que yacía junto a los arbustos. Extrajo un estetoscopio del bolsillo, se arrodilló al lado de aquel hombre y auscultó diversas partes del cuerpo.

—Sí, muerto y bien muerto —declaró.

Andy había ido al coche a buscar una Polaroid para fotografiar el cadáver. Pensé que las imágenes no saldrían muy bien, pues la única luz que había era la del flash de la cámara y el resplandor de las llamas. Me sentía aturdida y observé a Andy como si aquélla fuera una actividad tremendamente importante.

—Es una pena. Habría estado bien averiguar por qué prendió fuego a la casa de Sookie —dijo Bill, observando el trabajo de Andy. Su voz podría rivalizar en frialdad con un frigorífico.

—Temía por la seguridad de Sookie y me imagino que lo golpeé con demasiada fuerza. —Charles intentaba parecer arrepentido.

—Tiene el cuello partido, de modo que supongo que sí —dijo la doctora, examinando la cara blanca de Charles con la misma atención con que había observado la mía. Supuse que la doctora tendría poco más de treinta años; era una mujer muy delgada y llevaba el pelo muy corto y teñido de rojo. Mediría un metro sesenta y tenía facciones de duendecillo o, al menos, el tipo de facciones que yo siempre había considerado como de duendecillo: una nariz pequeña y respingona, ojos grandes, boca grande. Hablaba con un tono de voz a la vez seco y valiente, y no parecía en absoluto desconcertada o excitada por haber sido despertada a media noche para ir a intervenir en un suceso como aquél. Debía de ser la forense del condado, de modo que probablemente yo la hubiera votado, pero no recordaba el nombre.

—¿Quién es usted? —preguntó Claudine, con su voz más dulce.

La doctora pestañeó al ver a Claudine. Claudine, a aquellas horas intempestivas de la madrugada, iba completamente maquillada y vestida con una camiseta ceñida de color fucsia y unas mallas negras de punto. Calzaba zapatos a rayas fucsias y negras, a juego con la chaqueta. Su cabello negro ondulado estaba sujeto con unos pasadores también de color fucsia.

—Soy la doctora Tonnesen. Linda. ¿Quién es usted?

—Claudine Crane —respondió el hada. Nunca había oído a Claudine mencionar su apellido.

—Y ¿por qué estaba usted en el lugar de los hechos, señorita Crane? —preguntó Andy Bellefleur.

—Soy el hada madrina de Sookie —dijo Claudine, riendo. Pese a ser una escena sombría, todo el mundo se echó también a reír. Era imposible no estar alegre en compañía de Claudine. Pero empecé a preguntarme sobre la explicación que daría Claudine.

—No, en serio —dijo Bud Dearborn—. ¿Por qué está usted aquí, señorita Crane?

Claudine sonrió con picardía.

—Estaba pasando la noche en casa de Sookie —dijo, guiñando el ojo.

En cuestión de un segundo, nos convertimos en objeto de fascinado escrutinio de todos los hombres que podían oírnos y tuve que bloquear mi cabeza como si fuera una cárcel de máxima seguridad para impedir la entrada de las imágenes mentales que aquellos tipos emitían.

Andy se estremeció, cerró la boca y se acuclilló junto al hombre muerto.

—Bud, voy a darle la vuelta —dijo con voz algo ronca, y volvió el cadáver para poder escudriñar el interior de los bolsillos. El hombre llevaba la cartera en la chaqueta, algo que me pareció un poco inusual. Andy se enderezó y se alejó del cuerpo para examinar el contenido de la billetera.

—¿Quieres echarle un vistazo por si lo reconoces? —me preguntó el sheriff Dearborn. No quería, naturalmente, pero me di cuenta de que no me quedaba otro remedio. Nerviosa, me acerqué un poco y volví a mirar la cara del hombre muerto. Seguía pareciéndome un rostro corriente. Seguía estando muerto. Tendría unos treinta años.

—No lo conozco —dije, en un débil tono de voz bajo el barullo de los bomberos y del agua vertiéndose sobre la casa.

—¿Qué? —A Bud Dearborn le costaba oírme. Tenía sus ojos redondos clavados en mi cara.

—¡Que no lo conozco! —dije, casi gritando—. No lo he visto nunca que yo recuerde. ¿Claudine?

No sé por qué se lo pregunté a Claudine.

—Oh, sí, yo sí que lo había visto —dijo alegremente.

Su respuesta atrajo la unánime atención de los dos vampiros, los dos policías, la doctora y la mía.

—¿Dónde?

Claudine retiró el brazo de mis hombros.

—Esta noche estaba en el Merlotte's. Me imagino que tú estarías demasiado ocupada con tu amiga para fijarte en él. Se sentó cerca de mí. —Arlene era la que se había ocupado de aquella sección esa noche.

No me extrañaba que hubiese pasado por alto una cara masculina en un bar tan abarrotado. Pero me preocupaba haber escuchado los pensamientos de la gente y haber pasado por alto ideas que podrían haber sido importantes para mí. Aquel hombre había estado en el mismo bar que yo y unas horas después había prendido fuego a mi casa. A buen seguro tenía que haber estado reflexionando sobre el tema, ¿no?

—El carné de conducir dice que es de Little Rock, Arkansas —dijo Andy.

—No fue eso lo que me dijo —dijo Claudine—. Dijo que era de Georgia. —Al darse cuenta de que le habían mentido, Claudine siguió igual de radiante, pero su sonrisa desapareció—. Dijo que se llamaba Marlon.

—¿Le explicó por qué motivo estaba en la ciudad, señorita Crane?

—Dijo que estaba de paso, que había alquilado una habitación en un motel de la interestatal.

—¿Le explicó alguna cosa más?

—No.

—¿Fue usted a su motel, señorita Crane? —preguntó Bud Dearborn con su tono de voz más imparcial.

La doctora Tonnesen observaba a los presentes volviendo la cabeza hacia un lado y otro, como si estuviera presenciando un encuentro de tenis verbal.

—Qué va, no, yo no hago esas cosas. —Claudine sonrió a todos los presentes.

Bill mostraba una expresión especial, como si alguien estuviese agitando una botella de sangre delante de sus narices. Tenía los colmillos extendidos y la mirada clavada en Claudine. Los vampiros sólo pueden resistir tanto si están en compañía de hadas. También Charles se había ido aproximando a Claudine.

Claudine tenía que irse antes de que los policías observaran la reacción de los vampiros. Linda Tonnesen ya se había percatado; de hecho, también ella se sentía tremendamente interesada por Claudine. Confié en que atribuyera la fascinación que los vampiros sentían por Claudine simplemente a su belleza, y no a la tremenda atracción que los vampiros sentían por las hadas.

—Hermandad del Sol —dijo Andy—. Aquí tiene su tarjeta de miembro. En ella no aparece ningún nombre escrito, qué raro. El carné de conducir está emitido a nombre de Jeff Marriot. —Me lanzó una mirada inquisitiva.

Negué con la cabeza. Aquel nombre no significaba nada para mí.

Era la forma de proceder habitual de aquella hermandad, creer que podía cometer un acto tan desgraciado como prender fuego a mi casa —conmigo dentro— y que nadie se lo cuestionara. No era la primera vez que la Hermandad del Sol, un grupo de gente que odiaba a los vampiros, intentaba quemarme viva.

—Debía de saber que habías tenido alguna relación con vampiros —dijo Andy para romper el silencio.

—¿Estás diciéndome que he perdido mi casa y podría haber muerto… porque conozco a vampiros?

Incluso Bud Dearborn parecía un poco incómodo.

—Alguien se enteraría de que habías salido con el señor Compton —murmuró Bud—. Lo siento, Sookie.

—Claudine tiene que marcharse —dije.

El repentino cambio de tema sorprendió tanto a Andy como a Bud, e incluso a la misma Claudine. Miró a los dos vampiros, que se habían acercado mucho más a ella, y dijo apresuradamente:

—Sí, lo siento, tengo que volver a casa. Mañana me toca trabajar.

—¿Dónde tiene aparcado el coche, señorita Crane? —Bud Dearborn miró a su alrededor—. Sólo he visto el coche de Sookie, y está aparcado detrás.

—Lo tengo aparcado en casa de Bill —mintió Claudine con facilidad, gracias a sus muchos años de práctica. Sin esperar respuesta, desapareció en el bosque y sólo mis manos, sujetando con fuerza los brazos de Charles y Bill, impidieron que los vampiros se perdieran en la oscuridad tras ella. Cuando los pellizqué con todas mis fuerzas, ambos tenían la mirada perdida en la negrura del bosque.

—¿Qué? —dijo Bill, perdido en sus sueños.

—Despierta —murmuré, confiando en que Bud, Andy y la doctora no me oyeran. No tenían por qué saber que Claudine era un ser sobrenatural.

—Vaya mujer —dijo la doctora Tonnesen, casi tan embelesada como los vampiros—. La ambulancia llegará enseguida para llevarse a Jeff Marriot. Yo estoy aquí simplemente porque tenía el localizador encendido de camino de vuelta a casa después de cumplir mi guardia en el hospital de Clarice. Tengo que irme y dormir un poco. Siento lo del incendio, señorita Stackhouse, pero piense que al menos no ha terminado usted como ese tipo. —Hizo un ademán de cabeza en dirección al cadáver.

Cuando la doctora entró en su Ranger, el jefe de la cuadrilla de bomberos se acercó a nosotros. Conocía a Catfish Hunter desde hacía muchos años —había sido amigo de mi padre—, pero nunca lo había visto ejerciendo como jefe voluntario del cuerpo de bomberos. Catfish estaba sudando a pesar del frío y tenía la cara tiznada por el humo y las cenizas.

—Sookie, está controlado —dijo—. No es tan terrible como podrías pensar.

—¿No? —cuestioné con un hilo de voz.

—No, cariño. Has perdido el porche de atrás, la cocina y el coche, me temo. Ese hombre también lo roció con gasolina. Pero el resto de la casa está bien.

La cocina…, el lugar donde podían encontrarse las únicas pistas de la muerte que yo había provocado. Ahora, ni siquiera las técnicas que aparecían en Discovery Channel conseguirían encontrar rastros de sangre en la cocina chamuscada. Sin quererlo, me eché a reír.

—La cocina —dije riendo como una tonta—. ¿La cocina ha desaparecido?

—Sí —dijo Catfish, inquieto—. Espero que tengas la casa asegurada.

—Oh —dije, tratando de contener mi risa tonta—. Sí que la tengo. Siempre me ha costado pagar los recibos, pero conservo la póliza que tenía mi abuela sobre la casa. —Gracias a Dios, mi abuela siempre había creído en los seguros. Había visto a mucha gente cancelar sus pólizas para recortar sus gastos mensuales y luego sufrir pérdidas de las que habían sido incapaces de recuperarse.

—¿Con quién tienes asegurada la casa? Los llamaré ahora mismo. —Catfish tenía tantas ganas de que yo parara de reír, que estaba segura de que estaría dispuesto a hacer payasadas o a ponerse a ladrar si así se lo pidiera.

—Con Greg Aubert —contesté.

De pronto, comprendí el duro golpe que acababa de recibir aquella noche. Mi casa, o parte de ella, había sufrido un incendio. Aquello había sido algo más que un simple merodeador. Tenía alojado un vampiro a quien debía ofrecer cobijo durante el día. Mi coche había desaparecido. En mi jardín había un hombre muerto que se llamaba Jeff Marriot, que había prendido fuego a mi casa y a mi coche por una simple cuestión de prejuicios. Me sentía abrumada.

—Jason no está en casa —dijo Catfish a lo lejos—. Ya he intentado llamarle. Seguro que querría que Sookie se instalase en su casa.

—Ella y Charles…, es decir, Charles y yo la llevaremos a mi casa —dijo Bill. Parecía como si estuviese tan lejos como Catfish.

—No sé si… —dijo Bud Dearborn, dudando—. ¿Te parece bien, Sookie?

Repasé mentalmente unas cuantas opciones. No podía llamar a Tara porque Mickey estaba con ella. La casa prefabricada de Arlene ya estaba hasta los topes.

—Sí, estaría bien —respondí, y mi voz sonó remota y vacía, incluso para mí.

—De acuerdo, mientras sepamos dónde encontrarte…

—Ya he llamado a Greg, Sookie, y he dejado un mensaje en el contestador de su oficina. Mejor que también le llames tú por la mañana —dijo Catfish.

—De acuerdo —dije.

Desfilaron ante mí todos los bomberos y uno a uno me dijeron lo mucho que lo sentían. Los conocía a todos: eran amigos de mi padre, amigos de Jason, clientes habituales del bar, conocidos del instituto.

—Habéis hecho todo lo posible —repetí una y otra vez—. Gracias por haber salvado gran parte de la casa.

Y llegó la ambulancia para llevarse al pirómano.

Andy acababa de encontrar entre los arbustos una lata de gasolina, que era a lo que, según la doctora Tonnesen, apestaban las manos del cadáver.

Me costaba creer que un desconocido hubiera decidido que yo iba a perder mi casa y mi vida por mis preferencias en cuanto a chicos. Al pensar en aquel momento en lo cercana que había estado a la muerte, no me parecía injusto que aquel hombre hubiese perdido la vida en el suceso. Me vi obligada a admitir que consideraba que Charles había hecho lo correcto. Tal vez le debiera la vida a Sam por haber insistido tanto en que el vampiro se alojara en mi casa. De haber estado Sam presente en aquel momento, le habría dado las gracias con entusiasmo.

Finalmente, Bill, Charles y yo nos encaminamos a casa de Bill. Catfish me había aconsejado no volver a mi casa hasta la mañana siguiente y sólo después de que el agente de seguros y el investigador al cargo del caso del incendio provocado hubieran estado allí. La doctora Tonnesen me había dicho que fuera a visitarla por la mañana si me sentía mareada. Dijo alguna cosa más, pero apenas me enteré.

El bosque estaba oscuro, naturalmente, y serían ya las cinco de la mañana. Después de adentrarnos un poco entre la maleza, Bill me cogió en brazos para llevarme. No protesté, porque estaba tan cansada que empezaba a preguntarme cómo conseguiría superar el cementerio.

Me depositó en el suelo en cuanto llegamos a su casa.

—¿Puedes subir las escaleras? —me preguntó.

—La llevaré yo —se ofreció Charles.

—No, ya puedo sola —dije, y empecé a subir antes de que pudieran decir nada más. En realidad, no estaba muy segura de si lo conseguiría, pero lentamente me dirigí al dormitorio que utilizaba cuando Bill era mi novio. Él tenía un escondite hermético en algún lugar de la planta baja de la casa, pero nunca le había preguntado exactamente dónde. (Me imaginaba que sería en el espacio que los albañiles habían robado a la cocina para construir el baño de abajo). Aunque en Luisiana la capa superior de las aguas subterráneas está tan poco profunda que las casas habitualmente no tienen sótano, estaba casi segura de que en alguna parte tenía que haber otro agujero oscuro. De todos modos, tenía espacio para Charles sin que tuvieran que acostarse juntos… y la verdad es que aquel detalle tampoco ocupaba un lugar elevado en mi lista de prioridades. En el cajón de la cómoda del anticuado dormitorio seguía todavía uno de mis camisones y en el baño del pasillo, mi cepillo de dientes. Bill no había tirado mis cosas a la basura; las había dejado allí, como si esperara mi regreso.

O a lo mejor es que no había tenido motivos para subir a la planta superior desde nuestra ruptura.

Prometiéndome una larga ducha por la mañana, me despojé de mi pijama manchado y maloliente y de mis calcetines destrozados. Me lavé la cara y me puse el camisón limpio antes de encaramarme a aquella cama tan alta, utilizando el taburete antiguo, que seguía exactamente en el mismo lugar en que lo había dejado. Mientras los incidentes del día y la noche zumbaban en mi cabeza como abejas, di gracias a Dios por seguir con vida, y eso fue todo lo que pude decirle antes de que el sueño me engullera.

Dormí sólo tres horas. Me despertaron las preocupaciones. Me levanté con tiempo de sobra para reunirme con Greg Aubert, el agente de seguros. Me vestí con unos pantalones vaqueros y una camiseta de Bill. Había tenido el detalle

de dejar la ropa colgada en la puerta, junto con unos calcetines gruesos. Utilizar sus zapatos era imposible, pero tuve la
suerte de encontrar un viejo par de zapatillas con suela de
goma que había dejado en el fondo del armario. Bill guardaba aún en la cocina el café y la cafetera de cuando salíamos y
me alegré de poder llevar conmigo un tazón de café caliente
mientras atravesaba con cuidado el cementerio y el bosque
que rodeaba lo que quedaba de mi casa.

Cuando emergí de la arboleda vi que Greg acababa de
aparcar en el jardín. Salió de su furgoneta, examinó mi curioso conjunto de ropa y, educadamente, lo ignoró. Nos situamos
el uno junto al otro y contemplamos la vieja casa. Greg tenía el
pelo rubio, llevaba gafas con montura al aire y era un veterano de la iglesia presbiteriana. Siempre había sido una persona
de mi agrado porque cuando acompañaba a mi abuela a pagar
los recibos de las primas, Greg salía de su despacho para es-
trecharle la mano y hacerle sentirse como una clienta importante. Su habilidad para los negocios iba de la mano de su
suerte. La gente llevaba años comentando que su buena suerte personal se extendía a sus asegurados, aunque, por supuesto, lo decían en broma.

—Si lo hubiera previsto —dijo Greg—. Siento mucho
lo sucedido, Sookie.

—¿A qué te refieres, Greg?

—Oh…, que ojalá hubiera pensado que necesitabas más
cobertura —dijo sin darle importancia. Se dispuso a rodear
la casa y yo le seguí. Por pura curiosidad, decidí escuchar sus
pensamientos y lo que oí me dejó sorprendida.

—¿De modo que eso de echar conjuros para respaldar
los seguros funciona? —le pregunté.

Lanzó un gañido. No existe otra palabra para descri-
birlo.

—Eso que dicen de ti es cierto, entonces —dijo—. Yo…, yo no…, yo sólo… —Se quedó plantado en el exterior de mi cochambrosa cocina, mirándome boquiabierto.

—No pasa nada —dije, tranquilizándolo—. Sigue pensando que no lo sé si eso te ayuda a sentirte mejor.

—Mi esposa se moriría si se enterara —dijo muy sobriamente—. Y también los niños. Quiero mantenerlos completamente distanciados de esta parte de mi vida. Mi madre era…, era…

—¿Bruja? —le dije para ayudarlo.

—Sí, eso es. —Las gafas de Greg brillaban bajo el sol matutino mientras observaba lo que quedaba de mi cocina—. Mi padre siempre fingió no saberlo y, aunque ella me formó para que ocupara su lugar, yo deseaba por encima de todo poder ser un hombre normal. —Greg asintió, como queriendo decir con ello que había alcanzado su objetivo.

Bajé la vista hacia mi tazón de café, contenta de tener algo entre las manos. Greg se mentía a sí mismo, pero no sería precisamente yo quien se lo hiciese saber. Era algo que tendría que apañar él solito con su Dios y su consciencia. No me refiero con ello a que el método de Greg fuera malo, pero era evidente que no era la elección de un hombre normal. Asegurarte el sustento (en el sentido más literal) mediante la magia tiene que ir en contra de algún tipo de regla.

—Soy un buen agente de seguros —dijo, defendiéndose aun a pesar de que yo no había dicho nada—. Tengo cuidado con lo que aseguro. Tengo cuidado cuando verifico las cosas. No todo es magia.

—Oh, no —dije, porque si no lo hacía veía que aquel hombre acabaría explotando de angustia—. La gente siempre tiene accidentes, ¿no?

—Independientemente de los hechizos que yo utilice —concedió sombríamente—. Conducen borrachos. Y, a veces, hay partes metálicas que ceden.

Imaginarme a Greg, con lo convencional que era, dando vueltas por Bon Temps echando conjuros a los coches casi bastó para distraerme un poco de la ruina en que se había convertido mi casa…, pero no lo bastante.

A plena luz del día, veía mejor el alcance de los daños. Aunque me repetía constantemente que podía haber sido mucho peor —y que tenía la suerte de que la cocina, al estar construida en una fecha posterior, fuera un añadido a la parte trasera de la casa—, la parte de la casa que había sido dañada era también aquella donde se encontraban los aparatos más caros. Tendría que sustituir la cocina, la nevera, el calentador y el microondas, y en el porche trasero tenía la lavadora y la secadora.

Y además de la pérdida de aquellos importantes electrodomésticos, estaban los platos, las cacerolas, las sartenes y la cubertería… Objetos, algunos de ellos, muy antiguos. Una de mis abuelas se había incorporado a la familia con un poco de dinero y había traído con ella una vajilla de porcelana y un servicio de té de plata que me llevaba por el camino de la amargura cada vez que quería sacarle brillo. Nunca volvería a hacerlo, me di cuenta, pero no me alegraba por ello. Mi Nova ya estaba viejo, y hacía tiempo que habría tenido que cambiar de coche, pero era un gasto que no tenía pensado de momento.

Bueno, tenía un seguro, y tenía dinero en el banco gracias a que los vampiros me habían pagado por cuidar de Eric cuando éste perdió la memoria.

—¿Tenías detectores de humo? —me preguntó Greg.

—Sí —dije, recordando el sonido chirriante que había empezado justo después de que Claudine me despertara—. Si el techo del vestíbulo sigue ahí, podrás ver uno de ellos.

No quedaban peldaños para subir al porche y las tablas del entarimado parecían muy inestables. De hecho, la lavadora estaba medio caída entre las tablas del suelo y había quedado inclinada formando un ángulo extraño. Me ponía enferma ver los objetos de mi vida diaria, objetos que había tocado y utilizado centenares de veces, expuestos a la intemperie y destrozados.

—Iremos por la puerta principal —sugirió Greg, y me pareció muy bien.

Seguía sin estar cerrada con llave, y sentí una sensación pasajera de alarma hasta que me di cuenta de la ridiculez de mi miedo. Lo primero que noté fue el olor. Todo apestaba a humo. Abrí las ventanas y la brisa fresca empezó a limpiar el olor hasta que éste alcanzó un nivel tolerable.

Aquella parte de la casa estaba mejor de lo que me esperaba. Habría que limpiar los muebles, por supuesto. Pero el suelo parecía sólido y en perfecto estado. Ni siquiera subí las escaleras; apenas utilizaba las habitaciones de arriba, de modo que lo que pudiera haber pasado allí, podía esperar.

Me crucé de brazos. Miré de lado a lado, avancé poco a poco hacia el pasillo. En aquel momento noté que el suelo vibraba porque entraba alguien. Supe sin darme la vuelta que Jason estaba detrás de mí. Él y Greg se dijeron alguna cosa pero pasado un instante Jason se quedó en silencio, tan conmocionado como yo.

Pasamos al pasillo. La puerta de mi habitación y la del dormitorio del otro lado del pasillo estaban abiertas. Mi cama estaba aún deshecha. Las zapatillas habían quedado junto a la mesita de noche. Las ventanas estaban sucias de humo y ceniza y el terrible olor era incluso más fuerte. El detector de humo estaba en el techo del pasillo. Lo señalé sin decir nada. Abrí la puerta del armario de la ropa blanca y vi que todo estaba mojado. No me preocupaba, todo aquello podía lavarse. Entré en mi habitación y abrí la puerta del vestidor. El vestidor compartía una pared con la cocina. A primera vista, mi ropa parecía intacta, hasta que me di cuenta de que todas las prendas que estaban colgadas en una percha metálica tenían una línea en los hombros donde la percha calentada había chamuscado la tela. Mis zapatos se habían asado. Tal vez quedaban tres pares utilizables.

Tragué saliva.

Aunque estuve temblando durante un segundo, me sumé a mi hermano y al agente de seguros y avanzamos con cautela por el pasillo en dirección a la cocina.

El suelo de la parte más antigua de la casa estaba aparentemente bien. La cocina era una estancia grande, pues hacía también las veces de comedor familiar. La mesa estaba parcialmente quemada, igual que dos de las sillas. El linóleo del suelo se había resquebrajado y chamuscado en parte. El calentador había caído al suelo y las cortinas de la ventana que había sobre el fregadero eran puros retales. Me acordé de cuando la abuela hizo esas cortinas; no le gustaba coser, pero las de JCPenney que le gustaban salían muy caras. De modo que desenterró la vieja máquina de coser de su madre, compró en Hancock's una tela con un estampado de flores, barata pero bonita, tomó medidas y, sin parar de maldecir para sus adentros, trabajó y trabajó hasta tenerlas hechas. En su día, Jason y yo las admiramos de forma exagerada para que nuestra abuela supiese que el esfuerzo había merecido la pena, y ella estuvo encantada.

Abrí un cajón, el que guardaba todas las llaves. Se habían fundido y estaban hechas un amasijo. Cerré con fuerza la boca. Jason, que estaba a mi lado, observó el contenido del cajón.

—Mierda —maldijo en voz baja y con resentimiento. Oírselo decir me ayudó a reprimir las lágrimas.

Permanecí un minuto sujetándome del brazo de mi hermano. Jason me dio unos golpecitos de ánimo. Ver aquellos objetos tan familiares, y que con el tiempo se habían convertido en objetos queridos, alterados de forma irrevocable por el fuego era un shock terrible, por mucho que me recordara que la casa entera podía haber ardido y yo haber muerto en su interior. Aun cuando el detector de humos me hubiera despertado a tiempo, era muy probable que al salir de la casa me hubiera tropezado con el pirómano, Jeff Marriot.

La parte oriental de la cocina estaba prácticamente destrozada. El piso era inestable. El techo había desaparecido.

—Es una suerte que las habitaciones de arriba no estén situadas encima de la cocina —dijo Greg después de examinar los dos dormitorios de arriba y el desván—. Tendrás que buscar un constructor que lo verifique, pero creo que el piso superior está básicamente intacto.

Hablé con Greg sobre el tema del dinero. ¿Cuándo me lo ingresarían? ¿Qué cantidad? ¿Qué parte correspondiente a impuestos me tocaría pagar?

Jason estuvo dando vueltas por el jardín mientras Greg y yo hablábamos de esos asuntos junto a su coche. Comprendía la postura y los movimientos de mi hermano. Jason estaba tremendamente rabioso: porque yo había estado a punto de morir, por lo que le había sucedido a la casa… Cuando Greg se hubo marchado, después de dejarme una lista interminable de cosas que hacer, llamadas telefónicas que realizar (¿desde dónde?) y trabajo que preparar (¿vestida cómo?), Jason se aproximó a mi lado y dijo:

—De haber estado aquí, lo habría matado.

—¿Con tu nuevo cuerpo? —le pregunté.

—Sí. Le habría dado a ese cabrón el susto de su vida antes de que la abandonase.

—Me imagino que Charles le daría un buen susto, pero aprecio tu ofrecimiento, de todos modos.

—¿Han encarcelado al vampiro?

—No, Bud Dearborn le pidió simplemente que no saliera de la ciudad. Al fin y al cabo, en la cárcel de Bon Temps no tienen celdas especiales para vampiros. Y las normales, además de tener ventanas, no servirían para retenerlos.

—Y ¿a qué organización pertenecía ese tío? ¿A la Hermandad del Sol? ¿Un desconocido que llega a la ciudad para acabar contigo?

—Eso parece.

—Y ¿qué tienen esos contra ti? ¿Sólo que salieses con Bill y te relaciones con otros vampiros?

En realidad, la Hermandad tenía bastantes cosas contra mí. Yo había sido responsable de que se llevase a cabo una redada en la gigantesca iglesia que tenían en Dallas y de que uno de sus líderes más destacados estuviese ahora en la clandestinidad. Los periódicos habían publicado muchos artículos sobre todo lo que se había encontrado en el edificio que la Hermandad poseía en Texas. Cuando la policía llegó allí, encontró a los miembros de la Hermandad agitados, afirmando haber sido víctimas de un ataque de los vampiros. La inspección del edificio dejó al descubierto una cámara de torturas en el sótano, armas ilegales adaptadas para disparar estacas de madera contra vampiros y un cadáver. Pero la policía no encontró ni a un solo vampiro. En cambio, Steve y Sarah Newlin, los líderes de la iglesia de la Hermandad en Dallas, estaban desaparecidos desde aquella noche.

Sin embargo, yo había visto a Steve Newlin en una ocasión después de aquello. Fue en el Club de los Muertos, en

Jackson. Él y uno de sus compinches se disponían a clavarle una estaca a un vampiro del club cuando yo se lo impedí. Newlin logró escapar, pero no su compañero.

Por lo que se veía, los seguidores de Newlin me habían seguido la pista. Era algo que no había previsto, como tampoco el resto de cosas que me habían sucedido a lo largo del pasado año. Cuando Bill aprendió a utilizar el ordenador me explicó que con un poco de conocimiento y de dinero era posible encontrar a cualquiera a través de la red.

Tal vez la Hermandad contratara los servicios de detectives privados, como la pareja que había estado en mi casa el día anterior. ¿Y si Jack y Lily Leeds fingieron haber sido contratados por la familia Pelt? ¿Y si en realidad fueron los Newlin quienes los contrataron? No me parecieron gente politizada, pero nunca se sabe.

—Supongo que el hecho de haber salido con un vampiro ya es motivo suficiente para que me odien —le dije a Jason. Estábamos sentados sobre el maletero de su camioneta, totalmente deprimidos y observando la casa—. ¿A quién piensas que debería llamar para que me reconstruya la cocina?

No creía que fuera a necesitar a un arquitecto: sólo quería sustituir lo que había quedado inservible. El tamaño no importaba. Teniendo en cuenta que el suelo de la cocina había ardido por completo y tendría que sustituirse del todo, no costaría mucho dinero más hacer la cocina algo más grande e incluir en ella el porche trasero. De este modo, ya no me daría tanta pereza utilizar la lavadora y la secadora cuando hiciera mal tiempo. Me invadió un sentimiento de nostalgia. Tenía dinero de sobra para pagar los impuestos y estaba segura de que el seguro me cubriría las obras.

Pasado un rato, oímos que se acercaba otro vehículo. Salió de él Maxine Fortenberry, la madre de Hoyt, cargada con un par de cestas de lavandería.

—¿Dónde tienes tu ropa, Sookie? —preguntó—. Voy a llevármela a casa para lavarla. Así al menos tendrás alguna cosa que ponerte que no huela a humo.

Después de mis protestas y su insistencia, nos adentramos en el asfixiante ambiente de la casa para buscar alguna prenda. Maxine insistió también en coger un montón de sábanas del armario de la ropa blanca para ver si conseguía revivir algunas.

Justo después de que se marchara, apareció Tara en el claro de la casa, a bordo de su nuevo coche y seguida por su empleada a tiempo parcial, una joven alta llamada McKenna, que conducía el antiguo coche de Tara.

Después de un abrazo y unas palabras de compasión, me dijo:

—Vas a conducir este viejo Malibu mientras no soluciones todo lo del seguro. Lo tengo aparcado en el garaje sin tocarlo e iba a poner un anuncio para venderlo. Te lo dejo prestado.

—Muchas gracias —dije, aturdida—. Muchísimas gracias, Tara. —Me di cuenta de que Tara no tenía muy buen aspecto, pero estaba demasiado hundida en mis propios problemas como para evaluar a fondo su apariencia. Cuando McKenna y ella se marcharon, las despedí con la mano y sin apenas fuerza.

Después llegó Terry Bellefleur. Se ofreció a derribar la parte quemada por una cantidad casi simbólica y, por un poco más, a trasladar los escombros al vertedero municipal. Empezaría en cuanto la policía le diese permiso, dijo, y, para mi asombro, me dio un pequeño abrazo.

Luego llegó Sam, en el coche de Arlene. Contempló la casa un buen rato, apretando los dientes. Cualquier otro hombre habría dicho: «Menos mal que te pedí que alojaras al vampiro en tu casa, ¿eh?». Pero él no lo dijo.

—¿Qué puedo hacer para ayudarte? —ofreció en cambio.

—Dejarme seguir trabajando contigo —le respondí con una sonrisa—. Y perdonarme si voy a trabajar con algo que no sea el uniforme. —Arlene rodeó toda la casa y vino a abrazarme, sin palabras.

—No es pedir mucho —dijo Sam. Seguía sin sonreír—. Me han dicho que el incendio lo provocó un miembro de la Hermandad, que es una represalia por haber salido con Bill.

—Tenía el carné de la Hermandad en la cartera y llevaba una lata de gasolina. —Me encogí de hombros.

—Y ¿cómo lograría dar contigo? Me refiero a que nadie de por aquí… —Sam dejó la frase sin terminar en cuanto se planteó la posibilidad con más detalle.

Estaba pensando, igual que había hecho yo, que aunque el incendio podía haber sido provocado por el simple hecho de que hubiera salido con Bill, parecía una reacción excesivamente drástica. La venganza más típica de los miembros de la Hermandad consistía en echar sangre de cerdo sobre los humanos que salían, o tenían relaciones laborales, con vampiros. Eso había ocurrido más de una vez, la más sonada con un diseñador de Dior que había empleado modelos vampiras para presentar su última colección de primavera. Eran incidentes que solían producirse en las grandes ciudades, ciudades donde había «iglesias» de la Hermandad y una población de vampiros mayor.

¿Y si alguien que no fuera la Hermandad había contratado a aquel hombre para que prendiera fuego a mi casa? ¿Y si el carné de miembro de la Hermandad estaba en su cartera sólo para despistar?

Cualquiera de esas alternativas podía ser cierta; o todas ellas, o ninguna. No sabía qué creer. ¿Estaría yo también, como los cambiantes, en el punto de mira de un asesino? ¿Debería también yo temer que me derribara un disparo salido de la nada, ahora que lo del incendio había fracasado?

Era una idea tan aterradora, que me encogí de miedo sólo de pensarlo. Eran aguas demasiado profundas para mí.

El investigador de la policía del Estado especializado en incendios provocados apareció mientras estaban conmigo Sam y Arlene. Estaba comiendo lo que Arlene me había traído. Como no es una persona muy dada a la cocina me había preparado un bocadillo de mortadela barata con queso de ese que parece plástico y una lata de té azucarado de marca blanca. Pero había pensado en mí, me lo había traído y sus hijos me habían hecho un dibujo. En mis condiciones actuales, me habría sentido feliz incluso con un simple pedazo de pan.

Arlene, automáticamente, miró con buenos ojos al investigador. Era un hombre delgado, que rozaría los cincuenta, llamado Dennis Pettibone. Dennis venía cargado con una cámara, un bloc y un aspecto sombrío. Arlene no necesitó más que un par de minutos de conversación para arrancarle una pequeña sonrisa al señor Pettibone y, transcurrido otro rato, los ojos castaños del investigador admiraban ya sin miramientos las curvas de Arlene. Antes de que Sam y Arlene se marcharan a casa, ella había conseguido la promesa del investigador de pasarse por el bar aquella misma noche.

También antes de irse, Arlene me ofreció la pequeña cama plegable de su casa prefabricada. Fue un detalle encantador por su parte, pero sabía que estaríamos muy apretados y que rompería la rutina que tenía por las mañanas con sus hijos para llevarlos al colegio, de modo que le dije que ya tenía donde instalarme temporalmente. No creía que Bill fuera a echarme de casa. Jason había mencionado además que podía ir a la suya y, para mi sorpresa, Sam me dijo antes de irse:

—Puedes instalarte conmigo, Sookie. Sin compromiso. Tengo dos habitaciones vacías. Y en una de ellas hay una cama.

—Muy amable por tu parte —dije sinceramente—. Si lo hiciera, hasta la última alma de Bon Temps diría que vamos camino del altar, pero de verdad que te lo agradezco.

—Y ¿no crees que pensarán lo mismo si te instalas en casa de Bill?

—No puedo casarme con Bill. No es legal —repliqué, zanjando el tema—. Además, también está Charles.

—Para añadir más leña al fuego —comentó Sam—. Una situación más picante todavía.

—Muy adulador por tu parte considerarme capaz de seducir a dos vampiros a la vez.

Sam sonrió, una acción que le quitaba de golpe diez años de encima. Miró por encima de mi hombro cuando se oyó el sonido de la gravilla aplastarse por la llegada de un nuevo vehículo.

—Mira quién viene —dijo.

Acababa de detenerse una camioneta vieja y muy grande. Y apareció Dawson, el gigantesco hombre lobo que hacía las veces de guardaespaldas de Calvin Norris.

—Sookie —dijo con una voz tan grave y ronca que casi hacía temblar el suelo.

—Hola, Dawson. —Me habría gustado preguntarle qué hacía aquí, pero me imaginé que habría sido de mala educación por mi parte.

—Calvin se ha enterado de lo del incendio —dijo Dawson, sin perder el tiempo con preliminares—. Me dijo que viniera a ver si habías resultado herida y a decirte que piensa mucho en ti y que, si estuviera bien, ya estaría aquí ayudándote a clavar tablones.

Por el rabillo del ojo vi que Dennis Pettibone observaba con interés al recién llegado. A Dawson sólo le faltaba llevar encima un cartel que anunciara «TIPO PELIGROSO».

—Dile que le estoy muy agradecida. Que también me gustaría que se encontrara bien para ayudarme. ¿Qué tal está?

—Esta mañana le han desconectado un par de cosas, y ha empezado a caminar un poco. Resultó muy malherido —dijo Dawson—. Tardará un tiempo en recuperarse. —Calculó la distancia a la que estaba el investigador—. Incluso siendo uno de los nuestros.

—Claro —dije—. Muchas gracias por pasarte por aquí.

—Dice Calvin, además, que su casa está vacía mientras él esté ingresado en el hospital, por si necesitas un sitio donde alojarte. Te la ofrece con mucho gusto.

Muy amable, y así se lo hice saber. Pero me sentiría muy incómoda debiéndole un favor tan grande a Calvin.

Dennis Pettibone me llamó para que me acercara.

—Mire, señorita Stackhouse —dijo—. Aquí se ve cómo derramó la gasolina en el porche. ¿Ve cómo se extendió el fuego a partir de la gasolina que puso junto a la puerta?

Tragué saliva.

—Sí, ya lo veo.

—Tuvo suerte de que anoche no hubiera viento. Y, sobre todo, tuvo suerte de tener esa puerta cerrada, la que separa la cocina del resto de la casa. De no haber sido así, el fuego se habría extendido rápidamente hacia el pasillo. Cuando los bomberos rompieron la ventana del lado norte, el fuego se desplazó en ese sentido en busca de oxígeno, en lugar de expandirse hacia el resto de la casa.

Recordé el impulso que, contra todo sentido común, me había llevado a entrar de nuevo en la casa y a cerrar aquella puerta en el último momento.

—De aquí a un par de días, la casa ya no olerá tan mal —me explicó el investigador—. Ahora abra bien todas las ventanas, rece para que no llueva y pronto se habrá acabado el problema del olor. Naturalmente, tendrá que llamar a la compañía de la luz y explicarles lo de la electricidad. Y también a la compañía del gas para que le echen un vistazo a ese tanque. Me temo que, de momento, la casa no es habitable.

Lo que me estaba diciendo básicamente era que si quería dormir allí, por el simple hecho de tener un tejado sobre mi cabeza, podía hacerlo. Pero que no había electricidad, ni calefacción, ni agua caliente, ni cocina. Le di las gracias a Dennis Pettibone y me disculpé para acabar de hablar con Dawson, que había estado escuchando la conversación.

—Intentaré pasar a ver a Calvin en un par de días, cuando haya puesto en marcha todo esto —dije, haciendo un ademán con la cabeza en dirección a la parte trasera ennegrecida de la casa.

—Sí, claro —dijo el guardaespaldas, con un pie ya dentro de su vehículo—. Calvin me ha dicho que le hagas saber quién es el responsable de esto, si es que alguien se lo ordenó a ese cabrón que murió anoche.

Miré lo que quedaba de mi cocina y conté los escasos metros que habían separado las llamas de mi dormitorio.

—Muchísimas gracias, es lo que más valoro —dije, antes de que mi personalidad cristiana acallara aquel pensamiento. La mirada castaña de Dawson se cruzó con la mía en un momento de sintonía perfecta.

Gracias a Maxine disponía de ropa que olía a limpio para ir a trabajar, pero tuve que comprarme calzado en Payless. Normalmente, gasto en zapatos un poco más de lo que debería porque he de pasar mucho rato de pie, pero no me daba tiempo a desplazarme hasta Clarice e ir a una buena zapatería, ni a conducir hasta el centro comercial de Monroe. Cuando llegué al trabajo, Sweetie Des Arts salió de la cocina para darme un abrazo con aquel cuerpo menudo envuelto en un delantal blanco de cocinera. Incluso el chico que limpiaba las mesas me dijo que lo sentía. Holly y Danielle, que estaban cambiando el turno, me dieron sendas palmaditas en el hombro y me desearon que todo fuera mejor a partir de ahora.

Arlene me preguntó si pensaba que el atractivo Dennis Pettibone acabaría pasándose por el bar, y le aseguré que lo haría.

—Supongo que viaja mucho —musitó pensativa—. Me pregunto dónde vivirá.

—Me dio su tarjeta. Vive en Shreveport. Ahora que lo pienso, me comentó que se había comprado una pequeña granja justo en las afueras de Shreveport.

Arlene entrecerró los ojos.

—Por lo que veo, Dennis y tú estuvisteis charlando un buen rato.

A punto estuve de decirle que el investigador era un poco mayorcito para mí, pero luego, cuando recordé que Arlene llevaba tres años diciendo que ya tenía treinta y seis, me imaginé que un comentario de ese tipo resultaría poco diplomático.

—Simplemente pasaba el rato —le dije—. Me preguntó cuánto tiempo llevaba trabajando contigo y si tenías niños.

—Oh, ¿sí? —Arlene estaba radiante—. Caramba, caramba. —Satisfecha, fue a ver cómo estaban las mesas.

Me puse a trabajar, aunque las constantes interrupciones me retrasaban continuamente. Sabía, de todos modos, que cualquier otra noticia eclipsaría muy pronto la del incendio de mi casa. Aunque no deseaba que nadie experimentara un desastre similar, tenía ganas de dejar de ser la protagonista de las conversaciones de todos los clientes.

Terry no había podido limpiar el bar, de modo que Arlene y yo hablamos sobre cómo hacerlo para dejarlo todo preparado. Estar ocupada me ayudaba a sentirme menos incómoda.

Aun con sólo tres horas de sueño, conseguí apañármelas bastante bien hasta que Sam me llamó desde el pasillo que llevaba a su despacho y a los lavabos.

Antes, de pasada, había visto a un par de personas que se acercaban a hablar con él a la mesa que últimamente solía ocupar en un rincón. La mujer tendría unos sesenta años, era regordeta y bajita. Utilizaba bastón. El joven que la acompañaba tenía el pelo castaño, la nariz afilada y unas cejas tupidas que daban carácter a su cara. Me recordaba a alguien, pero no conseguía adivinar a quién. Sam los había hecho pasar a su despacho.

—Sookie —dijo Sam con poco entusiasmo—. Hay unas personas en mi despacho que quieren hablar contigo.

—¿Quiénes son?

—Ella es la madre de Jeff Marriot. Él es su hermano gemelo.

—Oh, Dios mío —dije, percatándome de que a quien me recordaba aquel hombre era al cadáver—. ¿Por qué quieren hablar conmigo?

—Dicen que no tenían ni idea de que fuera miembro de la Hermandad. No comprenden lo de su muerte.

Decir que temía aquel encuentro era decir poco.

—Y ¿por qué tienen que hablar conmigo? —pregunté, casi gimiendo. Estaba llegando al final de mi resistencia emocional.

—Sólo…, sólo quieren respuestas. Están de duelo.

—También lo estoy yo —dije—. Por mi casa.

—Ellos lo están por un ser querido.

Me quedé mirando a Sam.

—Y ¿por qué tengo que hablar con ellos? —pregunté—. ¿Por qué quieres tú que lo haga?

—Deberías escuchar lo que tienen que decirte —dijo Sam, con una nota de conclusión en su voz. No estaba dispuesto ni a presionarme más, ni a explicarse más. La decisión era mía.

Moví afirmativamente la cabeza porque confiaba en Sam.

—Hablaré con ellos cuando acabe mi turno —dije. En el fondo, esperaba que a aquellas horas ya se hubieran marchado. Pero cuando terminé con mi trabajo seguían aún sentados en el despacho de Sam. Me quité el delantal, lo deposité en un gran cubo de basura que ponía «ROPA SUCIA» (reflexionando por enésima vez que aquel cubo de basura acabaría explotando si alguien dejaba más ropa en él) y entré en el despacho.

Ahora que los tenía delante, observé a los Marriot con más atención. La señora Marriot estaba fatal. Tenía la piel de un tono grisáceo, el cuerpo decaído. Sus gafas estaban manchadas de tanto llorar y tenía un pañuelo mojado entre las manos. La conmoción había dejado al hijo inexpresivo. Había perdido a su hermano gemelo y emitía tanto dolor que yo apenas podía soportarlo.

—Gracias por acceder a hablar con nosotros —dijo. Se levantó de la silla y me tendió la mano—. Soy Jay Marriot, y ésta es mi madre, Justine.

Una familia que había encontrado una letra del alfabeto que le gustaba y se había declarado fiel a ella.

Yo no sabía qué decir. ¿Tenía sentido que les diera el pésame cuando su ser querido había intentado matarme? Era una situación sin reglas de etiqueta; incluso mi abuela se habría visto apurada.

—Señorita…, señorita Stackhouse, ¿conocía usted a mi hermano?

—No —dije. Sam me cogió de la mano. Los Marriot estaban sentados en las dos únicas sillas que cabían en el despacho de Sam, por lo que él y yo nos habíamos quedado de pie delante de la mesa. Confiaba en que no le doliera la pierna.

—¿Por qué iba a haber prendido fuego a su casa? Jamás lo habían arrestado, por nada. —Justine acababa de hablar por vez primera. Lo hacía con la voz ronca y entrecortada por las lágrimas, en tono suplicante. Estaba pidiéndome que la acusación contra su hijo Jeff no fuera cierta.

—Le aseguro que no lo sé.

—¿Podría explicarnos cómo sucedió? Su… muerte, me refiero.

Noté una oleada de rabia por verme obligada a sentir lástima de ellos, por tener que ser delicada, por tener que tratarlos de un modo especial. Al fin y al cabo, ¿quién había estado a punto de morir? ¿Quién había perdido parte de su casa? ¿Quién estaba sufriendo una crisis financiera que sólo la casualidad había evitado que fuera un desastre? Me sentía rabiosa, y Sam me soltó la mano y me rodeó con el brazo. Notaba la tensión de mi cuerpo. Confiaba en que yo consiguiera controlar el impulso de explotar.

Me contuve por los pelos, pero me contuve.

—Me despertó una amiga —dije—. Cuando salimos fuera, encontramos a un vampiro que se hospeda en casa de mi vecino, que también es vampiro, junto al cuerpo del señor Marriot. Muy cerca había una lata de gasolina. La doctora que vino dijo que Jeff tenía gasolina en las manos.

—¿Qué le mató? —dijo la madre.

—El vampiro.

—¿Lo mordió?

—No…, no lo hizo. No lo mordió.

—Y ¿cómo fue, entonces? —Jay empezaba a demostrar también su rabia.

—Le partió el cuello, creo.

—Eso es lo que nos dijeron en la oficina del sheriff —dijo Jay—. Pero no sabíamos si nos estaban contando la verdad.

Oh, por el amor de Dios.

Sweetie Des Arts asomó la cabeza para preguntarle a Sam si podía darle las llaves del almacén para coger una caja de conservas en vinagre. Se disculpó por la interrupción. Arlene me saludó con la mano cuando pasó por el pasillo en dirección a la puerta de empleados y me pregunté si Dennis Pettibone habría ido a verla. Estaba tan metida en mis propios problemas que ni me había fijado. Cuando la puerta se cerró a sus espaldas, la pequeña estancia pareció sumirse en el más absoluto silencio.

—Pero ¿qué hacía ese vampiro en su jardín? —preguntó con impaciencia Jay—. ¿En plena noche?

No le respondí diciéndole que eso no era de su incumbencia. Sam me rozó el brazo.

—Es la hora en que están despiertos. Y se hospedaba en la única casa que hay por allí además de la mía. —Eso era lo que le había contado a la policía—. Me imagino que oiría a alguien en mi jardín y se acercó a investigar.

—No sabemos cómo llegó Jeff hasta allí —dijo Justine—. ¿Dónde está su coche?

—No lo sé.

—Y dicen que en su cartera había un carné.

—Sí, un carné de miembro de la Hermandad del Sol —le dije.

—Jeff no tenía nada en contra de los vampiros —protestó Jay—. Somos hermanos gemelos. Si hubiese albergado algún tipo de resentimiento, yo lo habría sabido. Nada de esto tiene ningún sentido.

—A una mujer del bar le dio un nombre y un lugar de origen falsos —dije con toda la amabilidad que me fue posible.

—Estaba de paso —dijo Jay—. Yo estoy casado, pero Jeff estaba divorciado. No me gusta decir esto delante de mi madre, pero es bastante habitual que los hombres den un nombre y un historial falso cuando conocen a una mujer en un bar.

Y era cierto. Aunque el Merlotte's era básicamente un bar de barrio, había escuchado más de una historia que con toda seguridad era falsa en boca de hombres de fuera de la ciudad que estaban de paso.

—¿Dónde estaba la cartera? —preguntó Justine. Levantó la vista hacia mí, parecía un perro viejo apaleado y la imagen me partió el corazón.

—En el bolsillo de su chaqueta —dije.

Jay se levantó de repente. Empezó a moverse de un lado a otro del pequeño espacio que tenía a su disposición.

—Tampoco me lo creo —dijo en un tono de voz más animado—. Jeff nunca habría hecho eso. Siempre guardaba la cartera en el bolsillo del pantalón, como yo. Nunca guardamos la cartera en la chaqueta.

—¿Qué pretende decir?

—Intento decir que no creo que Jeff lo hiciera —dijo el hermano gemelo—. Incluso los de la estación de servicio Fina podrían haberse equivocado.

—¿Dijeron en la estación de servicio que había comprado la gasolina allí? —preguntó Sam.

Justine se encogió de nuevo, la fina piel de su barbilla temblaba.

Empezaba a preguntarme si las sospechas de los Marriot tendrían alguna base, pero en aquel momento sonó el teléfono y todos nos sobresaltamos. Sam respondió.

—¿Merlotte's? —dijo con voz pausada. Se quedó a la escucha. Dijo «Hummm-hummm» y «¿Sí?» y, finalmente, «Se lo diré». Colgó el auricular.

—Han encontrado el coche de su hermano —le dijo a Jay Marriot—. Está en una carretera vecinal, casi enfrente del camino de acceso a casa de Sookie.

El pequeño rayo de esperanza de la familia se apagó casi por completo y sentí lástima de ellos. Justine parecía diez años más vieja que cuando había entrado en el bar y Jay tenía el aspecto de haber pasado días sin comer ni dormir. Salieron sin decirme palabra, lo cual fue un alivio para mí. Por las escasas frases que intercambiaron entre ellos, entendí que iban a ver el coche de Jeff y a preguntar si podían quedarse con las pocas pertenencias que en él encontraran. Me imaginé que volverían a toparse contra una pared.

Eric me había contado que fue precisamente en aquella pequeña carretera local donde Debbie Pelt escondió su coche cuando vino a mi casa dispuesta a matarme. La verdad es que podrían poner un letrero bien grande que dijera: «APARCAMIENTO RESERVADO PARA ATAQUES NOCTURNOS CONTRA SOOKIE STACKHOUSE».

Sam volvió enseguida al despacho. Había acompañado a los Marriot hasta la puerta. Se quedó a mi lado, apoyado en la mesa y dejando a un lado las muletas. Me pasó el brazo por los hombros. Me volví hacia él y lo rodeé por la cintura. Me atrajo hacia él y me sentí en paz durante un minuto maravilloso. El calor de su cuerpo resultaba agradable y sentir su cariño era un consuelo.

—¿Te duele la pierna? —le pregunté al ver que se movía, incómodo.

—La pierna no —respondió.

Levanté la vista, sorprendida, y me encontré con su mirada. Estaba compungido. De pronto me di cuenta de qué era lo que le dolía a Sam, y me sonrojé. Pero no me separé de él. No quería dar por terminado el consuelo que me proporcionaba estar tan cerca de alguien…, o, más bien, estar tan cerca de Sam. Viendo que no me movía, acercó lentamente sus labios a los míos, dándome todas las oportunidades del mundo para alejarme de él. Su boca rozó la mía una vez, dos veces. Y entonces me besó y el calor de su lengua llenó mi boca.

Era una sensación increíblemente placentera. La visita de la familia Marriot había sido un recorrido por la sección de las novelas de misterio. Y ahora, sin la menor duda, estaba en el apartado de las novelas románticas.

Su altura era similar a la mía, por lo que no tenía necesidad de estirarme para alcanzar su boca. Sus besos cobraron urgencia. Sus labios se deslizaron por mi cuello, hacia esa parte tan sensible y vulnerable que hay en su base, sus dientes me rozaban con delicadeza.

Lancé un grito sofocado, no pude evitarlo. De haber tenido dotes para el teletransporte, habría elegido estar en un lugar más íntimo en aquel mismo instante. En el fondo, sabía que era un poco de mal gusto sentir aquel deseo en la cochambrosa oficina de un bar. Pero el calor resurgió cuando volvió a besarme. Siempre había habido algo entre nosotros y las ascuas acababan de encenderse.

Luché por aferrarme a algo que tuviera sentido ¿Sería la lujuria del superviviente? ¿Y su pierna? ¿De verdad necesitaba una camisa con tantos botones?

—Sé que éste no es un buen lugar para ti —dijo, hablando también de forma entrecortada. Se retiró y buscó las muletas, se arrastró hacia mí y volvió a besarme—. Sookie, voy a...

—¿Qué vas a hacer? —preguntó una voz gélida desde la puerta.

Si yo había perdido el sentido, Sam estaba furioso. En una décima de segundo, me vi empujada hacia un lado y Sam se abalanzó contra el intruso, olvidándose por completo de su pierna rota.

El corazón me latía como el de un conejito asustado y posé la mano sobre él para que no me saltara del pecho. El repentino ataque de Sam había derribado a Bill. Sam tiró el brazo hacia atrás dispuesto a dar un puñetazo, pero Bill hizo uso de su mayor peso y de su fuerza para forcejear con Sam hasta que éste quedó debajo de él. Bill tenía los colmillos fuera y sus ojos brillaban.

—¡Parad! —exclamé sin gritar mucho, temerosa de llamar la atención de los clientes. Rápidamente, agarré con las dos manos el suave cabello oscuro de Bill y tiré de él para echarle la cabeza hacia atrás. Con la excitación del momento, Bill estiró los brazos, me agarró de las muñecas y las retorció. Casi me ahogo de dolor. A punto estaban de romperse mis dos brazos cuando Sam aprovechó la oportunidad para darle a Bill un fuerte puñetazo en la barbilla. Los cambiantes no son tan poderosos como los hombres lobo o los vampiros, pero aun así sus puñetazos duelen y, en este caso, Bill se balanceó de un lado a otro. Y, además, recuperó el sentido común. Me soltó los brazos, se levantó y se volvió hacia mí con un elegante movimiento.

Yo tenía los ojos llenos de lágrimas de dolor, pero los abrí con fuerza, decidida a no permitir que el llanto rodara por mis mejillas. Estaba segura, sin embargo, de que se notaba que estaba a punto de sollozar. Mantuve los brazos extendidos, preguntándome cuándo dejarían de dolerme.

—Como te has quedado sin coche, decidí venir a recogerte a la salida del trabajo —dijo Bill, evaluando cuidadosamente con los dedos las marcas que él mismo había dejado en mis antebrazos—. Te juro que sólo pretendía hacerte un favor. Te juro que no estaba espiándote. Te juro que en ningún momento pretendí hacerte daño.

Una buena disculpa, y me alegré de que fuera él quien tomase primero la palabra. No sólo estaba dolorida, sino que además me sentía en una situación tremendamente incómoda. Bill, por supuesto, no tenía manera de saber que Tara me había prestado un coche. Debería haberle dejado una nota o un mensaje en el contestador, pero había ido directamente a trabajar desde mi casa incendiada y ni siquiera se me había pasado esa idea por la cabeza. Supongo que andaba pensando en cualquier otra cosa.

—Oh, Sam, ¿te duele más la pierna? —Pasé por delante de Bill para ayudar a Sam a incorporarse. Soporté todo el peso de Sam que me fue posible, consciente de que se quedaría eternamente tendido en el suelo antes que aceptar la ayuda de Bill. Finalmente, con cierta dificultad, conseguí enderezarle, cuidando de que mantuviera el peso de su cuerpo sobre la pierna buena. No podía ni imaginarme cómo debía de sentirse Sam.

Pero enseguida descubrí que estaba cabreadísimo. Se quedó mirando a Bill.

—Has entrado sin decir nada, sin llamar. Espero que no pretendas que me disculpe por haberte atacado. —Nunca había visto a Sam tan enfadado. Adivinaba que se sentía mal por no haberme «protegido» con mayor efectividad, que se sentía humillado porque Bill le había ganado la partida y, además, me había hecho daño. Y por último, y no por ello menos importante, Sam tenía que lidiar con el remolino de hormonas que estaban a punto de explotar en el momento en que habíamos sido interrumpidos.

—Oh, no, no pretendo nada de eso. —La voz de Bill bajó de temperatura al dirigirse a Sam. Casi veía estalactitas formándose en las paredes.

Me habría gustado estar a miles de kilómetros de distancia de allí. Me habría gustado salir, montarme en mi coche y volver a mi casa. Pero no podía. Bueno, al menos, disponía de un coche, y así se lo expliqué a Bill.

—Entonces no tenía por qué haberme tomado la molestia de venir a buscarte y vosotros dos podríais haber continuado sin que nadie os interrumpiera —dijo, utilizando un tono de voz absolutamente letal—. ¿Dónde vas a pasar la noche, si puedo preguntarlo? Pensaba ir a comprarte algo de comida.

Teniendo en cuenta que Bill odiaba ir de compras, aquello suponía para él un gran esfuerzo y quería que me enterase de ello. (Naturalmente, también cabía la posibilidad de que acabara de inventárselo para hacerme sentir más culpable).

Repasé las distintas opciones. Aunque nunca sabía con qué podía encontrarme si iba a casa de mi hermano, me parecía la opción más segura.

—Pasaré por casa a recoger algo de maquillaje que tengo en el baño y luego iré a casa de Jason —dije—. Gracias por acogerme anoche, Bill. Me imagino que habrás traído a Charles a trabajar. Pregúntale si quiere dormir en mi casa; supongo que el agujero seguirá estando en condiciones.

—Pregúntaselo tú misma. Está ahí fuera —dijo Bill en un tono de voz que sólo podía calificarse de malhumorado. Era evidente que su imaginación había elucubrado un escenario completamente distinto para la noche. Y que la forma en que estaban desarrollándose los acontecimientos no estaba haciéndole precisamente feliz.

Sam estaba tan dolorido (veía el dolor como un resplandor rojo que empezaba a cernirse sobre él) que pensé que lo mejor que podía hacer era largarme de allí antes de que sucumbiera.

—Nos vemos mañana, Sam —dije, y le di un beso en la mejilla.

Intentó sonreírme. No me atreví a ofrecerle mi ayuda para acompañarlo a su casa prefabricada mientras el vampiro estuviera presente, pues sabía que el orgullo de Sam lo acusaría. En aquel momento, eso era para él más importante que el estado de su pierna herida.

Charles ya había empezado a trabajar detrás de la barra. Cuando Bill se ofreció a hospedarlo para un segundo día, Charles prefirió su oferta a mi escondite, cuyo estado real aún desconocíamos.

—Tenemos que verificar el escondite, Sookie, porque es posible que el incendio haya producido grietas —dijo Charles, muy serio.

Me pareció lógico y, sin dirigir palabra a Bill, entré en el coche prestado y volví a mi casa. Habíamos dejado las ventanas abiertas todo el día y el olor se había disipado mucho. Me alegré de ello. Gracias a la estrategia de los bomberos y a la inexperiencia del pirómano al encender el fuego, el grueso de mi casa sería habitable muy pronto. Aquella tarde, desde el bar, había llamado a un albañil, Randall Shurtliff y habíamos quedado en que se pasaría al día siguiente al mediodía. Terry Bellefleur había prometido empezar a retirar los escombros de la cocina a primera hora del día siguiente. Yo tendría que estar presente para ir separando todo lo que pudiera salvarse. Me empezaba a invadir la sensación de estar pluriempleada.

De pronto me sentí completamente agotada, me dolían los brazos. Al día siguiente amanecería llena de moratones. Empezaba a hacer calor y la manga larga apenas era ya justificable, pero no me quedaría otro remedio que utilizarla. Armada con una linterna que encontré en la guantera del coche de Tara, cogí los productos de maquillaje y un poco más de ropa de mi habitación y lo metí todo en una bolsa de deporte que había ganado en la rifa de Relay for Life. Me llevé también un par de libros de bolsillo que aún no había leído, libros que había conseguido de intercambio. Y con ello desperté otra línea de pensamiento. ¿Tenía alguna película pendiente de devolver al videoclub? No. ¿Libros de la biblioteca? Sí, tenía algunos, pero antes debía ventilarlos un poco. ¿Cualquier otra cosa que perteneciera a otra persona? Gracias a Dios que había dejado ya el traje de chaqueta de Tara en la tintorería.

Cerrar la puerta y las ventanas no tenía sentido, pues cualquiera podía acceder a la casa por lo que quedaba de cocina, de modo que lo dejé todo abierto para que fuera marchándose el olor. Aun así, cuando salí por la puerta principal, la cerré con llave. Estaba ya en Hummingbird Road cuando caí en la cuenta de la tontería que había hecho, y mientras conducía hacia casa de Jason, me descubrí sonriendo por primera vez en muchas, muchísimas horas.

Capítulo
10

Mi melancólico hermano se alegró de verme. El hecho de que su «nueva familia» no confiara en él había estado consumiendo a Jason durante todo el día. Incluso su novia pantera, Crystal, se sentía nerviosa debido al halo de sospecha que lo rodeaba. Aquella tarde él se había presentado en su casa para visitarla y ella lo había echado de allí. Cuando me enteré de que se había desplazado hasta Hotshot, exploté. Le dije muy claramente a mi hermano que parecía que estuviese deseando la muerte y que iba a sentirme responsable si algo le sucedía. Me respondió diciéndome que yo nunca había sido responsable de nada que pudiera sucederle y que, por lo tanto, no entendía por qué iba a empezar a serlo ahora.

La discusión se prolongó un rato.

Cuando a regañadientes accedió por fin a mantenerse alejado de sus colegas cambiantes, cogí la bolsa y recorrí el pequeño pasillo hasta la habitación de invitados. Allí es donde Jason tenía el ordenador, sus antiguos trofeos del equipo de béisbol y de fútbol americano del instituto y un viejo colchón plegable que utilizaba principalmente para las visitas que bebían demasiado y no podían regresar a su casa en coche. Ni siquiera me molesté en desplegarlo, sino que me limité a extender una colcha antigua sobre su piel artificial y me eché otra encima.

Recé mis oraciones y repasé la jornada. Había estado tan llena de incidentes que me cansé incluso tratando de recordarlo todo. En menos de tres minutos, me apagué como una luz. Aquella noche soñé con animales salvajes: había niebla y estaba rodeada; tenía miedo. Oía a Jason gritar entre la neblina, pero no lograba encontrarlo y salir en su defensa.

A veces no es necesario un psiquiatra para interpretar los sueños, ¿verdad?

Me desvelé cuando Jason se marchó a trabajar a primera hora de la mañana y cerró dando un portazo. Volví a dormitar durante otra hora, pero después me desperté por completo. Terry iría a mi casa para empezar a retirar los escombros de la cocina y yo tenía que ver si podía salvar alguna cosa.

Se suponía que sería un trabajo sucio, de modo que le cogí prestado a Jason el mono azul que utilizaba para reparar el coche. Miré en su armario y me llevé también una vieja chaqueta de cuero que él solía utilizar cuando tenía que ensuciarse. Tomé también una caja de bolsas de basura. Cuando puse en marcha el coche de Tara me pregunté cómo podría devolverle aquel gran favor. Recordé entonces que tenía que ir a recoger su traje de chaqueta y realicé un pequeño rodeo para pasar por la tintorería.

Para mi consuelo, Terry estaba hoy de un humor estable. Me saludó con una sonrisa mientras partía con un mazo los tablones chamuscados del porche trasero. Aunque hacía bastante frío, Terry iba vestido con pantalones vaqueros y una camiseta sin mangas que cubría la mayoría de sus terribles cicatrices. Después de saludarlo y tomar nota de que no le apetecía hablar, entré en la casa por la puerta principal. Y, sin quererlo, me sentí arrastrada por el pasillo hacia la cocina para observar de nuevo los daños.

Los bomberos habían dicho que el suelo estaba en buen estado. Me ponía nerviosa pisar el linóleo abrasado, pero al cabo de poco tiempo empecé a sentirme mejor. Me puse unos guantes y empecé a repasar armarios y cajones. Había cosas fundidas y retorcidas por el calor. Había objetos tan distorsionados, como la escurridora de plástico, que necesitaba un par de segundos para identificarlos.

Las cosas que no servían las tiraba directamente por la ventana sur de la cocina, al otro lado de donde estaba Terry.

No me fiaba de la comida almacenada en los armarios adosados a la pared exterior. La harina, el arroz, el azúcar…, lo tenía todo guardado en recipientes Tupperware y, pese a que se habían mantenido herméticamente cerrados, prefería no utilizar el contenido. Lo mismo sucedía con la comida enlatada; por idéntico motivo, no me sentiría cómoda utilizando comida que había estado expuesta a tanto calor.

Por suerte, mi vajilla de gres de diario y la de porcelana que había pertenecido a mi tatarabuela habían sobrevivido, pues estaban en el armario más alejado de las llamas. Su cubertería de plata estaba también en buen estado. La de acero inoxidable, sin embargo, mucho más útil para mí, estaba completamente retorcida. Algunas cacerolas y sartenes seguirían sirviendo.

Trabajé un par de horas o tres, sumando cosas a la pila cada vez más alta que había debajo de la ventana o guardándolas en bolsas de basura para su futuro uso en la nueva cocina. Terry también estaba trabajando duro, tomándose un respiro de vez en cuando para beber agua embotellada mientras reposaba sentado en el maletero de su camioneta. La temperatura había subido hasta situarse cerca de los veinte grados.

Tendríamos aún alguna que otra helada, y siempre había la posibilidad de que nevara, pero se notaba que la primavera empezaba a acercarse.

No fue una mala mañana. Tenía la sensación de estar dando un paso hacia la recuperación de mi casa. Terry era un compañero poco exigente, ya que no le gustaba hablar, y el trabajo duro le servía para exorcizar sus propios demonios. Estaba a punto de cumplir los sesenta. Parte del vello que asomaba por la parte superior de su camiseta era ya gris. El pelo de su cabeza, castaño en su día, clareaba con la edad. Pero era un hombre fuerte que manejaba el mazo con vigor e iba cargando tablas en el maletero de su furgón sin mostrar signo alguno de cansancio.

Terry se marchó para depositar una carga en el vertedero municipal. Aprovechando su ausencia, fui al dormitorio e hice la cama… Una acción extraña y tonta, lo sé. Tendría que quitar las sábanas y lavarlas; de hecho, había lavado ya prácticamente todos los elementos textiles de mi casa para desechar por completo el olor a quemado. Había fregado incluso las paredes y repintado el pasillo; la pintura del resto de la casa estaba en bastante buen estado.

Estaba descansando un poco en el jardín cuando oí que se acercaba un vehículo, que apareció poco después entre los árboles que rodeaban el camino de acceso a la casa. Reconocí, asombrada, la camioneta de Alcide, y sentí una punzada de consternación. Le había dicho que se mantuviera alejado de mí.

Cuando salió del vehículo parecía molesto. Yo estaba sentada en una de mis sillas de jardín de aluminio, preguntándome qué hora sería y cuándo llegaría el albañil. Después de la incómoda noche que había pasado en casa de Jason, estaba pensando también en encontrar un lugar donde instalarme mientras reconstruían la cocina. No me imaginaba que el resto de la casa estuviera habitable hasta que hubieran terminado las obras, y para eso faltaban meses. Jason no me querría tanto tiempo en su casa, de eso estaba segura. Se sentiría obligado a alojarme de querer yo quedarme allí —era mi hermano, al fin y al cabo—, pero no quería explotar en exceso su espíritu fraternal. Pensándolo bien, no había nadie con quien quisiera instalarme un par de meses.

—¿Por qué no me lo contaste? —vociferó Alcide en cuanto sus pies rozaron el suelo.

Suspiré. Otro hombre enfadado.

—Pensé que en estos momentos no éramos grandes amigos —le recordé—. Pero te lo habría dicho. Ha sido sólo hace un par de días.

—Tendrías que haberme llamado inmediatamente —me dijo, empezando a rodear la casa para inspeccionar los daños. Se detuvo justo delante de mí—. Podrías haber muerto —añadió, como si eso fuera una gran noticia.

—Sí —repliqué—. De eso ya me he dado cuenta.

—Y tuvo que salvarte un vampiro. —Su voz sonaba resentida. Los vampiros y los hombres lobo no se llevaban bien.

—Sí —concedí, aunque mi verdadera salvadora había sido Claudine. Charles, sin embargo, había sido quien había matado al pirómano—. ¿Preferirías que hubiera muerto quemada?

—¡No, por supuesto que no! —Se volvió para observar lo que quedaba de porche—. ¿Tienes a alguien trabajando ya para retirar los escombros de la parte dañada?

—Sí.

—Podía haberte traído a una cuadrilla entera.

—Terry se prestó voluntario.

—Puedo hacerte un buen precio para la reconstrucción.

—Ya he contactado con un albañil.

—Puedo prestarte el dinero que necesites para la obra.

—Tengo dinero, muchas gracias.

Eso le dejó sorprendido.

—¿Tienes? ¿De dónde has...? —Se interrumpió antes de decir algo imperdonable—. Pensaba que tu abuela no tenía mucho que dejarte en herencia —dijo, una frase que sonó casi tan mal como la que podría haber llegado a decir antes.

—Es un dinero que gané.

—¿Ganaste dinero con Eric? —supuso, acertando por completo. La verde mirada de Alcide echaba chispas. Pensé que iba a zarandearme.

—Cálmate, Alcide Herveaux —dije en un tono cortante—. Cómo me haya ganado yo ese dinero debería traerte sin cuidado. Me alegro de tenerlo. Y si decides bajarte de tu caballo, te diré que me alegro de que te preocupes por mí y que agradezco que me ofrezcas tu ayuda. Pero no me trates como si fuera una niña de primaria o de escuela especial.

Alcide se quedó mirándome mientras mi discurso iba calando.

—Lo siento. Pensaba que..., pensaba que éramos lo bastante amigos como para que me hubieses llamado aquella misma noche. Pensaba... que quizá necesitarías ayuda.

Estaba jugando la carta de «has herido mis sentimientos».

—No me importa pedir ayuda cuando la necesito. No soy tan orgullosa —dije—. Y me alegro de verte. —Lo que no era del todo cierto—. Pero no actúo como si no pudiera hacer nada por mí misma, porque puedo, como ves.

—¿Te pagaron los vampiros por alojar a Eric cuando lo de los brujos de Shreveport?

—Sí —dije—. Fue idea de mi hermano. Yo no me sentía bien por ello. Pero ahora agradezco tener ese dinero. Así no tengo que pedírselo prestado a nadie para reformar la casa.

Terry Bellefleur acababa de regresar con su camioneta e hice las debidas presentaciones. Terry no se quedó en absoluto impresionado por conocer a Alcide. De hecho, después de darle el apretón de manos de rigor, se fue directo a continuar con su trabajo. Alcide lo miró con expresión dubitativa.

—¿Dónde te has instalado? —Por suerte, Alcide había decidido no formular preguntas sobre las cicatrices de Terry.

—Estoy en casa de Jason —dije enseguida, prescindiendo del hecho de que esperaba que fuese una solución temporal.

—¿Cuánto tiempo te llevará la obra?

—Pues mira, aquí está precisamente el hombre que me lo dirá —dije agradecida. Randall Shurtliff llegaba también en una camioneta, acompañado por su esposa y socia. Delia Shurtliff era más joven que Randall, bella como un cuadro y dura como una piedra. Era su segunda esposa. Cuando se divorció de «la del principio», la que le dio tres hijos y le limpió la casa durante doce años, Delia ya trabajaba para Randall y, poco a poco, empezó a dirigir el negocio mucho mejor que él. Con el dinero que su segunda mujer le hacía ganar podía darles a su primera esposa y a sus hijos más ventajas de las que habrían tenido de haberse casado él con otra persona. Era de dominio público (lo que significaba que yo no era la única que lo sabía) que Delia estaría encantada de que Mary Helen volviera a casarse y de que los tres hijos de Shurtliff se graduaran por fin en el instituto.

Aparté de mi cabeza los pensamientos de Delia con la firme resolución de levantar mis escudos de protección. Randall estuvo encantado de que le presentase a Alcide, a quien conocía de vista, y se mostró más dispuesto si cabe a ocuparse de la reconstrucción de mi cocina cuando supo que yo era amiga de Alcide. La familia Herveaux tenía mucho peso en el sector de la construcción, tanto a nivel personal como económico. Y, para mi fastidio, Randall empezó a dirigir todos sus comentarios a Alcide en lugar de a mí. Él lo aceptó con naturalidad.

Miré a Delia. Delia me miró. No nos parecíamos en nada, pero por un momento nuestros pensamientos fueron uno.

—¿Qué piensas, Delia? —le pregunté—. ¿Para cuánto tiempo tendremos?

—Refunfuñará y resoplará —dijo. Tenía el pelo más claro que el mío, gracias a la peluquería, e iba muy maquillada, pero vestía con elegancia unos pantalones de algodón con pinzas y un polo con la inscripción «SHURTLIFF CONSTRUCTION» bordada encima del pecho izquierdo—. Pero está a punto de terminar una casa en Robin Egg. Podrá ponerse a trabajar en tu cocina antes de que empiece otra casa en Clarice. De modo que en tres o cuatro meses tendrás cocina nueva.

—Gracias, Delia. ¿Tengo que firmar alguna cosa?

—Te prepararemos un presupuesto. Te lo llevaré al bar para que lo estudies. Incluiremos los electrodomésticos nuevos, ya que podemos obtener un descuento por mayoristas. De todas formas, ahora mismo puedo darte una estimación aproximada.

Me enseñó el presupuesto de la renovación de una cocina que habían llevado a cabo el mes anterior.

—Ya veo —dije, aunque en mi interior creo que lancé un buen grito. Incluso contando con el dinero del seguro, me tocaría gastar una buena cantidad de lo que tenía guardado en el banco.

Debía sentirme agradecida, me acordé, de que Eric me hubiera pagado aquel dinero, de tenerlo para poder gastarlo. Gracias a él no me vería obligada a tener que pedir un préstamo al banco, ni a vender tierras, ni a dar ningún paso drástico. Tendría que acostumbrarme a pensar que aquel dinero había pasado por mi cuenta, pero que no se había asentado en ella. Que no era ni siquiera su propietaria, sino que lo había tenido en custodia durante un breve tiempo.

—¿Sois buenos amigos, Alcide y tú? —preguntó Delia, terminados los temas de negocios.

Reflexioné mi respuesta.

—De vez en cuando —respondí con sinceridad.

Rió, soltando una carcajada áspera pero sexy, de todos modos. Los hombres se volvieron hacia nosotras, Randall sonriendo, Alcide perplejo. Estaban demasiado lejos para oír lo que estábamos comentando.

—Te contaré una cosa —me dijo Delia Shurtliff en voz baja—. Sólo entre tú, yo y esta valla. La secretaria de Jackson Herveaux, Connie Babcock..., ¿la conoces?

Moví afirmativamente la cabeza. La había visto y había hablado con ella cuando había pasado por la oficina de Alcide en Shreveport.

—Esta mañana la han arrestado por robar a Herveaux and Son.

—¿Qué se ha llevado? —Era toda oídos.

—Eso es lo que no entiendo. La sorprendieron llevándose unos documentos del despacho de Jackson Herveaux. Pero no eran documentos relacionados con el negocio, sino personales, por lo que me dijeron. Afirmó que le habían pagado por hacerlo.

—¿Quién?

—Un tipo que es concesionario de motos. ¿Le ves tú el sentido?

Tenía sentido si sabías que Connie Babcock había estado acostándose con Jackson Herveaux, además de trabajar en su oficina. Lo tenía si de repente te dabas cuenta de que Jackson había asistido al funeral del coronel Flood acompañado por Christine Larrabee, una influyente mujer lobo de pura sangre, en lugar de ir con la débil humana Connie Babcock.

Mientras Delia explicaba los detalles de la historia, yo permanecí perdida en mis pensamientos. Jackson Herveaux era, sin duda alguna, un hombre de negocios inteligente, pero estaba demostrando ser un tonto como político. Hacer arrestar a Connie era una estupidez. Llamaría la atención sobre los hombres lobo, exponiéndolos potencialmente a la luz pública. Una población tan amante del secretismo no valoraría bien a un líder incapaz de gestionar sus problemas con mayor discreción.

De hecho, y viendo que Alcide y Randall seguían discutiendo la reconstrucción de mi casa entre ellos y no conmigo, esta falta de delicadeza parecía ser característica de la familia Herveaux.

Puse mala cara. Se me acababa de ocurrir que Patrick Furnan, sabiendo que Jackson reaccionaría fogosamente, debía de ser lo bastante astuto y listo como para haberlo planeado todo: sobornar a la despechada Connie para que robara los documentos y luego asegurarse de que era sorprendida en el acto. Patrick Furnan debía de ser mucho más listo de lo que parecía, y Jackson Herveaux mucho más estúpido, al menos en los rasgos importantes para ser jefe de la manada. Intenté olvidar mis especulaciones. Alcide no había mencionado ni una palabra sobre el arresto de Connie, por lo que tuve que concluir que no lo consideraba asunto mío. O tal vez pensaba que ya tenía bastante con mis propios problemas, lo que era cierto. Volví a situarme en el presente.

—¿Crees que se darían cuenta si nos marcháramos? —le pregunté a Delia.

—Sí, seguro —respondió confiada Delia—. Randall tal vez tardara un momento, pero empezaría a buscarme enseguida. Se sentiría perdido sin mí.

Delia era una mujer que conocía su valía. Suspiré y pensé en subir al coche y largarme. Alcide, viendo de reojo mi expresión, interrumpió la discusión con el albañil y me miró con cara de culpabilidad.

—Lo siento —dijo—. Es la costumbre.

Randall se acercó al lugar donde estábamos un poco más deprisa que cuando se había alejado.

—Lo siento —dijo disculpándose—. Estábamos hablando de trabajo. ¿Qué tenías pensado para todo esto, Sookie?

—Quiero una cocina con las mismas dimensiones que tenía la antigua —propuse, después de descartar la idea de una cocina más grande al ver el presupuesto—. Y me gustaría que el nuevo porche tuviese la misma anchura de la cocina y que fuera cerrado.

Randall sacó un bloc y trazó un boceto de lo que yo quería.

—¿Quieres los fregaderos donde estaban? ¿Quieres todos los electrodomésticos donde estaban?

Después de discutirlo un rato, expliqué todo lo que quería y Randall dijo que me llamaría cuando fuera el momento de elegir los armarios, los fregaderos y todos los demás detalles.

—Una cosa que sí necesito que me hagas hoy o mañana es arreglar la puerta que comunica el pasillo con la cocina —dije—. Quiero poder cerrar la casa con llave.

Randall estuvo un momento hurgando por el interior de su camioneta y apareció con un pomo con cerradura completamente nuevo, aún en su embalaje original.

—No servirá para desanimar a quien esté realmente interesado en entrar —dijo, sintiéndose todavía culpable—, pero será mejor que nada. —Lo instaló en quince minutos, y así pude separar la parte en buen estado de la casa de la zona quemada. Aun sabiendo que aquella cerradura no servía para gran cosa, me sentía mucho mejor. Ya pondría después un cerrojo en el interior de la puerta para que quedara más seguro todo. Me pregunté si podría hacerlo yo misma, pero recordé enseguida que necesitaría cortar parte del marco de la puerta, un trabajo que sólo podía realizar un carpintero. Ya encontraría a alguien que me ayudara con ello.

Randall y Delia se marcharon después de garantizarme que yo sería la siguiente en su lista y Terry continuó trabajando.

—Nunca te encuentro sola —dijo Alcide, empleando un tono tal vez algo exasperado.

—¿De qué querías hablar? Terry no puede escucharnos desde donde está. —Caminé hasta el árbol bajo el cual había instalado mi silla de aluminio. Su gemela estaba apoyada en el tronco del roble y Alcide la desplegó. Crujió un poco bajo su peso cuando se sentó en ella. Supuse que iba a contarme lo del arresto de Connie Babcock.

—La última vez que hablé contigo te di un disgusto —dijo directamente.

Me vi obligada a cambiar de mentalidad ante aquella apertura inesperada. De acuerdo, me gustan los hombres que saben pedir perdón.

—Sí, tienes razón.

—¿Preferías que no te dijera que sabía lo de Debbie?

—Odio que pasara todo aquello. Odio que su familia esté detrás de eso. Odio que no sepan nada sobre Debbie, que sufran. Pero me alegro de seguir con vida y no pienso ir a la cárcel por haber actuado en defensa propia.

—Si te hace sentir mejor, te diré que Debbie no estaba muy apegada a su familia. Sus padres siempre prefirieron a su hermana menor, pese a que no heredó rasgos cambiantes. Sandra es la niña de sus ojos y el único motivo por el que están detrás de esto con tanto afán es porque ella quiere averiguar lo sucedido.

—¿Piensas que acabarán dejándolo correr?

—Ellos creen que lo hice yo —dijo Alcide—. Los Pelt piensan que maté a Debbie porque se comprometió con otro hombre. Recibí un mensaje de correo electrónico de Sandra en respuesta al que yo le envié hablándole de los detectives.

Me quedé boquiabierta mirándolo. Tuve una horrorosa visión del futuro en la que me veía yendo a la comisaria para confesar mi crimen con el único fin de salvar a Alcide de una condena segura. Resultaba terrible ser sospechoso de un asesinato que no había cometido y no podía permitirlo. No se me había ocurrido la posibilidad de que otro se viera inculpado por lo que yo había hecho.

—Pero —continuó Alcide— puedo probar que no lo hice. Cuatro miembros de la manada han jurado que yo estaba en casa de Pam después de que Debbie se marchara de allí y una hembra jurará que pasé la noche con ella.

Era verdad que él había estado con los miembros de la manada, aunque en otro sitio. Respiré aliviada. No pensaba ponerme celosa por lo de la hembra. No la habría llamado así de haberse acostado realmente con ella.

—De manera que los Pelt tienen que encontrar a otro sospechoso. De todos modos, no era de eso de lo que quería hablar contigo.

Alcide me cogió la mano. La suya era grande, dura y abarcaba la mía como si estuviera sujetando algo libre y salvaje capaz de salir volando si lo soltaba.

—Me gustaría que pensaras si te apetece verme regularmente —dijo Alcide—. Cada día.

Una vez más, tenía la sensación de que el mundo volvía a cambiar a mi alrededor.

—¿Qué? —dije.

—Me gustas mucho —dijo—. Creo que yo también te gusto. Nos queremos. —Se inclinó para besarme en la mejilla y entonces, al ver que no me movía, me besó en la boca. Me sentía demasiado sorprendida como para responder y poco segura de si deseaba hacerlo. No es frecuente pillar por sorpresa a una persona capaz de leer la mente de los demás, pero Alcide acababa de conseguirlo.

Respiró hondo y continuó.

—Nos gusta nuestra mutua compañía. Tengo tantas ganas de tenerte en mi cama que la sensación llega a producirme dolor. No te habría comentado nunca esto tan pronto, sin llevar juntos más tiempo, pero en estos momentos sé que necesitas un lugar donde vivir. Tengo un piso en Shreveport. Quiero que te plantees venir a vivir conmigo.

Me había pillado totalmente desprevenida. En lugar de esforzarme por mantenerme alejada de la cabeza de los demás, tendría que empezar a pensar en volver a meterme en ellas. Inicié mentalmente varias frases, pero las descarté todas. Tenía que combatir el calor que desprendía Alcide, la atracción de su cuerpo, para poner en orden mis pensamientos.

—Alcide —empecé a decir por fin, hablando por encima del ruido de fondo del mazo de Terry, que seguía partiendo los tablones de mi cocina incendiada—, tienes razón en lo de que me gustas. De hecho, es algo más que simplemente gustarme. —Ni siquiera podía mirarlo a la cara. Decidí centrarme en sus enormes manos, cubiertas en el dorso por un vello oscuro. Si miraba más allá, veía sus musculosos muslos y su… Bien, mejor volver a las manos—. Pero no me parece el momento oportuno. Creo que necesitas más tiempo para superar tu relación con Debbie, pues te tenía prácticamente esclavizado. Tal vez pienses que por haber pronunciado la frase «abjuro de ti» te has librado de todos los sentimientos que albergabas hacia Debbie, pero yo no estoy tan convencida de ello.

—Es un ritual muy poderoso para los nuestros —dijo muy serio Alcide, y me arriesgué a echar un rápido vistazo a su cara.

—Ya me di cuenta de que era un ritual poderoso —le aseguré— y de que todos los presentes se quedaron impresionados. Pero me cuesta creer que, de golpe y porrazo, todos los sentimientos que albergabas hacia Debbie desaparecieran por haber pronunciado aquellas palabras. Las personas no funcionamos así.

—Pero los hombres lobo sí. —Era testarudo. Y había tomado una decisión.

Me esforcé en pensar lo que quería decir a continuación.

—Me encantaría que apareciera alguien que solucionara todos mis problemas —dije—. Pero no quiero aceptar tu oferta por el simple hecho de que ahora necesite un lugar donde vivir y nos atraigamos físicamente. Si para cuando mi casa esté reconstruida sigues sintiendo lo mismo, podemos volver a hablarlo.

—Ahora es cuando más me necesitas —dijo, saliendo las palabras a toda velocidad de su boca en un apresurado intento de convencerme—. Tú me necesitas ahora. Yo te necesito ahora. Nos llevamos bien. Lo sabes.

—No, no lo sé. Sé que en este momento te preocupan muchas cosas. Independientemente de cómo sucediera, has perdido a tu amante. No creo que hayas comprendido de verdad que nunca más volverás a verla.

Se estremeció.

—Yo le disparé, Alcide. Con un rifle.

Su rostro se tensó.

—¿Lo ves? Alcide, te he visto arrancarle la carne a un ser humano cuando estás transformado en lobo. Y no te tengo miedo por ello. Porque estoy de tu lado. Pero tú amabas a Debbie, o como mínimo la amaste durante un tiempo. Si ahora iniciamos una relación, llegará un momento en el que dirás: «Ésta es la que terminó con su vida».

Alcide abrió la boca dispuesto a protestar, pero yo levanté la mano. Quería terminar.

—Además, Alcide, tu padre está metido en esta lucha por la sucesión. Quiere ganar las elecciones. Tal vez el hecho de que tengas una relación estable favorecería sus ambiciones. No lo sé. Pero no quiero formar parte de los asuntos políticos de los hombres lobo. No me gustó que la semana pasada me arrastraras a ese funeral. Tendrías que haber dejado que fuera yo quien tomara esa decisión.

—Quería que se acostumbraran a verte a mi lado —dijo Alcide, con el rostro ofendido—. Era un honor para ti.

—Tal vez habría apreciado más ese honor de haber sabido de qué iba —le espeté. Fue un alivio oír que se acercaba un coche y ver a Andy Bellefleur salir de su Ford y observar a su primo trabajando en mi cocina. Por primera vez en muchos meses, me alegraba de ver a Andy.

Presenté a Andy a Alcide, claro está, y me fijé en cómo se examinaban mutuamente. Me gustan los hombres en general, y algunos hombres en concreto, pero cuando los vi prácticamente dándose vueltas el uno al otro, como si estuvieran olisqueándose el culo —perdón, intercambiándose el saludo—, no pude más que mover la cabeza de un lado a otro. Alcide era más alto, sobrepasaba a Andy Bellefleur por más de diez centímetros, pero Andy había formado parte del equipo de lucha libre de su universidad y seguía siendo un bloque de músculos. Eran más o menos de la misma edad. Apostaría la misma cantidad de dinero por ambos si se pelearan, siempre y cuando Alcide conservara su forma humana.

—Sookie, me pediste que te mantuviera informada sobre el hombre que murió aquí —dijo Andy.

Por supuesto, pero jamás se me habría ocurrido que fuera a hacerlo. Pese a haber sido siempre un apasionado admirador de mi trasero, Andy no me tenía en gran estima. Tener poderes telepáticos es maravilloso, ¿verdad?

—No tiene antecedentes —dijo Andy, mirando el pequeño bloc que acababa de sacar del bolsillo—. No se le conoce relación con la Hermandad del Sol.

—Pero eso no tiene sentido —dije, después del breve silencio que siguió—. ¿Por qué, sino, iba a querer incendiar mi casa?

—Confiaba en que tú pudieras decírmelo —dijo Andy, clavando sus claros ojos grises en los míos.

Bien, aquello había conseguido que me hartara de Andy de una vez y para siempre. Con los años, me había insultado y me había herido en multitud de ocasiones, pero aquélla era la gota que colmaba el vaso.

—Escúchame, Andy —dije, mirándolo a los ojos—. Nunca te he hecho nada, que yo sepa. Nunca me han arrestado. Ni siquiera he hecho jamás nada incorrecto, ni tan siquiera me he retrasado en el pago de mis impuestos, ni he servido una copa a un menor de edad. Jamás me han puesto una multa por exceso de velocidad. Y ahora resulta que alguien intenta asarme a la barbacoa dentro de mi casa. ¿Por qué demonios intentas que me sienta culpable, como si hubiera hecho algo malo?

—«Aparte de pegarle un tiro a Debbie Pelt», susurró una voz dentro de mi cabeza. Era la voz de mi consciencia.

—No creo que haya nada en el pasado de este tipo que apunte a que fuera él quien hizo.

—¡Estupendo! Pues, en ese caso, ¡descubre quién fue! Porque alguien incendió mi casa, y lo que es evidente…, ¡es que no lo hice yo! —Acabé la frase gritando, en parte para acallar mi voz interior. Mi único recurso fue dar media vuelta y alejarme de allí, rodear la casa hasta perder de vista a Andy. Terry me miró de reojo, pero en ningún momento dejó de utilizar el mazo.

Pasado un minuto, oí que alguien pisoteaba los escombros y se acercaba a mí.

—Se ha ido —dijo Alcide, escondiendo tras su voz profunda cierto tono de divertimento—. Me imagino que no te interesa seguir con nuestra conversación.

—Tienes razón —repliqué con brevedad.

—En ese caso, regresaré a Shreveport. Llámame si me necesitas.

—Por supuesto. —Me obligué a ser educada—. Gracias por ofrecerme tu ayuda.

—¿Ayuda? ¡Te he pedido que vengas a vivir conmigo!

—Entonces, gracias por pedirme que fuera a vivir contigo. —No pude evitar que no sonara del todo sincero. Pronuncié las palabras adecuadas. Pero, entonces, oí la voz de mi abuela en el interior de mi cabeza; me decía que estaba comportándome como una niña de siete años. Me obligué a dar media vuelta—. Aprecio mucho tu…, tu cariño —dije, mirando a Alcide a la cara. Era apenas principios de primavera y se le notaba ya la marca del bronceado que le dejaba el casco de la obra. En pocas semanas, su piel olivácea sería aún más oscura—. Aprecio mucho… —Me interrumpí, no sabía muy bien cómo expresarlo. Apreciaba su voluntad de considerarme una mujer capaz de emparejarme con él, algo que la mayoría de hombres ni siquiera contemplaba, y que me considerara potencialmente una buena pareja y una buena aliada. Eso era lo que me habría gustado decirle.

—Pero tú no sientes lo mismo. —Sus ojos verdes aguantaron mi mirada.

—No he dicho eso. —Respiré hondo—. Quiero decir que ahora no es el momento de iniciar una relación contigo. —«Aunque no me importaría pegarte un buen revolcón», añadí para mis adentros.

Pero no pensaba ceder a ese capricho, y mucho menos con un hombre como Alcide. La nueva Sookie, la renacida Sookie, no iba a cometer el mismo error dos veces seguidas. Había renacido dos veces. (Si renaces después de haber pasado por dos hombres, ¿acabas siendo virgen de nuevo? ¿Con qué estado renaces?). Alcide me abrazó y me dio un beso en la mejilla. Se marchó mientras yo seguía reflexionando sobre el tema. En cuanto Alcide se hubo ido, Terry acabó su trabajo por aquel día. Me quité el mono y me vestí con mi uniforme. La tarde había enfriado, de modo que me puse encima la chaqueta que había cogido prestada del armario de Jason. Olía un poco a él.

De camino al trabajo, di un pequeño rodeo para dejar el traje de chaqueta negro y rosa en casa de Tara. No vi su coche, de modo que imaginé que estaría aún en la tienda. Entré y fui directamente a su dormitorio para guardar la bolsa de plástico en el armario. La casa estaba en penumbra. En el exterior había casi oscurecido. De pronto, me sentí invadida por una sensación de alarma. No tendría que estar allí. Me alejé del armario y eché un vistazo a la habitación. Cuando mi mirada llegó a la puerta, observé el perfil de una figura. Grité sin poder evitarlo. Y demostrarles que tienes miedo es como agitar una tela roja delante de un toro.

No podía ver la cara de Mickey para leer su expresión, en el caso de que tuviera alguna.

—¿De dónde ha salido ese nuevo camarero del Merlotte's? —preguntó.

Eso era lo que menos me esperaba.

—Teníamos que encontrar urgentemente un camarero después de que Sam resultase herido. Nos lo prestaron en Shreveport —dije—. En el bar de los vampiros.

—¿Llevaba tiempo allí?

—No —respondí, consiguiendo mostrar una expresión de sorpresa aun con el miedo que me embargaba—. No llevaba allí mucho tiempo.

Mickey movió afirmativamente la cabeza, como si con ello confirmara alguna conclusión a la que acababa de llegar.

—Lárgate —dijo, manteniendo la calma en su voz profunda—. Eres una mala influencia para Tara. Ella sólo me necesita a mí, hasta que me canse de ella. No vuelvas por aquí.

La única manera de salir de la habitación era por la puerta que él ocupaba. Y mejor sería no hablar, no me fiaba de lo que pudiera decirle. Me acerqué a él con toda la confianza que pude y me pregunté si se movería cuando llegara a su lado. Cuando hube rodeado la cama de Tara y pasado junto a su tocador, tuve la impresión de que habían transcurrido tres horas. No pude evitar mirarle a la cara cuando pasé por su lado, y vi que asomaba un colmillo. Me estremecí. No pude evitar sentir asco al pensar en Tara. ¿Cómo era posible que hubiera llegado a esa situación?

Cuando el vampiro se dio cuenta de mi repugnancia, sonrió.

Guardé en mi corazón el problema de Tara para sacarlo a relucir en otro momento. Tal vez se me ocurriera alguna cosa que hacer por ella, pero mientras estuviera aparentemente dispuesta a seguir con aquella criatura monstruosa, no sabía cómo ayudarla.

Cuando aparqué en la parte trasera del Merlotte's, vi que Sweetie Des Arts estaba fuera fumando un cigarrillo. Pese a que su delantal blanco estaba lleno de manchas, tenía buen aspecto. Los focos del exterior iluminaban todas y cada una de las arruguitas de su piel, dejando entrever que era un poco mayor de lo que me imaginaba; de todos modos, su aspecto era estupendo teniendo en cuenta que se pasaba prácticamente todo el día encerrada en la cocina. De hecho, de no ser por el delantal blanco y el leve olor a aceite, Sweetie sería una mujer bastante sexy. Y, la verdad, se comportaba como una persona acostumbrada a destacar.

Habíamos tenido tal sucesión de cocineros, que no me había esforzado mucho en conocerla. Estaba segura de que tarde o temprano, más bien temprano, acabaría también largándose. Levantó una mano para saludarme y vi que tenía ganas de hablar conmigo, de modo que me detuve.

—Siento mucho lo de tu casa —dijo. Su mirada brillaba bajo la luz artificial. El olor que desprendía el contenedor de la basura no era muy agradable, pero Sweetie estaba tan relajada como si se encontrara en una playa de Acapulco.

—Gracias —dije. No me apetecía hablar del tema—. ¿Qué tal va el día?

—Bien, gracias. —Movió la mano del cigarrillo en dirección al aparcamiento—. Ya ves, aquí, disfrutando de la vista. Mira, tienes algo en la chaqueta. —Extendió con cuidado la mano hacia un lado para no echarme la ceniza encima, se inclinó hacia delante y sacudió algo que llevaba en el hombro. Me olisqueó. Tal vez, a pesar de todos mis esfuerzos, seguía impregnada de olor a madera quemada.

—Tengo que entrar. Mi turno está a punto de empezar —dije.

—Sí, yo también tengo que entrar. Tenemos una noche de mucho trabajo. —Pero Sweetie se quedó donde estaba—. A Sam le encantas.

—Bueno, llevo mucho tiempo trabajando para él.

—No, creo que va más allá de eso.

—Me parece que no, Sweetie. —No se me ocurría ninguna forma educada de dar por concluida una conversación que había entrado en un terreno excesivamente personal.

—Estabas con él cuando le dispararon, ¿verdad?

—Sí, él se dirigía a su casa y yo iba hacia mi coche. —Quería dejar claro que íbamos en direcciones opuestas.

—¿No viste nada? —Sweetie se apoyó en la pared y echó la cabeza hacia atrás, cerrando los ojos como si estuviera tomando el sol.

—No, ojalá lo hubiera visto. Me gustaría que la policía capturara a quienquiera que esté detrás de estos ataques.

—¿Se te ha ocurrido que pueda haber un motivo por el que hayan disparado a esta gente?

—No —mentí—. Heather, Sam y Calvin no tienen nada en común.

Sweetie abrió un ojo y me miró.

—Si esto fuera una novela de misterio, todos compartirían el mismo secreto, o habrían sido testigos del mismo accidente, o cualquier cosa por el estilo. O la policía habría averiguado que todos eran clientes de la misma tintorería. —Sweetie sacudió la ceniza del cigarrillo.

Me relajé un poco.

—Ya veo adónde quieres ir a parar —dije—. Pero pienso que la vida real no tiene nada que ver con las novelas de asesinos en serie. Pienso que las víctimas fueron elegidas al azar.

Sweetie se encogió de hombros.

—Seguramente tienes razón. —Vi que estaba leyendo una novela de suspense de Tami Hoag; la llevaba en el bolsillo del delantal. Sweetie dio unos golpecitos a su bolsillo—. La ficción hace que todo sea mucho más interesante. La verdad es aburridísima.

—No precisamente en mi mundo.

Aquella noche, Bill apareció por el Merlotte's con una chica. Me imaginé que era su represalia por haberme sorprendido besando a Sam, aunque también era posible que fuera simplemente mi orgullo lo que me llevaba a pensar eso. La posible venganza venía en forma de una mujer de Clarice. La había visto por el bar de vez en cuando. Era delgada, con una melena castaña que le llegaba a la altura de los hombros. Danielle no tardó ni cinco minutos en venirme a explicar que se trataba de Selah Pumphrey, una vendedora del sector inmobiliario que el año anterior había conseguido un premio por haber alcanzado un millón de dólares en ventas.

La odié al instante, profunda y apasionadamente.

De modo que sonreí con la luminosidad de una bombilla de mil vatios y, en un abrir y cerrar de ojos, le serví a Bill una botella de TrueBlood caliente y a ella un vodka con naranja. Tampoco le eché ningún escupitajo al vodka con naranja. Hacerlo no sería estar a mi altura, me dije. De todas maneras, de haber querido, allí no habría dispuesto de la intimidad necesaria para ello.

El bar no sólo estaba abarrotado, sino que además Charles no me quitaba el ojo de encima. El pirata estaba muy activo aquella noche. Iba vestido con una camisa blanca con mangas abullonadas y pantalones Dockers azul marino con un pañuelo vistoso a modo de cinturón para darle al conjunto una nota de color. El parche del ojo era del mismo tono que los Dockers y llevaba una estrella dorada bordada. El conjunto era de lo más exótico para Bon Temps.

Sam me miró desde la mesa del rincón. Tenía la pierna mala apoyada en una silla.

—¿Estás bien, Sookie? —murmuró Sam, dando la espalda a la multitud que llenaba el bar para que nadie pudiese leerle los labios.

—¡Claro que sí, Sam! —le contesté con cierta expresión de perplejidad—. ¿Por qué no debería estarlo? —En aquel momento, lo odié por haberme besado y me odié a mí misma por haberle respondido.

Puso los ojos en blanco y sonrió durante una décima de segundo.

—Creo que he solucionado tu problema de alojamiento —dijo para distraerme—. Te lo contaré más tarde. —Corrí a servir una mesa. Aquella noche estábamos hasta los topes. El buen tiempo y la atracción que despertaba el nuevo camarero se habían combinado y el Merlotte's estaba lleno de optimistas y curiosos.

«Fui yo la que dejé a Bill», me acordé con orgullo. Él no quería romper pese a haberme sido infiel. Tuve que repetírmelo constantemente para no odiar a todos los presentes, que estaban siendo testigos de mi humillación. Naturalmente, nadie conocía las circunstancias, por lo que podían pensar perfectamente que Bill me había dejado a cambio de aquella bruja castaña. Lo que no era precisamente el caso.

Enderecé la espalda, ensanché mi sonrisa y seguí sirviendo copas. Pasados unos diez minutos, empecé a relajarme y a darme cuenta de que me comportaba como una idiota. Bill y yo habíamos roto, como millones de parejas. Y era normal que él hubiese empezado a salir con otra persona. De haber tenido yo una serie normal de novios, es decir, de haber comenzado a salir con chicos a los trece o catorce años, como todo el mundo, mi relación con Bill habría sido simplemente una más de un largo recorrido de relaciones que habían acabado mal. Tenía que ser capaz de seguir adelante o, como mínimo, de saber ver las cosas con perspectiva.

Pero yo no tenía perspectiva. Bill había sido mi primer amor, en todos los sentidos.

La segunda vez que les serví copas, Selah Pumphrey me miró inquieta cuando le sonreí.

—Gracias —dijo con cierta inseguridad.

—No hay de qué —repliqué entre dientes, y ella se quedó blanca.

Bill giró la cara. Confié en que no estuviera disimulando una sonrisa. Regresé a la barra.

—¿Quieres que le dé un buen susto si esa mujer decide pasar la noche con él? —preguntó Charles.

Yo estaba detrás de la barra a su lado, de cara a la nevera con puerta de cristal transparente que tenemos allí. Es donde guardamos los refrescos, la sangre embotellada y las rodajas de lima y de limón. Había ido a buscar una rodaja de limón y una cereza para adornar un Tom Collins y me había quedado allí. Charles se daba cuenta de todo.

—Sí, por favor —contesté agradecida. El vampiro pirata estaba convirtiéndose en mi aliado. Me había salvado del incendio, había matado al hombre que había prendido fuego a mi casa y ahora se ofrecía para asustar a la chica de Bill. Era estupendo.

—Considérala aterrorizada —dijo con elegancia, haciendo una florida reverencia con el brazo y manteniendo la otra mano sobre el corazón.

—Muchas gracias —dije, con una sonrisa natural, y saqué de la nevera el recipiente de las rodajas de limón.

Necesité de toda mi capacidad de autocontrol para mantenerme alejada de la cabeza de Selah Pumphrey. Y me sentí orgullosa de mi esfuerzo.

Horrorizada, vi que en aquel momento se abría la puerta y entraba Eric. Mi corazón empezó a latir a toda velocidad y noté que estaba a punto de desmayarme. Tenía que dejar de reaccionar de aquella manera. Me gustaría poder olvidar tan bien como había hecho Eric el «tiempo que pasamos juntos» (como lo calificaría una de mis novelas románticas favoritas). A lo mejor debería buscar a una bruja o un hipnotizador para que me proporcionaran una buena dosis de amnesia. Me mordí la mejilla por dentro y serví un par de jarras de cerveza a una mesa de parejas jóvenes que celebraban la promoción de uno de los hombres al cargo de supervisor... de algo, o de algún lado.

Cuando me volví, Eric estaba dirigiéndose a Charles y, aunque los vampiros pueden mostrarse completamente inexpresivos cuando hablan entre ellos, me di cuenta de que Eric no estaba muy contento con su camarero prestado. Charles era casi treinta centímetros más bajito que su jefe y tenía que levantar la cabeza para mirarlo. Pero mantenía la espalda recta, sus colmillos sobresalían levemente y sus ojos brillaban. Eric también daba un poco de miedo cuando se enfadaba. Y sus colmillos se habían hecho evidentes. Los humanos del bar habían empezado a mirar hacia otro lado y en cualquier momento empezarían a desfilar hacia otro bar.

Vi a Sam agarrando un bastón —una mejoría respecto a las muletas— para poder levantarse y acercarse a la pareja. Corrí hacia su mesa.

—Quédate quieto —le dije con voz baja y firme—. No te plantees ni por un momento intervenir.

Me encaminé hacia la barra.

—¡Hola, Eric! ¿Qué tal estás? ¿Puedo ayudarte en algo? —Le sonreí.

—Sí. También tengo que hablar contigo —gruñó.

—¿Entonces por qué no me acompañas? Iba a salir fuera un poco para descansar —le ofrecí.

Lo cogí por el brazo y lo arrastré hacia el pasillo que daba acceso a la entrada de empleados. En un periquete nos encontramos con el frescor de la noche.

—Más vale que no vengas a decirme lo que tengo que hacer —le dije al instante—. Ya he tenido bastante por hoy. Bill ha venido con una mujer, he perdido mi cocina y estoy de mal humor. —Subrayé mis palabras apretándole el brazo a Eric, una sensación equivalente a agarrarse a un tronco de árbol.

—Me da igual tu estado de humor —dijo enseguida Eric. Vi que asomaba un colmillo—. Pago a Charles Twining para que te vigile y vele por tu seguridad, y ¿quién te salva del fuego? Un hada. Y mientras tanto, Charles se entretiene en el jardín matando al pirómano en lugar de salvarle la vida a su anfitriona. ¡Inglés estúpido!

—¿No se suponía que estaba aquí como un favor hacia Sam? ¿Que era a él a quien debía ayudar? —Le lancé a Eric una mirada dubitativa.

—Como si ese cambiante me importara a mí mucho… —dijo con impaciencia el vampiro.

Me quedé mirándolo.

—Todo esto tiene que ver contigo —dijo Eric. Su voz era fría, pero no sus ojos—. Estoy a punto de adivinar algo sobre ti, lo noto debajo de la piel. Tengo la sensación de que mientras estuve bajo el efecto del maleficio sucedió alguna cosa, algo que debería saber. ¿Hubo sexo entre nosotros, Sookie? Pero no creo que fuera eso, o al menos no sólo eso. Algo pasó. Tu abrigo tenía restos de tejido cerebral. ¿Maté a alguien, Sookie? ¿Es eso? ¿Me proteges de algo que hice bajo el efecto de aquel maleficio? —Sus ojos brillaban en la oscuridad como pequeñas lámparas.

Nunca se me había ocurrido que estuviera preguntándose si había matado a alguien. Aunque francamente, de haberlo pensado, nunca habría creído que a Eric pudiera importarle. ¿Qué diferencia significaría una vida más o menos para un vampiro tan viejo como él? Pero se le veía realmente contrariado. Y ahora que comprendía lo que le preocupaba, dije:

—Eric, aquella noche no mataste a nadie en mi casa. —Me interrumpí en seco.

—Tienes que contarme qué sucedió. —Se inclinó un poco para mirarme a la cara—. No me gusta no saber lo que hice. He tenido una vida más larga de lo que te imaginas y recuerdo hasta el último segundo de toda ella, excepto esos días que pasé contigo.

—Yo no puedo conseguir que recuerdes —dije, tratando de mantener la calma—. Lo único que puedo decirte es que estuviste conmigo varios días y que luego Pam vino a buscarte.

Eric me miró a los ojos un buen rato más.

—Me gustaría poder entrar en tu cabeza y obtener toda la verdad —dijo, algo que me alarmó mucho más de lo que esperaba haber reflejado—. Tomaste mi sangre. Por eso sé que me escondes cosas. —Después de un instante de silencio, continuó—: Me gustaría saber quién pretende matarte. Me han dicho, además, que recibiste la visita de unos detectives privados. ¿Qué querían de ti?

—¿Quién te ha contado eso? —Ahora tenía una cosa más de la que preocuparme. Alguien estaba pasando información sobre mí. Noté que me subía la presión sanguínea. Me pregunté si Charles pasaría cada noche un informe a Eric.

—¿Tiene algo que ver con la mujer desaparecida, con la bruja a la que tanto amaba ese hombre lobo? ¿Estás protegiéndole? Si no la maté yo, ¿la mató él? ¿Murió delante de nosotros?

Eric me había agarrado por los hombros y la presión resultaba atroz.

—¡Oye, que me haces daño! ¡Suéltame!

Eric aflojó los dedos, pero no retiró las manos del todo.

Mi respiración se tornó más rápida y superficial, intuía una atmósfera de peligro. Estaba harta de sentirme amenazada.

—Cuéntamelo —exigió Eric.

Si le explicaba que me había visto matar a alguien, tendría poder sobre mí durante el resto de mi vida. Eric sabía ya más de lo que me gustaría que supiese, porque yo había bebido de su sangre y él de la mía. Lamentaba nuestro intercambio más que nunca. Eric estaba seguro de que le escondía algo importante.

—Eras muy dulce cuando no sabías quién eras —dije, y me di cuenta enseguida de que no era precisamente eso lo que esperaba oír de mí. Su atractivo rostro estaba entre el asombro y la rabia. Finalmente, se decantó por el asombro.

—¿Dulce? —preguntó, torciendo la comisura de su boca en una sonrisa.

—Mucho —dije, tratando de devolverle el gesto—. Chismorreábamos como antiguos colegas. —Me dolían los hombros. Seguramente la gente del bar estaría a la espera de que les sirviera más copas. Pero no podía irme aún—. Estabas asustado y solo, y te gustaba hablar conmigo. Era muy divertido estar contigo.

—Divertido —dijo pensativo—. ¿Ahora no soy divertido?

—No, Eric. Tú siempre estás demasiado ocupado siendo… tú mismo. —El vampiro jefe, el animal político, el magnate en ciernes.

Se encogió de hombros.

—¿Tan malo soy? Muchas mujeres piensan que no.

—De eso estoy segura. —Empezaba a estar harta.

Se abrió entonces la puerta trasera.

—¿Estás bien, Sookie? —Sam venía en mi rescate. Su expresión estaba rígida de dolor.

—No necesita tu ayuda, cambiante —dijo Eric.

Sam no dijo nada. Pero continuó acaparando la atención de Eric.

—He sido maleducado —dijo Eric, no exactamente disculpándose, pero sí con cortesía suficiente—. Estoy en tu local. Me marcho, Sookie —dijo, dirigiéndose a mí—, sin haber finalizado esta conversación, pero entiendo que no es ni el momento ni el lugar.

—Hasta luego —dije, consciente de que no tenía otra elección.

Eric se fundió con la oscuridad, un truco magnífico que me encantaría dominar algún día.

—¿Por qué está tan enfadado? —preguntó Sam. Cruzó el umbral de la puerta cojeando y se apoyó contra la pared.

—No recuerda qué sucedió mientras estaba bajo el maleficio —dije, hablando despacio por pura cautela—. Y tiene la sensación de haber perdido el control. A los vampiros les gusta controlarlo todo, supongo que ya te habrás dado cuenta.

Sam sonrió… Fue una sonrisa débil, pero sincera.

—Sí, ya me había fijado en ello —admitió—. Y también me he dado cuenta de que son muy posesivos.

—¿Te refieres a la reacción de Bill cuando nos sorprendió? —Sam movió afirmativamente la cabeza—. Me parece que ya lo ha superado.

—Creo que te lo está devolviendo con la misma moneda.

Me sentía incómoda. La noche anterior había estado a punto de acostarme con Sam. Pero en aquel momento sentía cualquier cosa menos pasión y la pierna de Sam estaba tremendamente dolorida después de la caída. Si no lo veía capaz de poder ni con una muñeca de trapo, mucho menos podría con una mujer robusta como yo. A pesar de que Sam y yo llevábamos varios meses a punto de caramelo, no estaba bien pensar en practicar juegos sexuales con el jefe. Decantarse por el «no» era lo más seguro y lo más sensato. Y aquella noche, sobre todo después de los acontecimientos emocionalmente discordantes de la última hora, quería sentirme segura por encima de todo.

—Nos interrumpió a tiempo —dije.

Sam levantó una de sus cejas doradas.

—¿Querías que nos interrumpieran?

—No en aquel momento —admití—. Pero supongo que fue lo mejor.

Sam se quedó mirándome un instante.

—Lo que venía a decirte, aunque pensaba esperar hasta que el bar cerrara, es que una de las casas que tengo en alquiler está vacía en este momento. Es el adosado que está al lado de…, lo recordarás, de la casa donde Dawn…

—Murió —dije para terminar la frase.

—Eso es. La hice reformar y ahora la tengo alquilada. De modo que tendrías un vecino, algo a lo que no estás acostumbrada. Pero, además de disponible, está amueblada. Así que sólo tendrías que traer lo que necesites de ropa de cama, tu ropa y algunos trastos de la cocina. —Sam sonrió—. Podrías cargarlo todo en un solo viaje de coche. Por cierto, ¿de dónde ha salido ése? —Movió la cabeza en dirección al Malibu.

Le conté lo generosa que había sido Tara y también que mi amiga me tenía preocupada. Le repetí la advertencia que Eric me había dado respecto a Mickey.

Cuando vi lo ansioso que se ponía Sam, me sentí muy egoísta por agobiarle con todo aquello. Sam ya tenía bastantes preocupaciones.

—Lo siento —dije—. No tengo por qué cargarte con más problemas. Anda, entremos de nuevo.

Sam se quedó mirándome.

—Sí, necesito sentarme urgentemente —dijo pasado un momento.

—Gracias por alquilarme la casa. Y, naturalmente, te pagaré. ¡Me alegro de tener un lugar donde vivir, un sitio de donde pueda entrar y salir sin molestar a nadie! ¿Cuánto me costará? Me parece que el seguro me pagará el alquiler mientras me arreglan la casa.

Sam me lanzó una mirada y me dio un precio que estaba muy por debajo del que sería el precio de alquiler habitual. Lo rodeé con el brazo al ver de qué modo cojeaba. Aceptó mi ayuda sin protestar, lo que me llevó a tenerlo aún en mejor concepto. Avanzó con dificultad por el pasillo con mi ayuda y se instaló con un suspiro de alivio en la silla con ruedecillas que tenía en el despacho. Le acerqué otra para que colocara la pierna encima si le apetecía, y la utilizó de inmediato. Bajo la potente luz fluorescente de la oficina, mi jefe tenía un aspecto demacrado.

—Vuelve al trabajo —dijo, amenazándome en broma—. Seguro que todo el mundo está acosando a Charles.

En el bar reinaba el caos que me imaginaba y me puse a servir mesas de inmediato. Danielle me lanzó una mirada asesina e incluso Charles me miró con amargura. Pero, poco a poco, moviéndome con la máxima rapidez posible, empecé a retirar vasos vacíos, a servir bebidas, a vaciar ceniceros, a limpiar mesas pegajosas y a sonreír y a hablar con todo el mundo. Me despedí de mis propinas pero, al menos, se recuperó la paz.

El ritmo del bar aminoró poco a poco y volvió a la normalidad. Aunque hice un gran esfuerzo por no mirar hacia donde estaban sentados, me di cuenta de que Bill y su chica seguían enfrascados en su conversación. Para mi consternación, cada vez que los veía como pareja, sentía una oleada de rabia que no decía nada bueno de mi carácter. Y, además, aunque despertaba la indiferencia de prácticamente el noventa por ciento de la clientela del bar, el restante diez por ciento me observaba como si fueran buitres para comprobar si el comportamiento de Bill me hacía sufrir. Aunque no era un asunto que tuviera que importarle a nadie, algunos se alegrarían de que así fuera, y otros no.

Estaba limpiando una mesa que acababa de quedarse vacía cuando noté unos golpecitos en el hombro. Lo tomé como una advertencia que me permitió mantener mi sonrisa cuando me volví. Era Selah Pumphrey, quien, con su sonrisa brillante y postiza, reclamaba mi atención.

Era más alta que yo, y tal vez cinco kilos más delgada. Lucía un maquillaje caro y elaborado y olía a millonaria. Me introduje en su cerebro sin pensármelo dos veces.

Selah consideraba que lo tenía todo a su favor respecto a mí, a menos que yo fuera una chica fantástica en la cama. Pensaba que las mujeres de clase baja siempre eran mejores en la cama por ser más desinhibidas. Sabía que ella era más delgada, más inteligente, ganaba más dinero y era mucho más educada y culta que la camarera que tenía delante. Pero Selah Pumphrey dudaba de sus habilidades sexuales y le aterrorizaba ser vulnerable. Pestañeé. Aquello era más de lo que quería saber.

Resultaba interesante descubrir que (bajo el punto de vista de Selah), por ser pobre e inculta, estaba más en contacto con mi naturaleza sexual. Tendría que contárselo a los demás pobres de Bon Temps. Ahora resultaba que nos lo pasábamos de maravilla cuando echábamos un polvo, que disfrutábamos de un sexo mucho mejor que el de la gente de clase alta y que ni siquiera lo valorábamos.

—¿Sí? —pregunté.

—¿Los lavabos de señoras? —me dijo.

—Por aquella puerta de allí. La que pone «Lavabos».
—Tenía que sentirme agradecida por ser lo bastante lista como para saber leer carteles.

—¡Oh! Lo siento, no lo había visto.

Me quedé a la espera.

—Y, bien, hummm, ¿tienes algún consejo para mí? ¿Sobre salir con un vampiro? —Esta vez fue ella quien se quedó a la espera, nerviosa y desafiante a la vez.

—Por supuesto —dije—. No comas ajo. —Le di la espalda y seguí limpiando la mesa.

En cuanto estuve segura de que había entrado en los lavabos, me volví para dejar dos jarras vacías de cerveza en la barra y, cuando regresé, Bill estaba allí de pie. Sofoqué un grito de sorpresa. Bill tiene el pelo castaño oscuro y, naturalmente, la piel más blanca que pueda imaginarse. Sus ojos son tan oscuros como su pelo. Y en ese momento, los tenía clavados en los míos.

—¿Qué te ha dicho? —preguntó.

—Quería saber dónde estaban los lavabos.

Levantó una ceja, mirando el letrero.

—Simplemente quería verme de cerca —dije—. O eso me imagino. —Me sentía extrañamente cómoda con Bill en aquel momento, independientemente de lo que hubiera sucedido entre nosotros.

—¿La has asustado?

—No ha sido mi intención.

—¿La has asustado? —volvió a preguntarme con voz más grave. Pero me lo dijo con una sonrisa.

—No —respondí—. ¿Querías que lo hiciera?

Negó con la cabeza, medio en broma.

—¿Estás celosa?

—Sí. —La sinceridad siempre es la respuesta más segura—. Odio sus muslos delgaduchos y su actitud elitista. Espero que sea una bruja horrorosa y que te entren ganas de aullar cuando pienses en mí.

—Bien —dijo Bill—. Me alegro de oírlo. —Me rozó la mejilla con los labios. Me estremecí al sentir el contacto de su piel fría, me invadieron los recuerdos. Y a él le sucedió lo mismo. Vi el calor en su mirada, los colmillos asomando. Entonces me llamó Catfish Hunter para que me diera prisa y le sirviese otro bourbon con Coca-Cola, y me alejé de mi primer amante.

Había sido un día larguísimo, no sólo por la energía física que había consumido, sino también desde el punto de vista emocional y profundo. Cuando llegué a casa de mi hermano, oí risas y gritos en su dormitorio y deduje que Jason estaría consolándose de la forma habitual. Era posible que estuviera preocupado pensando que su nueva comunidad lo tenía como sospechoso de los crímenes, pero la preocupación no era tanta como para llegar a afectar su libido.

Pasé en el baño el menor tiempo posible, entré en el dormitorio de invitados y cerré la puerta a mis espaldas. El canapé tenía un aspecto mucho más acogedor que la noche anterior. Cuando me acurruqué de costado y me cubrí con la colcha me percaté de que la mujer que estaba con mi hermano era una cambiante; lo percibí por el tono rojizo que irradiaban sus pensamientos.

Confiaba en que se tratase de Crystal Norris. Confiaba en que Jason hubiera convencido a la chica de que él no tenía nada que ver con los disparos. Ahora bien, si lo que Jason pretendía era aumentar sus problemas, lo mejor que podía hacer era engañar a Crystal, la mujer que había elegido en la comunidad de panteras. Pero Jason no era tan estúpido. Con toda seguridad.

No, no lo era. A la mañana siguiente, pasadas las diez, apareció Crystal en la cocina. Jason se había ido de casa muy temprano, pues tenía que estar en el trabajo a las ocho menos cuarto. Yo estaba bebiendo mi primera taza de café cuando apareció Crystal, vestida con una de las camisas de Jason, medio adormilada.

No era mi persona favorita, como tampoco yo la suya, pero me saludó con un «buenos días» bastante educado. Le devolví el saludo y saqué una taza para ella. Hizo una mueca al ver mi gesto y sacó un vaso, que llenó primero con hielo y luego con Coca-Cola. Me estremecí.

—¿Cómo está tu tío? —le pregunté en cuanto vi que empezaba a estar más consciente.

—Mejor —respondió—. Deberías ir a verlo. Le gustó tu visita.

—Me imagino que tienes claro que Jason no fue el autor de los disparos.

—Así es —dijo brevemente—. Al principio no quería hablar con él, pero en cuanto me puse al teléfono, me convencí enseguida de que no debía sospechar de él.

Me habría gustado preguntarle si los demás habitantes de Hotshot estaban dispuestos a concederle a Jason el beneficio de la duda, pero no me apetecía sacar a relucir un tema tan delicado.

Pensé en lo que tenía que hacer a lo largo del día: ir a buscar ropa, sábanas y mantas y algunos utensilios de cocina para la casa, y después instalar todo eso en el adosado de Sam.

Trasladarme a un lugar pequeño y amueblado era la solución perfecta para mi problema de vivienda. Había olvidado por completo que Sam era propietario de varias casitas en Berry Street, tres de las cuales eran adosadas. Él mismo se ocupaba de ellas, aunque a veces contrataba los servicios de J.B. du Rone, un amigo mío del instituto, para realizar las reparaciones sencillas y los trabajos de mantenimiento. Con J.B. todo funcionaba sin problemas.

Pensé que después de recoger mis cosas, tal vez tuviera tiempo de ir a visitar a Calvin. Me duché y me vestí y, cuando me fui de casa de Jason, Crystal estaba sentada en la sala de estar mirando la tele. Me imaginé que a Jason no le importaría.

Terry estaba trabajando duro cuando aparqué en el claro. Di la vuelta a la casa para ver sus avances y quedé encantada al comprobar que había hecho mucho más de lo que me imaginaba. Me sonrió cuando se lo comenté y dejó por un momento de cargar tablones en su camión.

—Siempre es más fácil romper que construir —dijo. No era precisamente una declaración filosófica profunda, pero sí el resumen de lo que piensa un albañil—. Si no pasa nada que me obligue a bajar el ritmo, en un par de días más acabaré. En el pronóstico del tiempo no han mencionado que vaya a llover.

—Estupendo. ¿Cuánto te deberé?

—Oh —murmuró, encogiéndose de hombros e incómodo por la situación—. ¿Cien? ¿Cincuenta?

—No, eso no es suficiente. —Calculé rápidamente las horas que había empleado y multipliqué—. Más bien trescientos.

—No pienso cobrarte tanto, Sookie. —Terry adoptó su expresión terca—. De hecho, no te cobraría nada, pero tengo que comprarme un nuevo perro.

Cada cuatro años, más o menos, Terry se compraba un caro perro de caza de raza catahoula. A pesar de lo mucho que los cuidaba, a los perros de Terry siempre les pasaba alguna cosa. Cuando llevaba más de tres años con él, un camión atropelló a su primer perro. Alguien envenenó la comida del segundo. La tercera, a la que puso por nombre *Molly*, fue mordida por una serpiente, un mordisco que acabó resultando mortal. Terry llevaba ahora meses en lista de espera aguardando el nacimiento de la siguiente camada de un criador de Clarice especializado en perros de esa raza.

—Cuando lo tengas, tráeme a ese cachorro para que lo abrace —le sugerí, y Terry me sonrió. Por vez primera me di cuenta de que Terry se sentía feliz al aire libre. Estaba más cómodo, mental y físicamente, cuando no se encontraba bajo un tejado; y cuando salía con su perro, parecía un hombre casi normal.

Abrí la puerta de casa y fui a buscar lo que necesitaba. Era un día soleado, de modo que la ausencia de luz eléctrica no me supuso ningún problema. Llené un cubo grande de plástico que solía utilizar para la ropa sucia con dos juegos de sábanas y un viejo cubrecama de felpilla, algo más de ropa para mí y unas cuantas cacerolas y sartenes. Tendría que comprar una cafetera nueva. La que tenía se había fundido.

Y entonces, cuando miré por la ventana y vi la cafetera, que había quedado encima del montón de basura que se había ido acumulando, comprendí lo cerca que había estado de la muerte. Fue una toma de conciencia que me pilló desprevenida.

Y pasé de estar de pie junto a la ventana de mi habitación, contemplando un pedazo informe de plástico, a encontrarme sentada en el suelo, con la mirada fija en los tablones de madera pintada del suelo y esforzándome por respirar.

¿Por qué se me ocurría eso ahora, pasados ya tres días? No lo sé. A lo mejor fue por el aspecto de la cafetera: el cable chamuscado, el plástico retorcido por el calor. Aquel material había hervido hasta echar burbujas, literalmente. Me miré la piel de las manos y me estremecí. Continué sentada en el suelo durante un tiempo indefinido, con escalofríos y tiritona. Me quedé un par de minutos con la mente en blanco. La proximidad de mi roce con la muerte había podido conmigo.

Claudine no sólo me había salvado seguramente la vida, sino que además me había librado de un dolor tan insoportable que me habría llevado a desear morir. Tenía una deuda con ella que jamás lograría devolverle.

A lo mejor resultaba que era mi hada madrina de verdad.

Me incorporé, me desperecé. Cogí el cubo de plástico y me puse en marcha hacia mi nueva casa.

Entré abriendo la puerta con la llave que me había prestado Sam. Me correspondía el lado derecho del adosado, el opuesto al que ocupaba Halleigh Robinson, la joven maestra que salía actualmente con Andy Bellefleur. Supuse que, al menos parte del tiempo, era probable que tuviera protección policial y que Halleigh estaría ausente la mayor parte del día, lo que me venía muy bien teniendo en cuenta mis intempestivos horarios.

La sala de estar era pequeña y estaba amueblada con un sofá floreado, una mesita de centro y un sillón. La habitación contigua era la cocina, que era minúscula, naturalmente. Pero tenía fogones, nevera y microondas. No había lavavajillas, pero no me importaba ya que nunca había tenido. Debajo de una mesa diminuta había dos sillas de plástico escondidas.

Después de echarle un vistazo a la cocina, pasé al pequeño pasillo que separaba la habitación grande (que aun así era pequeña), que quedaba a la derecha, de la habitación de menor tamaño (minúscula) y el baño, que quedaban a la izquierda. Al final del pasillo había una puerta que daba a un pequeño porche trasero.

Era un alojamiento muy básico, pero estaba limpio. Había calefacción y aire acondicionado centralizado y los suelos estaban en muy buen estado. Pasé la mano por las ventanas. Cerraban a la perfección. Me acordé de que tenía que mantener giradas las persianas venecianas, pues tenía vecinos.

Hice la cama de matrimonio de la habitación más grande. Guardé mi ropa en la cómoda recién pintada y empecé a elaborar una lista de todas las cosas que necesitaba: una fregona, una escoba, un cubo, productos de limpieza…, todo el material que guardaba en el pobre porche de mi casa. Tendría que traer también el aspirador. Lo tenía en el armario de la sala de estar, por lo que imaginé que estaría en buen estado. Había traído uno de mis teléfonos para conectarlo aquí y hablaría con la compañía telefónica para que mis llamadas vinieran a parar a mi nueva dirección. Había cargado la televisión en el coche, pero antes debía disponerlo todo para que el canal por cable funcionara aquí. Tendría que llamar desde el Merlotte's. Desde el incendio, todo mi tiempo había quedado absorbido por la mecánica del día a día.

Me senté en el sofá con la mirada perdida. Intenté pensar en algo divertido, algo bueno que me esperara en un futuro. En dos meses podría tomar el sol. Eso me hizo sonreír. Me gustaba tenderme al sol con un pequeño biquini y controlar el tiempo de exposición para no quemarme. Me encantaba el olor del aceite de coco. Me gustaba depilarme las piernas y el resto del vello de prácticamente todo mi cuerpo para estar suave como el culito de un niño. Y no quiero oír discursos sobre lo malo que es tomar el sol. Es mi vicio. Todo el mundo tiene alguno.

Pero antes de eso tendría que ir a la biblioteca y coger otra tanda de libros. Había traído de casa los últimos que tenía prestados y los había dejado en el pequeño porche para que se ventilaran. Iría a la biblioteca, sería entretenido.

Antes de ir a trabajar, decidí cocinarme alguna cosa en mi minúscula nueva cocina. Para ello tenía que ir al supermercado, un desplazamiento que me tomó más tiempo del que me imaginaba porque compré muchos alimentos básicos que necesitaba. Mientras guardaba la compra en los armarios del adosado, empecé a tener la sensación de que realmente vivía allí. Doré un par de costillas de cerdo y las puse en el horno, cociné una patata al microondas y calenté unos guisantes. Cuando me tocaba trabajar por la noche, solía llegar al Merlotte's hacia las cinco, de modo que lo que me preparaba en casa esos días era una combinación de comida y cena.

Después de comer y lavar los platos, pensé que aún me quedaba tiempo para ir a visitar a Calvin al hospital de Grainger.

Los hermanos gemelos no habían ocupado aún su puesto en el vestíbulo, si es que seguían montando guardia allí. Dawson continuaba plantado en la puerta de la habitación de Calvin. Me saludó con un movimiento de cabeza, me hizo un gesto indicándome que me detuviera cuando aún estaba a varios metros de la puerta y asomó la cabeza en la habitación de Calvin. Respiré aliviada cuando Dawson me abrió la puerta para que entrara e incluso me dio una palmadita en la espalda.

Calvin estaba sentado en un sillón acolchado. Apagó la televisión en cuanto entré. Tenía mejor color, llevaba el pelo limpio y la barba bien recortada y empezaba a parecerse más a él. Vestía un pijama amplio de color azul. Vi que seguía con un par de tubos conectados. Hizo un intento de levantarse de su asiento.

—¡No, no te atrevas a levantarte! —Cogí una silla y me senté delante de él—. Cuéntame cómo estás.

—Me alegro de verte —dijo. Incluso su voz sonaba más fuerte—. Dawson me contó que no quisiste ninguna ayuda. Explícame quién fue el autor de ese incendio.

—Eso es lo más extraño, Calvin. No sé por qué aquel hombre prendió fuego a mi casa. Vino su familia a verme y… —Me quedé dudando, porque Calvin estaba en proceso de recuperación de su roce con la muerte y no estaba bien que fuera yo a preocuparlo con mis cosas.

—Dime lo que piensas —dijo, y me pareció tan interesado que acabé relatándole al cambiante herido todo lo que yo sabía: mis dudas sobre los motivos del pirómano, la sensación de alivio que experimenté cuando supe que el daño podía solventarse, mi preocupación por los problemas entre Eric y Charles Twining. Y le expliqué a Calvin que la policía había detectado otros puntos de actividad del francotirador.

—Eso despejaría las sospechas sobre Jason —señalé, y él asintió. No seguí forzando el tema—. Al menos no ha habido más víctimas —dije, tratando de pensar en algo positivo que añadir a mi triste retórica.

—Que nosotros sepamos —dijo Calvin.

—¿Qué?

—Que nosotros sepamos. A lo mejor ha habido otra víctima y está todavía por descubrir.

Me quedé perpleja ante aquella idea, pero tenía sentido.

—¿Cómo se te ha ocurrido eso?

—No tengo nada más que hacer —dijo con una sonrisa—. No leo, como tú. No me gusta mucho la televisión, excepto los deportes. —Cuando había entrado en la habitación estaba mirando el canal deportivo ESPN.

—¿Qué haces en tu tiempo libre? —le pregunté por pura curiosidad.

Calvin se mostró encantado de que le hubiera formulado una pregunta personal.

—Trabajo muchas horas en Norcross —dijo—. Me gusta cazar, aunque cazo siempre cuando es luna llena. —Con su cuerpo de pantera, era comprensible—. Me gusta pescar. Me gustan las mañanas en que puedo sentarme en mi barca sin tener que preocuparme por nada.

—Caramba —dije animándolo—. Y ¿qué más?

—Me gusta cocinar. A veces preparamos gambas, o cocinamos barbos y comemos al aire libre…, barbos con tortitas de maíz, y abrimos una sandía. En verano, claro está.

Se me hizo la boca agua sólo de pensarlo.

—En invierno, trabajo dentro de casa. Corto leña para la gente de nuestra pequeña comunidad que no puede cortarla. Ya ves, siempre tengo algo que hacer.

Ahora conocía a Calvin Norris mucho más que antes de entrar.

—Cuéntame cómo va tu recuperación.

—Aún llevo este maldito gotero —dijo, gesticulando con el brazo—. Aparte de eso, me encuentro mucho mejor. Ya sabes que nosotros nos curamos pronto.

—¿Cómo explicas la presencia de Dawson a la gente de tu trabajo que viene a visitarte? —En la habitación había ramos de flores, centros de frutas e incluso un gato de peluche.

—Les digo que es mi primo y que se ocupa de que no me canse mucho con las visitas.

Estaba segura de que a nadie se le ocurriría preguntarle nada directamente a Dawson.

—Tengo que irme a trabajar —dije al ver de reojo el reloj de la pared. Curiosamente, no me apetecía en absoluto irme. Me gustaba poder mantener una conversación normal con alguien. Los momentos como aquél eran excepcionales en mi vida.

—¿Sigues preocupada por tu hermano? —me preguntó.

—Sí. —Pero había decidido no volver a suplicar. Calvin ya me había oído la primera vez. No había necesidad de repetir mis palabras.

—Estamos vigilándolo.

Me pregunté si el vigilante habría informado a Calvin de que Crystal pasaba las noches en casa de Jason. ¿O sería la misma Crystal la vigilante? De ser así, la verdad es que se tomaba su trabajo muy en serio. Vigilaba a Jason muy pero que muy de cerca.

—Eso está bien —dije—. Es la mejor manera de averiguar que él no lo hizo. —Me sentí aliviada con la información que acababa de facilitarme Calvin y cuanto más reflexionaba sobre ella, más me daba cuenta de que tendría que habérmelo imaginado—. Cuídate, Calvin. —Me levanté para irme y él me ofreció su mejilla. Le di un beso, casi a regañadientes.

Calvin pensó que mis labios eran suaves y que olía bien. No pude evitar sonreír al marcharme. Saber que alguien te encuentra atractiva viene muy bien para subir la moral.

Regresé en coche a Bon Temps y pasé por la biblioteca antes de ir al trabajo. La del condado de Renard es un edificio viejo y feo de ladrillo marrón construido en la década de 1930. Uno percibe perfectamente su antigüedad. Las bibliotecarias se quejan con razón sobre la calefacción y el aire acondicionado, y el cableado eléctrico también deja mucho que desear. El aparcamiento está en mal estado y la vieja clínica que hay en el edificio contiguo, que abrió sus puertas en 1918, tiene ahora las ventanas claveteadas..., una imagen que siempre resulta deprimente. El solar vecino a la clínica, abandonado desde hace mucho tiempo, parece más una selva que parte de la ciudad.

Había pensado dedicar diez minutos a cambiar los libros. Entré y salí en ocho. El aparcamiento de la biblioteca estaba casi vacío, pues era justo antes de las cinco. La gente estaba de compras en el Wal-Mart o se había ido ya a su casa para preparar la cena.

Empezaba a oscurecer. No estaba pensando en nada en particular, y eso me salvó la vida. Justo a tiempo, identifiqué una intensa excitación en otro cerebro y, de un modo reflexivo, me agaché y sentí un brusco empujón en el hombro, después un golpe de calor y un dolor cegador, y luego humedad y un ruido descomunal. Todo sucedió tan rápido que no conseguí definir la secuencia de los hechos cuando más tarde intenté reconstruir aquel momento.

Oí un grito a mis espaldas, y luego otro. Aun sin saber cómo, me encontré arrodillada junto a mi coche, con la camiseta cubierta de sangre.

Curiosamente, mi primer pensamiento fue: «Gracias a Dios que no llevaba el abrigo nuevo».

La persona que había gritado era Portia Bellefleur. Portia no lucía su habitual aspecto sosegado cuando cruzó corriendo el aparcamiento para agacharse a mi lado. Miraba en una dirección, luego en la otra, intentando detectar el peligro allí por donde viniera.

—Estate quieta —dijo secamente, como si yo estuviese dispuesta a correr una maratón. Yo seguía arrodillada, pero me daba la impresión de que pronto iba a perder el equilibrio. La sangre me caía por el brazo—. Te han disparado, Sookie. ¡Oh, Dios mío, oh, Dios mío!

—Coge los libros —dije—. No quiero que se manchen de sangre. Tendría que pagarlos.

Portia no me hizo caso. Estaba hablando por el móvil. ¡La gente se pone a charlar por teléfono en el momento más inoportuno! En la biblioteca, por el amor de Dios, o en el oculista. O en el bar. Charlan, charlan y charlan. Como si todo fuera tan importante y no pudiera esperar. De modo que deposité los libros en el suelo yo sola.

En lugar de seguir arrodillada, me descubrí sentada y con la espalda apoyada en el coche. Y entonces, como si alguien se hubiera llevado parte de mi vida, me encontré tendida en el suelo del aparcamiento de la biblioteca, mirando una gran mancha de aceite. La gente debería cuidar más el coche…

Y me desmayé.

—Despierta —decía una voz. No estaba en el aparcamiento, sino en una cama. Pensé que mi casa volvía a incendiarse y que Claudine intentaba sacarme de allí. Siempre están gritándome para que salga de la cama. Pero no parecía la voz de Claudine, más bien parecía…

—¿Jason? —Intenté abrir los ojos. Conseguí mirar a través de mis párpados entrecerrados e identifiqué a mi hermano. Estaba en una habitación azul en la penumbra y el dolor era tan fuerte que deseaba llorar.

—Te dispararon —dijo—. Te dispararon, y yo estaba en el Merlotte's esperándote.

—Con qué… felicidad lo cuentas —dije entre unos labios extrañamente pegajosos y rígidos. Hospital.

—¡No pude haber sido yo! ¡Estaba rodeado de gente! Llevé a Hoyt en la camioneta conmigo porque él tiene la suya en el taller, y salimos del trabajo para ir al Merlotte's. Tengo una coartada.

—Estupendo. Me alegro entonces de que me dispararan. Mientras tú estés bien… —Me costó mucho esfuerzo hablar y me alegré de que Jason captara el cinismo de mis palabras.

—Sí. Oye, lo siento mucho. Al menos no ha sido grave.

—¿No?

—Se me ha pasado comentártelo. El disparo ha rozado el hombro y te molestará un buen rato. Si te duele, sólo tienes que pulsar este botón. Puedes administrarte tú misma el analgésico. Guay, ¿no te parece? Escucha, Andy está fuera.

Reflexioné sobre lo que acababa de decirme mi hermano y finalmente deduje que Andy Bellefleur estaba allí en visita oficial.

—De acuerdo —dije—. Que pase. —Estiré un dedo y pulsé con cuidado el botón.

Pestañeé, y debí de tener cerrados los ojos un buen rato, porque cuando volví a abrirlos Jason se había ido y Andy ocupaba su lugar. Sujetaba una pequeña libreta y un bolígrafo. Tenía que decirle alguna cosa, y después de reflexionar un momento, me acordé de qué era.

—Dale las gracias a Portia —le dije.

—Lo haré —contestó muy serio—. Está conmocionada. Nunca había visto la violencia tan de cerca. Creyó que ibas a morir.

No sabía qué decir. Esperé a que me preguntara lo que quisiera saber. Vi que su boca se movía y me imagino que le respondí.

—¿… dices que te agachaste en el último segundo?

—Oí alguna cosa, me imagino —susurré. Era la verdad. Sólo que no lo había oído con mis oídos. Pero Andy sabía muy bien a qué me refería, y me creía. Nuestras miradas se cruzaron y él abrió los ojos de par en par.

224

Y volví a desvanecerme. El médico de urgencias me había dado unos analgésicos excelentes. Me pregunté en qué hospital me encontraba. El de Clarice estaba un poco más cerca de la biblioteca, el de Grainger tenía un servicio de urgencias mejor. Si estaba en este último, podría haberme ahorrado el tiempo de ir hasta Bon Temps y entrar en la biblioteca. Podrían haberme disparado directamente en el aparcamiento del hospital después de visitar a Calvin y me habría ahorrado las vueltas.

—Sookie —dijo una voz honda y familiar. Era fría y oscura, como el agua que corre por un riachuelo en una noche sin luna.

—Bill —dije, me sentía feliz y a salvo—. No te vayas.

—Estoy aquí.

Y allí estaba, leyendo, sentado en una silla junto a mi cama cuando me desperté a las tres de la madrugada. Sentía que las mentes de las demás habitaciones se habían callado y dormido. Pero el cerebro del hombre que tenía a mi lado estaba en blanco. En aquel momento me di cuenta de que la persona que me había disparado no era un vampiro, pese a que todos los ataques hubieran tenido lugar al oscurecer o en plena noche. Había escuchado el cerebro del francotirador un segundo antes de que se produjera el disparo, y aquello me había salvado la vida.

Bill levantó la vista en el instante en que me moví.

—¿Cómo te encuentras? —preguntó.

Pulsé el botón para levantar la cabecera de la cama.

—De pena —dije con franqueza después de evaluar mi hombro—. El analgésico ya no me hace efecto y el hombro me duele tanto que tengo la impresión de que se va a despegar del brazo. Noto la boca tan seca como si me la hubiera cruzado un ejército entero y además necesito urgentemente ir al baño.

—Te ayudaré en eso —dijo y, antes de que pudiera sentirme incómoda, había trasladado el soporte del gotero al otro lado de la cama y me ayudaba a incorporarme. Me levanté con cuidado y comprobé si mis piernas eran estables.

—No permitiré que te caigas —dijo.

—Lo sé —dije, y cruzamos la habitación en dirección al baño. Cuando me tuvo instalada, salió del servicio diplomáticamente pero dejó la puerta entreabierta para vigilarme desde fuera. Conseguí más o menos apañarme y me di cuenta de la suerte que había tenido al recibir el impacto en el hombro izquierdo en lugar de en el derecho. Y más pensando que el francotirador debió de apuntarme al corazón.

Bill me devolvió a la cama con tal destreza que parecía que hubiera sido enfermero toda la vida. Había alisado las sábanas y sacudido las almohadas, y me sentí mucho más cómoda. Pero el hombro seguía incordiándome y pulsé el botón del analgésico. Seguía teniendo la boca seca y le pregunté a Bill si había agua en la jarra de plástico. Bill pulsó el botón para llamar a la enfermera. Cuando se oyó la vocecita por el interfono, le dijo:

—¿Podría traer un poco de agua para la señorita Stackhouse? —La voz respondió que la traería enseguida. Y así fue. La presencia de Bill tal vez tuvo algo que ver con la velocidad de su actuación. Es posible que la gente hubiera aceptado la realidad de los vampiros, pero eso no significaba que los norteamericanos muertos fuesen de su agrado. Había muchos ciudadanos de clase media que no conseguían relajarse en presencia de vampiros. Una muestra de inteligencia por su parte, según mi opinión.

—¿Dónde estamos? —pregunté.

—En Grainger —respondió Bill—. En esta ocasión me ha tocado estar contigo en otro hospital. —La última vez había sido en el del condado de Renard, en Clarice.

—Podrías aprovechar para visitar a Calvin.

—Si estuviera interesado en hacerlo.

Se sentó en la cama. Algo en lo mortecino de la hora, en la extrañeza de la noche, me llevó a querer ser franca. Tal vez fueran sólo los medicamentos.

—Nunca había estado en un hospital hasta que te conocí —dije.

—¿Me culpas de ello?

—A veces. —Su rostro brillaba. Había gente que no sabía distinguir a un vampiro cuando lo veía; me resultaba difícil entenderlo.

—Cuando te conocí, la primera noche que estuve en el Merlotte's, no sabía qué pensar de ti —dijo—. Eras tan bonita, estabas tan llena de vitalidad... Pero sabía que tenías algo que te diferenciaba de los demás. Resultabas interesante.

—Mi maldición —dije.

—O tu bendición. —Acercó una de sus frías manos a mi mejilla—. No hay fiebre —se dijo casi para sí mismo—. Te curarás. —Se enderezó—. Te acostaste con Eric mientras estuvo contigo.

—¿Por qué lo preguntas si ya lo sabes? —Había veces en que la honestidad era excesiva.

—No te lo pregunto. Lo supe en cuanto os vi juntos. Olías a él por todas partes; supe lo que sentías por él. Tenemos los dos nuestra sangre. Es difícil resistirse a Eric. —Bill continuó de forma distanciada—. Él es tan vital como tú, y tú te aferras a la vida. Pero estoy seguro de que sabes que... —Hizo una pausa, como si intentara pensar la mejor forma de decir lo que venía a continuación.

—Sé que tú serías feliz si jamás en mi vida volviera a acostarme con alguien —dije, expresando en palabras sus sentimientos.

—Y ¿qué sientes tú respecto a mí?

—Lo mismo. Oh, pero espera, tú ya te acostaste con otra. Incluso antes de que rompiéramos. —Bill apartó la vista, mostrando la línea de su mandíbula dura como el granito—. De acuerdo, eso ya es agua pasada. Pero no, no me gusta pensar en ti y Selah juntos, o en ti con quien sea. Aunque sepa que no es razonable.

—¿No es razonable esperar que algún día volvamos a estar juntos?

Consideré las circunstancias que me habían puesto en contra de Bill. Pensé en su infidelidad con Lorena; pero ella había sido su creadora, y él se había visto obligado a obedecerla. Todo lo que había oído en boca de otros vampiros había servido para confirmarme lo que él me había explicado sobre aquella relación. Pensé en la violación que estuve a punto de sufrir en el maletero de un coche; pero Bill había sido torturado, estaba muerto de hambre y no sabía lo que se hacía. En el momento en que recuperó el sentido, se detuvo.

Recordé lo feliz que había sido cuando tenía lo que creía era su amor. Jamás en mi vida me había sentido más segura. Pero era un sentimiento falso: él se había dejado absorber hasta tal punto por su trabajo para la Reina de Luisiana que yo había pasado a un alejado segundo plano. De todos los vampiros que habían entrado en el Merlotte's, a mí me había tocado precisamente el que era adicto a su trabajo.

—No sé si algún día podríamos volver a tener el mismo tipo de relación —dije—. Tal vez sería posible, pero el dolor me ha vuelto menos novata. De todos modos, me alegro de que hayas venido esta noche, y me gustaría que te acostases aquí a mi lado un ratito…, si te apetece. —Le hice un hueco en la estrecha cama y me volví sobre mi lado derecho, para no presionar mi hombro herido. Bill se acostó junto a mí y me rodeó con el brazo. Nadie se me acercaría sin que él se enterara. Me sentía completamente segura, absolutamente a salvo y querida—. Me alegro mucho de que estés aquí —murmuré mientras el medicamento empezaba a surtir efecto. Y en el momento en que me quedé de nuevo adormilada, recordé mi deseo de Año Nuevo: no quería que volviesen a pegarme. Nota para mí misma: debería haber incluido también «ni dispararme».

A la mañana siguiente me dieron el alta. Cuando acudí al mostrador de administración, la empleada, la «Srta. Beeson» según su placa identificativa, me dijo:

—Ya está pagado.

—¿Por quién? —pregunté.

—La persona que lo ha hecho desea permanecer en el anonimato —dijo la empleada, mostrándome en su rostro moreno y redondo una expresión que quería darme a entender que debía aceptar el regalo sin rechistar.

Me sentí incómoda, muy incómoda. En el banco tenía dinero suficiente para pagar el importe total de la factura, sin necesidad de ir abonando plazos mensuales. Y todo tiene un precio. Había gente a quien no me apetecía deberle ningún favor. Y cuando vi el importe total al final de la factura, descubrí que le debía a alguien un favor muy grande.

A lo mejor debería haberme quedado más rato en administración y haber discutido con más ímpetu con la señorita Beeson, pero no me sentía con fuerzas para ello. Me apetecía ducharme, o al menos lavarme —un lavado más a fondo que el somero repaso que, con mucho cuidado y muy despacio, me había dado a primera hora—. Me apetecía comer mi propia comida. Quería paz y soledad. Así que regresé a la silla de ruedas y dejé que una auxiliar me condujera hasta la entrada principal. Cuando se me ocurrió que no tenía manera de regresar a casa, me sentí como una imbécil. Mi coche debía de seguir en el aparcamiento de la biblioteca de Bon Temps... y además se suponía que no podía conducir hasta pasados unos días.

Justo cuando iba a pedirle a la auxiliar que volviera a meterme en el hospital para subir a la habitación de Calvin (con la idea de que tal vez Dawson pudiera acompañarme), se detuvo delante de mí un reluciente Impala rojo. En el interior, Claude, el hermano de Claudine, se inclinó para abrir la puerta del lado del pasajero. Permanecí sentada, mirándole.

—Y, bien, ¿piensas subir? —dijo medio enfadado.

—Caray —murmuró la auxiliar—. Caray. —Respiraba de tal manera que pensé que los botones de la blusa acabarían saliendo disparados.

Había coincidido con Claude, el hermano de Claudine, una sola vez. Y había olvidado lo atractivo que era. Claude era tremendamente impresionante, tan encantador que su proximidad me ponía más tensa que la cuerda de los equilibristas. Relajarse a su lado era como intentar mostrarse indiferente ante Brad Pitt.

Claude había sido *stripper* y actuaba en la noche de las mujeres en Hooligans, un club de Monroe, pero últimamente no sólo había pasado a dirigir el club, sino que además había expandido su carrera hacia el mundo del modelaje fotográfico y la pasarela. En el norte de Luisiana las oportunidades de este tipo eran muy escasas, por lo que Claude —según Claudine— había decidido competir para el premio de Míster Romántico que otorgaban un grupo de aficionadas a las novelas románticas. Se había operado incluso las orejas para que no se le viesen tan puntiagudas. El premio consistía en aparecer en la portada de un libro de este género. Conocía pocos detalles sobre el concurso, pero sabía perfectamente bien lo que inspiraba Claude sólo de verlo. Estaba segura de que ganaría el concurso por unanimidad.

Claudine había mencionado que Claude acababa de romper con su novio, por lo que estaba libre: su metro ochenta, condimentado con un cabello negro ondulado, músculos igual de ondulados y unos abdominales marcados que podrían aparecer sin problemas en *Abs Weekly*. Si a todo eso le sumas mentalmente un par de ojos castaños aterciopelados, una mandíbula esculpida y una boca sensual con un labio inferior besucón, obtienes a Claude como resultado final. Era impresionante.

Sin la ayuda de la auxiliar, que seguía repitiendo «Caray, caray, caray», me levanté muy lentamente de la silla de ruedas y me acomodé en el coche.

—Gracias —le dije a Claude, intentando no revelar mi asombro.

—Claudine no podía dejar el trabajo y me ha llamado para despertarme y pedirme que viniera a hacerte de chófer —dijo Claude, aparentemente molesto.

—Muchas gracias por venirme a buscar —dije, después de considerar diferentes respuestas.

Me di cuenta de que Claude, pese a que yo no lo había visto nunca por la zona (y creo que he dejado claro que era difícil pasarlo por alto), no tuvo que preguntarme ninguna indicación para llegar a Bon Temps.

—¿Qué tal va tu hombro? —preguntó de repente, como si acabara de recordar que tenía que ser cortés y formularme esa pregunta.

—Convaleciente —dije—. Y me han dado una receta para ir a buscar analgésicos.

—Así que me imagino que tendremos que ir a recogerlos, ¿no?

—Hummm, bueno, estaría bien, ya que me parece que no podré conducir hasta dentro de unos días.

Cuando llegamos a Bon Temps le indiqué a Claude cómo llegar a la farmacia, y encontró aparcamiento justo enfrente. Conseguí salir del coche y recoger los medicamentos, puesto que Claude no se ofreció a hacerlo por mí. El farmacéutico, naturalmente, ya se había enterado de lo que me había pasado y me preguntó que adónde íbamos a llegar. No pude responderle.

Mientras el farmacéutico me preparaba lo que me habían recetado, especulé sobre la posibilidad de que Claude fuera bisexual…, aunque fuera sólo un poquito. Todas las mujeres que entraban en la farmacia lo hacían con una expresión vidriosa. Por supuesto, ninguna de ellas había tenido el privilegio de mantener una conversación con Claude y, en consecuencia, no conocían su brillante personalidad.

—Has tardado —dijo Claude cuando volví a subir al coche.

—Sí, «Don Habilidades Sociales» —le espeté—. A partir de ahora intentaré darme más prisa. No sé por qué, pero eso de que me hayan pegado un tiro me obliga a ir más lenta. Pido mil perdones.

Vi por el rabillo del ojo que a Claude se le subían los colores.

—Lo siento —dijo algo cortante—. He sido muy seco. La gente me dice que soy maleducado.

—¡No! ¿De verdad?

—Sí —admitió, y luego se dio cuenta de mi sarcasmo. Me lanzó una mirada que habría calificado de furibunda de haber venido de una criatura menos bella que él—. Oye, tengo que pedirte un favor.

—Partes de un buen principio. Me has ablandado el corazón.

—¿Quieres parar ya con eso? Ya sé que no soy…, no soy…

—¿Educado? ¿Mínimamente cortés? ¿Galante? ¿Vamos bien por aquí?

—¡Sookie! —vociferó—. ¡Cállate!

Necesitaba una de mis pastillas para el dolor.

—¿Sí, Claude? —dije en voz baja y con un tono razonable.

—Los que organizan el desfile quieren un *book*. Iré a un estudio que hay en Ruston para realizar una sesión fotográfica y pienso que estaría bien tener también algunas fotografías más de pose. Como las que aparecen en la portada de esos libros que lee Claudine. Ella dice que debería posar con una rubia, ya que soy moreno. Había pensado en ti.

Me imagino que si Claude me hubiera dicho que quería que fuese la madre de su hijo me habría sorprendido más, aunque poco más. Pese a que él era el hombre más maleducado que había conocido en mi vida, su hermana había adquirido la costumbre de salvarme la vida. Tenía que mostrarme complaciente por lo mucho que le debía a ella.

—¿Necesitaré algún tipo de disfraz?

—Sí. Pero, como el fotógrafo es aficionado al teatro, también alquila disfraces para Halloween, por lo que supone que tendrá algo que nos vaya bien. ¿Qué talla tienes?

—Una treinta y ocho. —A veces más bien una cuarenta. Y también, de higos a brevas, una treinta y seis, ¿entendido?

—Y ¿cuándo te viene bien?

—Primero se tiene que curar mi hombro —dije—. El vendaje no quedaría muy bien en las fotografías.

—Oh, sí, claro. ¿Me llamarás, entonces?

—Sí.

—¿No te olvidarás?

—No. Me apetece mucho hacerlo. —De hecho, lo que me apetecía en aquel momento era disfrutar de mi propio espacio, olvidarme de cualquier otra persona, tomarme una Coca-Cola Light y una de esas pastillas que tenía en la mano. A lo mejor echaría una siestecilla antes de darme la ducha que también estaba en mi lista.

—Conozco a la cocinera del Merlotte's —dijo Claude, que evidentemente acababa de abrir sus compuertas.

—¿A Sweetie?

—¿Es así como se hace llamar? Trabajaba en Foxy Femmes.

—¿Era *stripper*?

—Sí, hasta lo del accidente.

—¿Que Sweetie tuvo un accidente? —A cada minuto que pasaba me sentía más agotada.

—Sí, le quedaron cicatrices y ya no quiso desnudarse más. Habría necesitado mucho maquillaje, argumentó. Además, por aquel entonces, ya empezaba a ser un poco «vieja» para desnudarse.

—Pobrecilla —dije. Traté de imaginarme a Sweetie desfilando por una pasarela con tacones altos y plumas. Perturbador.

—No se lo menciones nunca —me aconsejó Claude.

Aparcamos delante del adosado. Alguien había ido al aparcamiento de la biblioteca a recoger mi coche y me lo había dejado en casa. En aquel momento se abrió la puerta del otro lado del adosado y apareció Halleigh Robinson con mis llaves. Yo iba vestida con el pantalón negro del trabajo, pues había sufrido el disparo cuando iba de camino al Merlotte's, pero la camiseta del bar había quedado inservible y en el hospital me habían dado una sudadera blanca que alguien se habría dejado allí. Me venía enorme, pero Halleigh no se había quedado clavada en la puerta por eso. Tenía la boca tan abierta que pensé que acabaría tragándose una mosca. Claude había salido del coche para ayudarme a entrar en casa y la visión había dejado paralizada a la joven maestra.

Claude me pasó el brazo por los hombros con ternura, inclinó la cabeza para lanzarme una mirada adorable y me guiñó el ojo.

Era la primera pista que recibía dándome a entender que Claude tenía sentido del humor. Me gustó descubrir que a todo el mundo le parecía agradable Claude.

—Gracias por las llaves —dije, y Halleigh recordó de repente que sabía caminar.

—Hummm —acertó a decir—. Hummm, de nada. —Dejó caer las llaves cerca de mi mano y las cogí al vuelo.

—Halleigh, te presento a mi amigo Claude —dije con lo que esperaba pareciese una sonrisa intencionada.

Claude trasladó el brazo a mi cintura y le lanzó una de sus miradas distraídas, sin separar apenas sus ojos de los míos. ¡Ay, Dios mío!

—Hola, Halleigh —dijo con su mejor voz de barítono.

—Tienes suerte de que alguien te haya acompañado a casa desde el hospital —dijo Halleigh—. Muy amable por tu parte…, Claude.

—Haría cualquier cosa por Sookie —dijo cariñosamente Claude.

—¿De verdad? —Halleigh estaba conmocionada—. Oh, estupendo. Andy ha traído tu coche hasta aquí, Sookie, y me ha pedido que te dé las llaves. Es una suerte que me encuentres. Sólo he venido un momento a casa para comer y ahora tengo que volver a… —Lanzó una última mirada a Claude mientras entraba en su pequeño Mazda para volver al colegio.

Abrí la puerta con torpeza y entré en la pequeña sala de estar.

—Estaré aquí instalada mientras reconstruyen mi casa —le expliqué a Claude. Me sentía un poco incómoda en aquella estancia tan pequeña y vacía—. Acababa de trasladarme el día que me dispararon. Ayer —dije casi perpleja.

Claude, que había hecho desaparecer por completo la falsa admiración tan pronto como Halleigh se hubo ido, me miró con cierto menosprecio.

—Has tenido muy mala suerte —observó.

—En cierto sentido —dije. Pensé entonces en toda la ayuda que había recibido, y en mis amigos. Recordé la simple satisfacción de haber podido dormir cerca de Bill la noche anterior—. Es evidente que mi suerte podía haber sido peor —añadí, hablando prácticamente para mí misma.

Mi filosofía traía sin cuidado a Claude.

Después de darle de nuevo las gracias y de decirle que le diera a Claudine un abrazo de mi parte, repetí mi promesa de llamarlo cuando tuviera la herida curada para lo de la sesión fotográfica.

El hombro empezaba a dolerme. En cuanto cerré la puerta, me tomé una pastilla. El día anterior por la tarde había llamado a la compañía telefónica desde la biblioteca y, para mi sorpresa y satisfacción, al descolgar el auricular descubrí que ya tenía línea. Llamé al móvil de Jason para decirle que había salido del hospital, pero no me respondió, de modo que le dejé un mensaje en el buzón de voz. Después llamé al bar para decirle a Sam que me reincorporaría al trabajo al día siguiente. Había perdido dos días de sueldo y propinas y no podía permitirme perder más.

Me acosté en la cama y me dormí un buen rato.

Cuando me desperté, el cielo había oscurecido y presagiaba lluvia. En el jardín de la casa, un pequeño arce se agitaba de manera alarmante. Pensé en el tejado de zinc que tanto le gustaba a mi abuela y en el estruendo de las gotas cuando golpeaban en su dura superficie. La lluvia en la ciudad sería más silenciosa.

Observé desde la ventana de mi habitación la ventana idéntica del adosado vecino y estaba preguntándome quién viviría allí cuando alguien llamó bruscamente a la puerta. Arlene se había quedado sin aliento porque se había puesto a correr al notar las primeras gotas de lluvia, y el olor a comida que la acompañaba despertó de repente mi estómago.

—No he tenido tiempo de cocinarte nada —dijo disculpándose en cuanto me hice a un lado para dejarla entrar—. Pero me he acordado de que cuando estás baja de moral te suele apetecer una hamburguesa doble con beicon, y me he imaginado que estarías bastante baja de moral.

—Has acertado —contesté, aunque empezaba a descubrir que me sentía mucho mejor que por la mañana. Entré en la cocina para coger un plato y Arlene me siguió, repasando con la vista hasta el último rincón.

—¡Oye, esto no está nada mal! —exclamó. Aunque yo lo veía desnudo, mi hogar temporal debía de parecerle a Arlene un lugar libre de estorbos—. ¿Cómo fue? —preguntó Arlene. Intenté no escuchar sus pensamientos, pues ella pensaba que de todos sus conocidos, yo era la persona que en más problemas se metía—. ¡Vaya susto debiste de llevarte!

—Sí. —Me puse seria, y mi voz me acompañó—. Me asusté mucho.

—La ciudad entera habla de lo sucedido —dijo con naturalidad Arlene. Precisamente lo que más me apetecía escuchar: me había convertido en la protagonista de las conversaciones de todo el mundo—. ¿Te acuerdas de Dennis Pettibone?

—¿El experto en incendios provocados? —pregunté—. Claro que sí.

—Hemos quedado para mañana por la noche.

—Así se hace, Arlene. Y ¿qué haréis?

—Iremos con los niños a la pista de patinaje de Grainger. Él tiene una niña, Katy, de trece años.

—Seguro que lo pasaréis muy bien.

—Esta noche le toca vigilancia —dijo Arlene dándose importancia.

Pestañeé.

—Y ¿qué tiene que vigilar?

—Han convocado a todo el personal. Al parecer están vigilando distintos aparcamientos de la ciudad para ver si sorprenden al francotirador con las manos en la masa.

Enseguida vi el punto débil de su plan.

—Y ¿si el francotirador detecta antes su presencia?

—Son profesionales, Sookie. Me imagino que sabrán cómo hacerlo. —Arlene parecía y hablaba como si se hubiese molestado. De repente, se había convertido en la representante de la ley.

—Tranquila —dije—. Es que estoy preocupada, simplemente. —Además, a menos que los policías fuesen hombres lobo, no corrían ningún peligro. Naturalmente, el fallo de esta teoría estaba en que yo también había sido víctima de un ataque. Y yo no era una mujer lobo, ni una cambiante. Seguía sin saber cómo encajar todo esto dentro de mi planteamiento.

—¿Dónde está el espejo? —preguntó Arlene, y miró a su alrededor.

—Me parece que sólo hay uno en el baño —dije, y me pareció extraño tener que pensar dónde estaba una cosa en mi propia casa. Mientras Arlene se arreglaba el pelo, me serví la comida en un plato con la esperanza de poder comérmela mientras todavía estuviera caliente. Me encontré como una tonta con la bolsa vacía de la comida en la mano, preguntándome dónde estaría el cubo de la basura. Naturalmente, no habría cubo de la basura hasta que yo fuera a comprarlo. En los últimos diecinueve años sólo había vivido en casa de mi abuela. Nunca había tenido que montar una casa desde cero.

—Sam aún no conduce y por eso no ha venido a verte, pero piensa en ti —dijo Arlene desde el baño—. ¿Crees que podrás trabajar mañana por la noche?

—Ésa es mi intención.

—Estupendo. A mí no me toca turno, la nieta de Charlsie está ingresada en el hospital con neumonía, así que ella no está, y Holly no siempre aparece cuando le toca. Danielle necesita ausentarse de la ciudad. Esa chica nueva, Jada…, es mejor que Danielle, de todos modos.

—¿Tú crees?

—Sí —dijo Arlene—. No sé si te has dado cuenta, pero últimamente Danielle parece que pasa de todo. Por mucho que la gente pida copas y la llame, a ella le entra por un oído y le sale por el otro. No hace más que hablar con su novio, y le da lo mismo que los clientes la reclamen.

Era verdad que Danielle era menos escrupulosa con su trabajo desde que había empezado a salir con un tipo de Arcadia.

—¿Crees que se irá? —pregunté, y eso abrió otro filón de conversación que explotamos durante cinco minutos, por mucho que Arlene dijera que tenía prisa. Me ordenó que comiera mientras la hamburguesa estuviera caliente, así que mastiqué y tragué mientras ella no paraba de charlar. No dijimos nada asombrosamente nuevo u original, pero disfrutamos de un buen rato. Por una vez, Arlene se lo pasaba bien allí sentada conmigo, sin hacer nada.

Una de las muchas desventajas de la telepatía es que distingues a la perfección cuando alguien te escucha de verdad y cuando estás hablándole a una cara y no a una mente.

Andy Bellefleur llegó cuando Arlene se marchaba en su coche. Me alegré de haber metido la bolsa de Wendy's en un armario y no tenerla por allí rondando.

—Vives justo al lado de Halleigh —dijo Andy. Una estratagema para iniciar la conversación.

—Gracias por dejarle las llaves y haber traído el coche hasta aquí —dije. Andy también tenía buenos momentos.

—Dice que el chico que te acompañó a casa desde el hospital era realmente… interesante. —Era evidente que Andy estaba lanzando la caña. Le sonreí. Fuera lo que fuese que Halleigh le había contado, había despertado su curiosidad y, tal vez, un poco sus celos.

—Podría definirse así —concedí.

Esperó a ver si yo decía alguna cosa más. Viendo que no largaba, fue directo al grano.

—La razón por la que he venido es que quería averiguar si recuerdas algo más de lo sucedido ayer.

—Andy, no sabía nada entonces y mucho menos sé ahora.

—Pero te agachaste.

—Oh, Andy —dije, exasperada, pues él conocía perfectamente bien mis dotes—, no es necesario que me preguntes por qué me agaché.

Se puso rojo, lenta e indecorosamente. Andy era un tipo fuerte y un inspector de policía inteligente, pero se mostraba ambiguo con respecto a cosas que sabía que eran ciertas, por mucho que éstas no fueran hechos completamente convencionales y del dominio público.

—Ahora, por ejemplo, sé que estamos solos —observé—. Y las paredes son lo suficientemente gruesas como para que no pudiera oír a Halleigh si estuviera.

—¿Hay algo más? —preguntó de repente, con los ojos brillantes de curiosidad—. ¿Hay algo más, Sookie?

Sabía exactamente a qué se refería. No lo diría jamás, pero quería saber si había algo más en este mundo además de seres humanos, vampiros y personas con capacidad telepática.

—Hay mucho más —dije, sin que mi voz se alterase—. Hay otro mundo.

Andy me miró a los ojos. Sus sospechas acababan de confirmarse y se mostraba intrigado. Estaba a punto de preguntarme sobre las personas que habían sido disparadas, a punto de dar el salto, pero en el último momento se echó atrás.

—¿No viste u oíste nada que pudiera ayudarnos? ¿Hubo algo diferente la noche en que Sam resultó herido?

—No —dije—. Nada. ¿Por qué?

No respondió, pero pude leer su mente como un libro abierto. La bala que había herido a Sam no coincidía con las demás balas.

Cuando se hubo marchado, traté de diseccionar esa impresión fugaz que recibí, la que me llevó a agacharme. Si el aparcamiento no hubiese estado vacío, no lo habría captado, pues el cerebro del que recibí la información estaba a cierta distancia. Y lo que había sentido era una maraña de determinación, rabia y, por encima de todo, repugnancia. La persona que me disparó me consideraba odiosa e inhumana. Por estúpido que parezca, mi primera sensación fue sentirme herida… Al fin y al cabo, a nadie le gusta que le desprecien. Entonces reflexioné sobre el extraño hecho de que la bala de Sam no coincidiera con las de los anteriores ataques contra cambiantes. No lo entendía. Se me ocurrían muchas explicaciones, pero todas me parecían poco probables.

La lluvia empezaba a caer con fuerza y golpeaba con un siseo las ventanas que daban al norte. No tenía ningún motivo para hablar con nadie, pero me apetecía realizar una llamada. No era una buena noche para estar desconectada. A medida que la lluvia se fue intensificando, empecé a sentirme ansiosa. El cielo había adoptado un color gris plomizo y pronto estaría completamente oscuro.

Me pregunté por qué me sentiría tan inquieta. Estaba acostumbrada a estar sola y no me importaba. Ahora estaba físicamente más cerca de la gente que cuando vivía en mi casa de Hummingbird Road, pero me sentía más sola.

Aunque se suponía que aún no podía conducir, necesitaba cosas para el piso. Habría convertido los recados en una necesidad y habría ido a Wal-Mart a pesar de la lluvia —o debido a la lluvia— si la enfermera no me hubiese recomendado por encima de todo que debía mantener el hombro en reposo. Agobiada, empecé a pasear de una habitación a otra hasta que un sonido en la gravilla me avisó de que tenía otra visita. Otra consecuencia de vivir en la ciudad.

Abrí la puerta y me encontré a Tara cubierta con un impermeable con capucha y con estampado de leopardo. La invité a pasar, naturalmente, y Tara hizo lo posible por sacudir el impermeable en el pequeño porche. Lo llevé a la cocina para que gotease sobre el suelo de linóleo.

Me abrazó con mucho cariño.

—Cuéntame cómo estás —dijo.

Después de repetir mi historia una vez más, me dijo:

—Estaba muy preocupada por ti. No he podido escaparme de la tienda hasta ahora, pero tenía que venir a verte. Vi el traje colgado en el armario. ¿Fuiste a mi casa?

—Sí —dije—. Anteayer. ¿No te lo dijo Mickey?

—¿Estaba en casa cuando fuiste? Ya te lo advertí —dijo, casi presa del pánico—. No te haría daño, ¿verdad? ¿No tendría nada que ver con que te dispararan?

—No que yo sepa. Pero fui a tu casa bastante tarde, y sabía que me habías dicho que no lo hiciese. Fui una tonta. Intentó asustarme. De ser tú, no le diría que has venido a visitarme. ¿Cómo has conseguido venir esta noche?

Fue como si el rostro de Tara se cerrase herméticamente. Su mirada oscura se endureció y se apartó de mí.

—Se ha ido, no sé adónde —dijo.

—Tara, ¿puedes explicarme cómo es que te has liado con él? ¿Qué ha pasado con Franklin? —Intenté formular mis preguntas con la mayor delicadeza posible, pues era consciente de que pisaba terreno peligroso.

Los ojos de Tara se llenaron de lágrimas. Se esforzaba por responderme, pero se sentía avergonzada.

—Sookie —empezó a decir por fin—, pensaba que significaba algo para Franklin, ¿me entiendes? Creía que me respetaba. Como persona.

Moví afirmativamente la cabeza, sin dejar de mirarla. Me daba miedo interrumpir su relato, ahora que finalmente había empezado a hablar.

—Pero…, pero…, simplemente me pasó a otro vampiro cuando se cansó de mi compañía.

—¡Oh, no, Tara! Seguramente te…, te explicaría el porqué de vuestra ruptura. O ¿tuvisteis quizá una discusión fuerte? —No podía creerme que Tara fuera pasando de vampiro en vampiro como una aficionada a los colmillos cualquiera en una fiesta de colmilleros.

—Me dijo: «Tara, eres una chica bonita y has sido una compañía agradable, pero tengo una deuda con el amo de Mickey y éste quiere que ahora seas suya».

Sabía que me había quedado boquiabierta, pero me daba lo mismo. Me costaba creer lo que Tara me estaba contando. Escuchaba en su mente la humillación y las oleadas de desprecio que sentía hacia sí misma.

—¿No pudiste hacer nada por evitarlo? —pregunté. Me esforcé para que mi voz no revelara la incredulidad que me embargaba.

—Lo intenté, créeme —dijo con amargura Tara. No me culpaba por habérselo preguntado, lo cual era un alivio—. Le dije que no lo haría. Le dije que yo no era una ramera, que salía con él porque me gustaba. —Dejó caer los hombros—. Pero ya sabes, Sookie, que no estaba siendo del todo sincera y él lo sabía. Acepté todos los regalos que me había hecho. Eran cosas caras. ¡Pero me los había regalado libremente y él nunca me mencionó que conllevaran una obligación! ¡Yo nunca le pedí nada!

—¿Así que te dijo que estabas obligada a hacer lo que él te dijese a cambio de todos los regalos que te había hecho?

—Dijo... —Tara se echó a llorar, y los sollozos entrecortaron su explicación a partir de entonces—. Dijo que yo me comportaba como una querida, que él había pagado todo lo que yo tenía y que tenía que servirle para alguna cosa más. Yo dije que no lo haría, que se lo devolvería todo, y él me dijo que no lo quería. Me dijo que ese vampiro llamado Mickey me había visto con él, y que le debía un gran favor a Mickey.

—Pero estamos en América —dije—. ¿Cómo se les ocurre hacer eso?

—Los vampiros son horribles —dijo Tara, deshecha—. No sé cómo puedes aguantar salir con ellos. A mí eso de tener un novio vampiro me parecía de lo más guay. De acuerdo, ya sé que el mío era el típico viejo que compra a una jovencita. —Tara suspiró después de reconocer aquello—. Pero me gustaba sentirme tan bien tratada. No estoy acostumbrada a eso. De verdad creía que le gustaba. Nunca lo hice sólo por avaricia.

—¿Te chupó la sangre? —le pregunté.

—¿No es lo que hacen siempre? —preguntó sorprendida—. ¿Cuando se acuestan contigo?

—Por lo que yo sé —dije—, sí. Pero ¿sabías que una vez él tuviera tu sangre podía saber lo que sentías por él?

—¿Podía saberlo?

—Cuando te han chupado la sangre, perciben tus sentimientos. —No estaba tan segura de que Tara sintiese hacia Franklin Mott el cariño que decía sentir, que no estuviese más interesada por sus regalos y su trato amable que por él. Él tenía que saberlo, naturalmente. Tal vez no le importara mucho si le gustaba a Tara o no, pero es probable que saberlo le hubiera predispuesto más a aceptar el intercambio—. Y ¿qué pasó?

—Bueno, la verdad es que no fue todo tan brusco como te lo he contado —dijo. Bajó la vista—. Primero, Franklin me explicó que no podía ir a no sé dónde conmigo y me preguntó si me importaba que aquel otro tipo me acompañara. Me imaginé que pensaría que me sentía decepcionada si no iba, era un concierto, de modo que tampoco le di muchas más vueltas al tema. Mickey se comportó bien y la velada no estuvo mal. Se despidió de mí en la puerta, como un caballero.

Intenté no levantar las cejas por pura incredulidad. ¿El sinuoso Mickey, que respiraba maldad por todos sus poros, había convencido a Tara de que era un caballero?

—Muy bien, y entonces ¿qué?

—Entonces Franklin tuvo que ausentarse de la ciudad y Mickey vino a verme para ver si necesitaba alguna cosa y me trajo un regalo, que yo asumí que era de Franklin.

Tara me mentía, y casi se mentía a sí misma. A buen seguro sabía que el regalo, una pulsera, era de Mickey. Se había convencido de que era una especie de tributo del vasallo a la dama de su señor, pero sabía que no era de Franklin.

—De modo que lo acepté y nos fuimos, y aquella misma noche, cuando regresamos a casa, intentó empezar con sus avances. Pero yo no se lo permití. —Me miró tranquila y regia.

Tal vez aquella noche repeliera sus avances, pero no lo hizo ni al instante ni decidida.

Incluso Tara había olvidado mi capacidad de leer la mente a las personas.

—Aquella noche se fue —dijo. Respiró hondo—. Pero la siguiente, no.

La había alertado sobradamente sobre sus intenciones. Me quedé mirándola. Se estremeció.

—Lo sé —gimoteó—. ¡Sé que me equivoqué!

—¿Y ahora vive en tu casa?

—Su escondite durante el día está por ahí cerca —dijo con tristeza—. Aparece al anochecer y pasamos juntos toda la noche. Me lleva a reuniones, me lleva por ahí y…

—Está bien, está bien. —Le di unos golpecitos cariñosos en la mano. Pero viendo que no era suficiente, la abracé. Tara era más alta que yo, por lo que no fue un abrazo muy maternal, pero quería que mi amiga supiese que estaba de su lado.

—Es muy bruto —dijo Tara en voz baja—. Cualquier día de éstos me mata.

—No si lo matamos primero.

—Oh, es imposible.

—¿Crees que es demasiado fuerte?

—Lo que pienso es que yo no sería capaz de matar a nadie, ni siquiera a él.

—¡Oh! —Imaginaba que Tara tendría más agallas, después de todo lo que le habían hecho pasar sus padres—. Entonces tenemos que pensar en la manera de alejarlo de ti.

—¿Qué me dices de tu amigo?

—¿De cuál?

—Eric. Todo el mundo dice que le gustas a Eric.

—¿Todo el mundo?

—Los vampiros de por aquí. ¿Te pasó Bill a Eric?

En una ocasión, Bill me había dicho que fuera a ver a Eric si a él le sucedía alguna cosa, pero no lo había entendido como que Eric fuera asumir el mismo papel que Bill tenía en mi vida. Daba la casualidad de que yo sí había echado una canita al aire con Eric, pero en circunstancias completamente distintas.

—No, no lo hizo —dije con total certeza—. Déjame pensar. —Reflexioné sobre el asunto bajo la terrible presión de la mirada de Tara—. ¿Quién es el jefe de Mickey? —pregunté—. ¿O el vampiro que lo engendró?

—Me parece que es una mujer —dijo Tara—. O, al menos, Mickey me ha llevado un par de veces a un lugar en Baton Rouge, a un casino, donde se ha reunido con una vampira. Se llama Salome.

—¿Como la de la Biblia?

—Sí, imagínate ponerle a tu hija un nombre así.

—¿De modo que esa tal Salome es sheriff?

—¿Qué?

—Que si es una jefa a nivel regional.

—No lo sé. Mickey y Franklin nunca me han hablado de esas cosas.

Intenté no demostrar mi exasperación.

—¿Cómo se llama ese casino?

—Los Siete Velos.

Hummm.

—¿Te diste cuenta de si la trataba con deferencia? —Una buena «Palabra del día» que había aprendido en mi calendario, que, por cierto, no había visto desde el incendio.

—Bueno, diría que le hizo una reverencia.

—¿Sólo con la cabeza o desde la cintura?

—Desde la cintura. Es decir, algo más que la cabeza. Se inclinó, diría yo.

—Muy bien. ¿Cómo la llamaba?

—Ama.

—Perfecto. —Dudé un momento y volví a preguntar—. ¿Estás segura de que no podemos matarle?

—Tal vez tú sí —dijo de forma arisca—. Una noche, cuando se quedó dormido después de, ya sabes…, después de eso, permanecí quince minutos a su lado con un picahielos. Pero estaba demasiado asustada. Si se entera de que he venido a verte, se pondrá como una fiera. No le gustas en absoluto. Piensa que eres una mala influencia.

—Y en eso tiene razón —dije con gran confianza—. Veamos qué se me ocurre.

Tara se marchó después de que volviera a abrazarla. Consiguió incluso sonreír un poco, pero no sé hasta qué punto su rayo de optimismo estaba justificado.

Sólo podía hacer una cosa.

La noche siguiente me tocaba trabajar. Estaba ya completamente oscuro y estaría levantado.

Tenía que llamar a Eric.

Capítulo
13

Fangtasia —dijo una aburrida voz femenina—. Donde todos tus sueños sangrientos se hacen realidad.

—Hola, Pam, soy Sookie.

—Oh, hola —dijo con voz más alegre—. Me he enterado de que has tenido aún más problemas. Que te quemaron la casa. Si sigues a este ritmo no vivirás mucho tiempo.

—No, tal vez no —reconocí—. Oye, ¿está Eric por ahí?

—Sí, está en su despacho.

—¿Podrías pasármelo?

—No sé cómo —dijo en tono desdeñoso.

—¿Podría acercarle el teléfono, señora, por favor?

—Naturalmente. Por aquí siempre pasa algo después de que llames tú. Es casi como romper la rutina. —Pam estaba cruzando el bar con el teléfono, lo noté por el cambio en el sonido ambiental. Se oía música de fondo. De nuevo KDED. *The Night Has a Thousand Eyes*, esta vez—. ¿Qué tal por Bon Temps, Sookie? —preguntó Pam, diciéndole a algún cliente del bar: «¡Apártate, hijo de puta!»—. Les gusta que les hablen así —me dijo tranquilamente—. Y bien, ¿qué sucede?

—Que me dispararon.

—No me digas —dijo—. Eric, ¿te habías enterado de lo que me está contando Sookie? Alguien le disparó.

—No te emociones tanto, Pam —dije—. Hay quien pensaría que incluso te importa.

Se echó a reír.

—Aquí tienes a tu hombre —dijo.

Hablando como si tal cosa, igual que Pam, Eric me soltó:

—No debe de ser tan grave, pues de lo contrario no estarías al teléfono.

Y era verdad, aunque me habría gustado una reacción algo más sobresaltada. Pero no había tiempo para pensar en minucias. Respiré hondo. Sabía lo que me esperaba, tan cierto como que me habían disparado, pero tenía que ayudar a Tara.

—Eric —dije, viéndomelo venir—. Necesito que me hagas un favor.

—¿De verdad? —preguntó él. Entonces, después de una prolongada pausa, repitió—: ¿De verdad?

Se echó a reír.

—Entendido —dijo.

Llegó al adosado una hora después y se detuvo en el umbral después de que le abriera la puerta.

—Es un nuevo edificio —me recordó.

—Eres bienvenido —dije con poca sinceridad, y entró, con su blanco rostro radiante… ¿Sensación de triunfo? ¿De excitación? La lluvia le había mojado el pelo, que le caía por los hombros en forma de greñas. Iba vestido con una camiseta de seda de color marrón dorado, pantalones a rayas marrones rematados con un llamativo cinturón que sólo podía calificarse de bárbaro: mucho cuero, oro y borlas colgando. Tal vez había sido posible sacar a aquel hombre de la época de los vikingos, pero que él prescindiera del vikingo que llevaba dentro ya era otra cosa.

—¿Te apetece tomar algo? —pregunté—. Lo siento, pero no tengo TrueBlood y no puedo conducir, por lo que no puedo ir a buscártelo. —Sabía que mi hospitalidad estaba lejos de ser excelente, pero no podía hacer nada al respecto. No se me había ocurrido pedirle con antelación a alguien que fuera a comprarme sangre para Eric.

—No tiene importancia —dijo, observando la pequeña sala.

—Siéntate, por favor.

Eric se instaló en el sofá, apoyando su tobillo derecho sobre la rodilla de su pierna izquierda. Sus grandes manos se movían sin cesar.

—¿Qué favor necesitas, Sookie? —Se le veía contento.

Suspiré. Al menos era evidente que me ayudaría, dado que prácticamente se relamía ya del poder que tendría sobre mí.

Me instalé en el borde del abultado sillón. Le expliqué lo de Tara, lo de Franklin, lo de Mickey. Eric se puso serio enseguida.

—¿Tiene la posibilidad de huir durante el día y no lo hace? —observó.

—Y ¿por qué tendría que abandonar su negocio y su casa? El que debería marcharse es él —argumenté. (Aunque debo confesar que yo también me había preguntado por qué Tara no se tomaba unas vacaciones. ¿Se quedaría mucho tiempo Mickey por aquí si la mujer de la que podía beneficiarse gratuitamente desaparecía?)—. Si intentara huir, Tara se pasaría el resto de su vida vigilando sus espaldas —dije convencida.

—Me he enterado de más cosas sobre Franklin desde que lo conocí en Misisipi —dijo Eric. Me pregunté si habría utilizado para ello la base de datos de Bill—. Franklin posee una mentalidad anticuada.

Un comentario sustancioso, viniendo de un guerrero vikingo que había pasado sus días más felices saqueando, violando y sembrando la destrucción a su paso.

—Antiguamente, los vampiros se pasaban entre ellos a los humanos dispuestos —se explicó Eric—. Cuando nuestra existencia era un secreto, resultaba conveniente tener una amante humana, conservar a esa persona…, es decir, no extraerle mucha sangre… y después, cuando ya no quedaba nadie que la quisiera… o le quisiera —añadió Eric rápidamente para que mi lado feminista no se sintiera ofendido—, esa persona era apurada hasta el final.

Sentí repugnancia y lo demostré.

—Quieres decir drenada —dije.

—Sookie, tienes que comprender que durante cientos, miles de años nos hemos considerado mejores que los humanos, hemos constituido un mundo aparte del de los humanos. —Se detuvo un instante a pensar—. Con una relación muy similar a la que los humanos, como tales, mantienen con, por ejemplo, las vacas. Os considerábamos comestibles, como las vacas, pero bellos también.

Me había quedado sin habla. Todo aquello lo intuía, claro está, pero que te lo revelaran resultaba… nauseabundo. Comida que caminaba y hablaba, eso éramos nosotros. «McPersonas».

—Iré a ver a Bill. Él conoce a Tara, le alquila el local de la tienda, de modo que seguro que se sentirá obligado a ayudarla —dije furiosa.

—Sí. Se sentiría obligado a intentar matar al subordinado de Salome. Pero Bill no ocupa un rango superior al de Mickey, por lo que no puede ordenarle que se marche. ¿Quién crees tú que sobreviviría a la pelea?

La idea me dejó un minuto paralizada. Me estremecí. ¿Y si ganaba Mickey?

—No, me temo que tu mejor esperanza soy yo, Sookie. —Eric me obsequió con una sonrisa espléndida—. Hablaré con Salome y le pediré que convoqué a su secuaz. Franklin no es hijo suyo, pero Mickey sí. Y teniendo en cuenta que ha estado cazando furtivamente en mi zona, se verá obligada a reclamar su presencia.

Levantó una de sus rubias cejas.

—Y ya que me pides que haga esto por ti, me debes una, por supuesto.

—Me pregunto qué vas a querer tú a cambio —pregunté, tal vez con un tono más bien seco y cínico.

Me sonrió con ganas y reveló sus colmillos.

—Cuéntame qué pasó mientras estuve contigo. Cuéntamelo todo, no te olvides de nada. Después de eso, haré lo que me pides. —Posó ambos pies en el suelo y se inclinó hacia delante, volcando toda su atención en mí.

—De acuerdo. —Era como estar entre la espada y la pared. Bajé la vista hacia mis manos, que mantenía unidas sobre mi regazo.

—¿Hubo sexo? —preguntó directamente.

Durante un par de minutos, la cosa podía ser divertida.

—Eric —dije—, hubo sexo en todas las posturas que podía imaginarme, y en algunas que ni podía. Hubo sexo en todas las estancias de mi casa, y hubo sexo al aire libre. Me dijiste que era el mejor sexo que jamás habías tenido. —(En aquel momento no podía recordar todas las actividades sexuales que había mantenido. Pero me había hecho aquel cumplido)—. Es una pena que no puedas recordarlo. —Concluí, con una sonrisa modesta.

Parecía que a Eric acabaran de darle con un mazo en la frente. Durante treinta segundos, su reacción resultó de lo más gratificante. Después empezó a ser incómoda.

—¿Alguna cosa más que debería saber? —preguntó en un tono de voz tan equilibrado que resultaba simplemente amedrentador.

—Hummm, sí.

—Entonces, tal vez sirva para iluminarme.

—Me ofreciste abandonar tu puesto de sheriff y venir a vivir conmigo. Y buscar trabajo.

Tal vez la cosa no estuviera yendo tan bien. Era imposible que Eric pudiera estar más blanco o más inmóvil.

—Ah —dijo—. ¿Alguna cosa más?

—Sí. —Agaché la cabeza porque había llegado a la parte que no tenía nada de divertida—. Cuando aquella última noche llegamos a casa, la noche de la batalla contra los brujos en Shreveport, entramos por la puerta trasera, como yo siempre hago. Y Debbie Pelt…, ¿la recuerdas? ¿La «lo que fuera» de Alcide? Bien, pues Debbie estaba sentada junto a la mesa de la cocina. Iba armada con una pistola y estaba dispuesta a dispararme. —Me arriesgué a levantar la vista y vi que las cejas de Eric se habían unido en el entrecejo—. Pero tú te arrojaste delante de mí. —Me incliné muy rápidamente hacia delante y le di unas palmaditas en la rodilla. Regresé a continuación a mi espacio vital—. Y la bala impactó en ti, un detalle que fue increíblemente dulce por tu parte. Pero Debbie estaba dispuesta a disparar de nuevo, y yo me hice con el rifle de mi hermano y la maté. —Aquella noche no lloré en absoluto, pero en ese momento noté que me rodaba una lágrima por la mejilla—. La maté —dije, y jadeé, falta de aire.

Eric abrió la boca como si fuera a formular una pregunta, pero levanté la mano indicándole que esperara. Tenía que terminar.

—Guardamos el cadáver en una bolsa y tú te lo llevaste para enterrarlo en alguna parte mientras yo limpiaba la cocina. Encontraste su coche y lo escondiste. No sé dónde. Tardé horas en eliminar toda la sangre de la cocina. Había por todas partes. —Intenté desesperadamente mantener la compostura. Me froté los ojos con el dorso de la muñeca. Me dolía el hombro y me moví inquieta en mi asiento intentando que eso me aliviara.

—Y ahora resulta que te han disparado y yo no estaba allí para recibir el impacto de la bala —dijo Eric—. Te salvaste por los pelos. ¿Crees que la familia Pelt intenta vengarse?

—No —dije. Me gustaba que Eric se tomase todo esto con tanta calma. No sé qué me había esperado, pero eso no, por supuesto. De poder calificar su reacción de alguna manera, diría que había sido contenida—. Contrataron a unos detectives privados y, por lo que sé, éstos no encontraron ningún motivo para sospechar de mí más que de cualquier otra persona. De todos modos, el único motivo por el que era sospechosa fue porque cuando Alcide y yo descubrimos aquel cuerpo en Verena Rose's, en Shreveport, contamos a la policía que estábamos prometidos. Teníamos que explicar un motivo por el que habíamos ido juntos a una tienda de vestidos de novia. Teniendo en cuenta que él mantenía una relación tan inestable con Debbie, cuando dijimos a la policía que íbamos a casarnos levantamos una bandera roja que los detectives quisieron comprobar. Alcide tiene una buena coartada para el momento de la muerte de Debbie. Pero si algún día sospechan de verdad de mí, me veré envuelta en un problema porque, naturalmente, tú ni siquiera estabas en teoría aquí. No puedes proporcionarme una coartada porque no recuerdas nada de aquella noche; y, claro está, yo soy la culpable. Yo la maté.

Tuve que hacerlo. —Estoy segura de que eso fue lo que dijo Caín después de matar a Abel.

—Estás hablando demasiado —dijo Eric.

Cerré la boca con fuerza. Hacía tan sólo un momento me había dicho que se lo contara todo y ahora quería que dejase de hablar.

Eric se quedó mirándome durante un espacio de tiempo que se prolongó quizá cinco minutos. No estaba muy segura de que en realidad estuviera viéndome. Estaba enfrascado en sus pensamientos.

—¿Te dije que lo dejaría todo por ti? —dijo al final de sus cavilaciones.

Resoplé.

—Y ¿cómo respondiste tú?

Eso sí que me dejó pasmada.

—Pensé que no estaba bien que te quedaras conmigo sin recordar nada. No sería justo.

Eric entrecerró los ojos. Empezaba a cansarme de ser observada a través de unas rendijillas azules.

—¿Y bien? —pregunté, curiosamente desinflada. A lo mejor es que en el fondo me esperaba una escena más emocional. A lo mejor es que esperaba que Eric me abrazara, me besara y me dijera que aún sentía lo mismo. A lo mejor me hago demasiados castillos en el aire—. He cumplido con lo que pedías. Ahora hazlo tú conmigo.

Sin quitarme los ojos de encima, Eric sacó un teléfono móvil de su bolsillo y marcó un número que tenía registrado en la memoria.

—Rose-Anne —dijo—. ¿Estás bien? Sí, por favor, si puede ponerse. Dile que tengo información que seguro que le interesará. —No podía oír la respuesta al otro lado de la línea, pero vi que Eric movía afirmativamente la cabeza, como si su interlocutora estuviese delante de él—. Naturalmente que espero. Un momento. —Y enseguida dijo—: Buenas noches también a ti, bella princesa. Sí, estoy muy ocupado. ¿Qué tal va el casino? Bien, bien. A cada minuto nace uno. Te llamaba para contarte una cosa sobre tu acólito, ese tal Mickey. ¿Tiene alguna relación de negocios con Franklin Mott?

Entonces Eric levantó una ceja y sonrió.

—¿De verdad? No, si no te culpo por ello... Pero Mott intenta imponer las cosas a la vieja usanza, y estamos en América. —Volvió a quedarse a la escucha—. Sí, te doy esta información a cambio de nada. Si decides no hacerme ningún favor a cambio no pasa nada. Ya sabes que te tengo en gran estima. —Eric sonrió de forma encantadora—. Simplemente pensé que debías estar al corriente de que Mott le ha pasado una mujer humana a Mickey. Éste la tiene dominada porque la amenaza con quitarle la vida y sus propiedades. Ella se muestra muy reacia.

Después de un nuevo silencio, durante el cual la sonrisa de Eric se hizo más amplia, dijo:

—El pequeño favor sería sacarnos de aquí a Mickey. Sí, eso es todo. Basta con que te asegures de que nunca más vuelve a acercarse a esa mujer, Tara Thornton. Que no tenga nada más que ver con ella, ni con sus pertenencias ni con sus amistades. La relación debería cortarse por completo. O de lo contrario tendré que cortarle yo algo a ese Mickey. Ha actuado en mi área sin tener la cortesía de venir a visitarme. La verdad es que esperaba mejores modales de un hijo tuyo. ¿Están todas las bases cubiertas?

Aquel americanismo sonaba extraño en boca de Eric Northman. Me pregunté si en el pasado habría jugado al béisbol.

—No, no tienes por qué darme las gracias, Salome. Me alegro de estar a tu servicio. ¿Podrás informarme cuando el asunto esté cerrado por tu parte? Gracias. Bien, volvamos al curro. —Eric apagó el teléfono y empezó a juguetear con él, lanzándolo al aire y recogiéndolo una y otra vez.

—Desde un principio sabías que Mickey y Franklin estaban haciendo algo malo —dije, conmocionada pero curiosamente poco sorprendida—. Sabías que su jefa se alegraría de saber que estaban rompiendo las reglas, pues su vampiro violaba tu territorio. Por lo tanto, esto no te afectará.

—Sólo me he dado cuenta cuando me has dicho lo que querías —observó Eric, tan racional como siempre—. ¿Cómo podía yo saber que el deseo de tu corazón sería que ayudase a otra persona?

—Y ¿qué pensabas que querría?

—Pensaba que igual querías que te pagase la reconstrucción de tu casa, o que me pedirías ayuda para averiguar quién está atentando contra los cambiantes. Alguien podría haberte confundido con una cambiante —dijo Eric, dando a entender que debería haberme dado cuenta de ello—. ¿Con quién estuviste antes de que te dispararan?

—Había ido a visitar a Calvin Norris —contesté, y Eric no puso muy buena cara.

—Por lo tanto, tenías su olor.

—Bien, sí, la verdad es que me dio un abrazo de despedida.

Eric me miró con escepticismo.

—¿Estaba también allí Alcide Herveaux?

—Vino a mi casa —dije.

—Y ¿también te abrazó?

—No lo recuerdo —dije—. No tiene importancia.

—La tiene para alguien que anda buscando cambiantes y licántropos a quienes disparar. Además, me parece que abrazas a demasiada gente.

—A lo mejor fue el olor de Claude —musité pensativa—. Caramba, eso no lo había pensado. No, espera, Claude me abrazó después de lo del disparo. Por lo que me imagino que el olor a hada no tiene relevancia.

—Un hada —dijo Eric, al tiempo que sus pupilas se dilataban—. Ven aquí, Sookie.

Ay, ay. Tal vez había exagerado mi rabia acumulada.

—No —dije—. Te he dicho lo que querías saber, has hecho lo que te he pedido y ahora ya puedes volver a Shreveport y dejarme dormir. ¿Lo recuerdas? —Le señalé el hombro que llevaba vendado.

—Entonces iré yo —dijo Eric, y se arrodilló delante de mí. Se presionó contra mis piernas e inclinó la cabeza hasta dejarla prácticamente recostada sobre mi cuello. Cogió aire, lo retuvo y lo soltó a continuación. Tuve que reprimir una risa nerviosa al ver la similitud que guardaba aquel proceso con fumar droga—. Apestas —continuó Eric, y me quedé rígida—. Hueles a cambiante, a hombre lobo y a hada. Un cóctel de todas las razas.

Permanecí completamente inmóvil. Sus labios estaban a dos milímetros de mi oreja.

—¿Qué hago?, ¿te muerdo para acabar con todo esto? —susurró—. Así no tendría que volver a pensar en ti nunca más. Acordarme continuamente de ti se ha convertido en una costumbre molesta, y quiero librarme de ella. ¿O debería tal vez empezar a excitarte para descubrir si es verdad que el sexo contigo es el mejor que he tenido en mi vida?

Me dio la impresión de que no iba a tener voz y voto con respecto a esto. Tosí para aclararme la garganta.

—Eric —le interrumpí con una voz un poco ronca—, tenemos que hablar de un tema.

—No. No. No —dijo. Y con cada «no» sus labios rozaron mi piel.

Yo estaba mirando por la ventana por encima de su hombro.

—Eric —dije en un susurro—, alguien nos vigila.

—¿Dónde? —Su postura no cambió, pero Eric había pasado de un estado emocional que resultaba decididamente peligroso para mí a uno muy diferente en el que el peligro iba dirigido a otra persona.

Teniendo en cuenta que la escena de unos ojos que observaban por la ventana guardaba un extraño parecido a la situación de la noche del incendio de mi casa, y que aquella noche el mirón había resultado ser Bill, confié en que en esta ocasión volviera a serlo. A lo mejor estaba celoso, o sentía curiosidad, o simplemente me vigilaba. Si el intruso fuera un humano, habría podido leerle el cerebro y descubrir quién era o, como mínimo, qué pretendía; pero el lugar desde donde debería transmitírseme la información estaba vacío: se trataba de un vampiro.

—Es un vampiro —le dije a Eric con el susurro más débil que logré articular, y me abrazó y me atrajo hacia él.

—Tenemos problemas —dijo Eric, aun sin hablar en un tono exasperado. Parecía más bien excitado. A Eric le encantaba la acción.

Ya estaba segura de que el mirón no era Bill, pues en ese caso se habría dado ya a conocer. Y Charles tenía que estar en el Merlotte's preparando daiquiris. Quedaba entonces un único vampiro.

—Mickey —musité, agarrándome con fuerza a la camisa de Eric.

—Salome se ha movido más rápido de lo que me imaginaba —dijo Eric con su tono de voz habitual—. Y me imagino que él estará tan enfadado que ha decidido no obedecerla. Nunca ha estado aquí, ¿verdad?

—Verdad. —Gracias a Dios.

—Entonces no puede entrar.

—Pero puede romper la ventana —dije, al oír que un cristal se hacía pedazos a nuestra izquierda. Mickey había lanzado una piedra grande como un puño y, para mi consternación, ésta había golpeado a Eric en la cabeza. Se derrumbó como…, como una piedra. Se quedó tendido e inmóvil. Tenía un corte profundo en la sien y sangraba profusamente. Me levanté de un salto, perpleja al ver al poderoso Eric aparentemente fuera de combate.

—Invítame a pasar —dijo Mickey, desde el exterior de la ventana. Su cara, blanca y rabiosa, brillaba bajo la incesante lluvia. Tenía el pelo negro completamente aplastado sobre su cabeza.

—Por supuesto que no —respondí. Me arrodillé junto a Eric, que, para mi alivio, pestañeó. Ya sé que no podía morirse, claro está, pero aun así, cuando ves a alguien recibir un golpe como aquél, resulta aterrador. Había caído delante del sillón, cuyo respaldo estaba pegado a la ventana, por lo que Mickey no podía verlo.

Y en aquel instante vi que Mickey llevaba a Tara agarrada de la mano. Estaba casi tan pálida como él y había recibido una auténtica paliza. Tenía sangre en la comisura de la boca. El flaco vampiro la agarraba con fuerza del brazo.

—La mataré si no me dejas entrar —dijo y, para demostrar que hablaba en serio, le rodeó el cuello con las manos y empezó a apretar. Se oyó el estallido de un trueno y la luz de un relámpago iluminó la cara de desesperación de Tara, que se agarraba débilmente a los brazos del vampiro. Mickey sonrió, mostrando sus colmillos desplegados.

Si le dejaba entrar, nos mataría a todos. Si le dejaba fuera, sería testigo de la muerte de Tara. Sentí entonces las manos de Eric sujetándome el brazo.

—Hazlo —dije, sin apartar mi mirada de Mickey. Eric mordió, y me dolió muchísimo. No se anduvo con delicadezas. Estaba desesperado por curarse rápidamente.

Tendría que tragarme mi dolor. Me esforcé en no reflejarlo en mi rostro, aunque entonces me di cuenta de que tenía muchos motivos para mostrarme rabiosa.

—¡Suéltala! —le grité a Mickey, intentando ganar unos segundos. Me pregunté si habría vecinos levantados, si oirían aquel jaleo, y recé para que no vinieran a averiguar qué sucedía. Temía incluso la llegada de la policía. Aquí, a diferencia de otras ciudades, no teníamos vampiros policías que pudiesen encargarse de sus colegas delincuentes.

—La soltaré cuando me dejes entrar —gritó Mickey. Parecía un demonio allí fuera, remojado por la lluvia—. ¿Cómo está tu dócil vampiro?

—Sigue inconsciente. —Mentí—. Está malherido. —No me costó ningún esfuerzo que la voz me temblara como si estuviese a punto de llorar—. La herida es tan profunda que le veo hasta el hueso. —Gimoteé y miré a Eric, que seguía alimentándose con la avaricia de un bebé hambriento. Y mientras lo miraba vi como su cabeza iba curándose. Ya había presenciado curaciones de vampiros, pero el proceso seguía dejándome pasmada—. Ni siquiera puede abrir los ojos —añadí destrozada, justo en el momento en que los ojos azules de Eric me miraban fijamente. No sabía si ya estaba en condiciones de luchar, pero no podía quedarme mirando cómo estrangulaban a Tara.

—Todavía no —dijo Eric, pero yo ya le había dicho a Mickey que entrara.

—¡Ay! —dije, y al instante Mickey se deslizó por la ventana con una maniobra extraña, como si no tuviera huesos. Se sacudió los trozos de cristal roto de cualquier manera, como si no le doliese cortarse. Pasando al brazo la presión que antes había ejercido sobre su cuello, arrastró a Tara tras él. La dejó caer en el suelo y la lluvia que entraba por la ventana rota fue a caer sobre ella, aunque creo que no podía mojarse más de lo que ya lo estaba. Tenía la cara ensangrentada y los ojos cerrados, las magulladuras cada vez más oscuras. Me levanté medio mareada por la pérdida de sangre, procurando esconder la muñeca detrás del brazo del sillón. Notaba que Eric seguía chupándome y sabía que faltaba poco para que estuviese curado del todo.

—¿Qué quieres? —le pregunté a Mickey. Como si no lo supiera ya.

—Tu cabeza, zorra —dijo. El odio contraía sus estrechas facciones, tenía los colmillos completamente expuestos. Eran blancos y afilados y brillaban bajo la luz del techo—. ¡Arródíllate ante tus superiores! —Y antes de que me diera tiempo a reaccionar (de hecho, antes de que me diera tiempo a pestañear), el vampiro me golpeó con el dorso de la mano y di un traspiés. Aterricé en el sofá antes de caer al suelo. Me quedé sin aire, incapaz de moverme y permanecí un agónico minuto luchando por respirar. Mientras, Mickey se puso encima de mí y comprendí enseguida sus intenciones cuando le vi dispuesto a desabrocharse el pantalón—. ¡Para lo único que sirves es para esto! —dijo, afeando más si cabe sus facciones debido al desprecio. Intentó también acercarse a mi boca, haciendo que el miedo que sentía por él me intimidara aún más.

Y de pronto, mis pulmones se llenaron de aire. Incluso bajo aquellas terribles circunstancias, el alivio que me produjo poder respirar fue una sensación exquisita. Y con el aire llegó también la rabia, como si la hubiera inhalado junto con el oxígeno. Éste era el comodín que utilizaban los acosadores, siempre. Sentía náuseas…, náuseas por dejarme amedrentar por la polla de aquel espantajo.

—¡No! —le grité—. *¡No!* —Y finalmente conseguí volver a pensar; el miedo me había abandonado, por fin—. ¡Tu invitación ha quedado *rescindida*! —grité, y el pánico se apoderó entonces de él. Se apartó de mí, con un aspecto ridículo debido a que llevaba los pantalones por las rodillas, y retrocedió hacia la ventana, pisando a la pobre Tara. Intentó inclinarse para cogerla y poder llevársela, pero yo me arrastré por la minúscula sala para sujetarla por los tobillos. Tara tenía los brazos mojados y resbaladizos debido a la lluvia y la magia se había apoderado con fuerza del vampiro. En menos de un segundo, estaba fuera de la casa, gritando de rabia. Miró entonces en dirección este, como si alguien le hubiera llamado desde allí, y desapareció en la oscuridad.

Eric se incorporó, casi tan sorprendido como Mickey.

—Has pensado con mayor claridad que ningún ser humano —dijo, rompiendo con su voz el repentino silencio—. ¿Cómo estás, Sookie? —Extendió la mano y me ayudó a levantarme del suelo—. Yo empiezo a encontrarme mucho mejor. Me has dado tu sangre sin que tuviera que pedírtela, y no he tenido que pelear con Mickey. Has hecho todo el trabajo.

—Recibiste el impacto de una piedra —le comenté, satisfecha por poder descansar un minuto antes de llamar a una ambulancia para Tara. Me sentía débil.

—Es un precio pequeño —dijo Eric. Buscó de nuevo el teléfono móvil, lo abrió y pulso la tecla de «Rellamada»—. Salome —dijo Eric—, me alegro de que respondas al teléfono. Mickey trata de huir…

Oí una carcajada de júbilo al otro lado de la línea. Era escalofriante. No sentía ni una pizca de lástima por Mickey, pero me alegré de no tener que ser testigo de su castigo.

—¿Lo capturará Salome? —pregunté.

Eric asintió satisfecho después de guardar de nuevo el teléfono en su bolsillo.

—Y puede hacerle cosas más dolorosas de lo que nadie podría llegar a imaginarse —dijo—. Y eso que yo soy capaz de imaginar muchas…

—Digamos que es… creativa.

—Él le pertenece. Ella es su progenitora. Puede hacer con él lo que le plazca. No puede desobedecerla sin ser castigado. Tiene que acudir a ella si lo llama, y ahora está llamándolo.

—No por teléfono, me imagino —observé.

Me miró con ojos brillantes.

—No, no necesita ningún teléfono. Él intentará escapar, pero acabará yendo con ella. Cuanto más se resista, peor será su tortura. Naturalmente —añadió, por si yo aún no lo tenía claro—, así es como debe ser.

—Pam te pertenece, ¿verdad? —pregunté, arrodillándome y acercando los dedos al frío cuello de Tara. No quería mirarla.

—Sí —dijo Eric—. Puede irse cuando quiera, pero tiene que regresar si le hago saber que necesito ayuda.

La verdad es que no sabía qué pensar al respecto, aunque lo que yo pensara carecía de importancia. Tara jadeaba y gimoteaba.

—Despierta, chica —dije—. ¡Tara! Voy a llamar a la ambulancia para que vengan a buscarte.

—No —dijo bruscamente—. No. —Parecía la palabra de la noche.

—Estás malherida.

—No puedo ir al hospital. Todo el mundo se enteraría.

—No seas tonta, cuando la gente vea que estás un par de semanas sin poder ir a trabajar, todo el mundo sabrá también que fue porque te dieron una paliza de muerte.

—Puede tomar un poco de mi sangre —se ofreció Eric. Miraba a Tara con poca emoción.

—No —dijo ella—. Antes moriría.

—Podrías morir —dije, mirándola—. Pero ya habrás tomado sangre de Franklin o de Mickey, ¿no? —Me imaginaba que sus sesiones de sexo habrían tenido un poco de «donde las dan las toman».

—Por supuesto que no —dijo, conmocionada. El horror de su voz me pilló desprevenida. Yo había tomado sangre de vampiro cuando la había necesitado. La primera vez, habría muerto de no tomarla.

—Entonces, tendrás que ir al hospital. —Me preocupaba que Tara pudiera tener lesiones internas—. Me da miedo moverte —dije cuando vi que intentaba sentarse. Pese a que podría haberla movido sin ningún esfuerzo, Don Forzudo no colaboró en absoluto, lo que me dio bastante rabia.

Por fin Tara consiguió sentarse con la espalda apoyada en la pared, mientras el gélido aire silbaba a través de la ventana rota y agitaba las cortinas. La lluvia había amainado y apenas entraba agua. El linóleo de delante de la ventana estaba empapado y había cristales cortantes por todas partes, incluso algunos fragmentos pegados a la ropa y la piel de Tara.

—Escúchame, Tara —dijo Eric. Tara levantó la cabeza para mirarlo y se vio obligada a entrecerrar los ojos porque la luz del techo la deslumbraba. Me daba lástima, pero Eric no veía a Tara con los mismos ojos que yo—. Tu avaricia y tu egoísmo han puesto en peligro a mi…, a mi amiga Sookie. Dices que eres su amiga, pero no actúas como tal.

¿Acaso no me había prestado Tara un vestido cuando yo lo necesitaba? ¿Acaso no me había prestado un coche cuando el mío quedó destrozado por el incendio? ¿No me había ayudado siempre que yo lo había necesitado?

—Esto no es de tu incumbencia, Eric —dije.

—Tú me llamaste y me pediste ayuda, por lo tanto es de mi incumbencia. Llamé a Salome y le expliqué lo que estaba haciendo su hijo. Y ella lo ha reclamado y lo castigará por ello. ¿No era eso lo que querías?

—Sí —dije, y me avergüenza decir que respondí malhumorada.

—Entonces, voy a dejárselo claro a Tara. —La miró—. ¿Me has entendido?

Tara asintió. Las magulladuras de su cara y su cuello parecían oscurecer por momentos.

—Voy a traerte un poco de hielo para el cuello —le dije, y corrí hacia la cocina. Cogí varios cubitos y los metí en una bolsa de plástico. No me apetecía escuchar la bronca de Eric; Tara me daba mucha pena.

Cuando regresé con ellos, al cabo de un minuto, Eric había acabado ya con lo que tuviera que decirle. Tara se palpó el cuello con cautela, cogió la bolsa y se la llevó a la garganta. Mientras yo, ansiosa y espantada, me acercaba a ella, vi que Eric volvía a hablar por el móvil.

Me encogí de preocupación.

—Necesitas un médico —le insistí.

—No —se resistió ella.

Miré a Eric, que había terminado su conversación. Él era el experto en heridas.

—Se curará sin necesidad de ir al hospital —dijo escuetamente. Su indiferencia me provocaba escalofríos. Justo cuando creía haberme acostumbrado a ellos, los vampiros me mostraban su verdadera cara y me obligaban a recordarme una y otra vez que eran de una raza distinta a la nuestra. Tal vez fueran los siglos de vivencias los que marcaban esa diferencia; las muchas décadas de disponer de la gente a su antojo, de tener todo lo que querían, de soportar la dicotomía de ser los seres más poderosos de la tierra en la oscuridad y de ser completamente inútiles y vulnerables a la luz del día.

—¿Le quedará algún daño permanente? ¿Algo que podrían solucionar los médicos si la lleváramos rápidamente al hospital?

—Estoy prácticamente seguro de que lo único que tiene dañado es el cuello. Tiene algunas costillas rotas de la paliza, seguramente también algunos dientes. Mickey podría haberle partido la mandíbula y el cuello sin problemas. Pero es muy probable que se reprimiera porque quería que Tara hablase contigo. Contaba con que tú cayeras presa del pánico y le dejaras entrar. No se le ocurrió que tú pudieras pensar en una solución tan rápida. De haber sido él, lo primero que yo habría hecho habría sido herirte en la boca o en el cuello para que no pudieras rescindirme la invitación.

No se me había pasado por la cabeza esa posibilidad, y me quedé blanca.

—Me imagino que es lo que pretendía cuando te intimidó de aquella manera —prosiguió Eric, en un tono de voz carente de emoción.

Ya había oído suficiente. Le puse en las manos una escoba y un recogedor. Eric se quedó mirándolos como si fueran artefactos antiguos y no se imaginara para qué servían.

—Barre —dije, mientras con un trapo húmedo limpiaba la sangre y el polvo de mi amiga. No tenía ni idea de si Tara captaba algo de nuestra conversación, pero tenía los ojos abiertos y la boca cerrada, por lo que era probable que estuviera escuchándonos. Tal vez sólo tratara de superar su dolor.

Eric movió la escoba sin saber cómo e hizo un intento de barrer los cristales y recogerlos sin sujetar la pala. Como era de esperar, la pala se cayó y Eric puso mala cara.

Por fin había encontrado algo en lo que Eric se defendía fatal.

—¿Puedes levantarte? —le pregunté a Tara. Me miró fijamente e hizo un débil gesto de asentimiento. Me puse en cuclillas y le cogí las manos. Poco a poco y con mucho dolor, Tara empezó a doblar las rodillas y empujó a la vez que yo tiraba de ella. Pese a que el cristal de la ventana se había roto en grandes pedazos, cuando Tara se incorporó cayeron pequeñas esquirlas. Miré de reojo a Eric para darle a entender que tenía que barrerlas. Me replicó con una mueca de hostilidad.

Intenté rodear a Tara con el brazo para ayudarla a caminar hasta mi habitación, pero mi hombro herido me dio una sacudida inesperada y me estremecí de dolor. Eric dejó el recogedor. Cogió a Tara en un santiamén y la tendió en el sofá en lugar de en mi cama. Abrí la boca dispuesta a protestar y él me miró. Cerré la boca al instante. Fui a la cocina para tomarme uno de mis analgésicos y obligué a Tara a que se tomara otro. El medicamento la dejó fuera de combate, o tal vez fuese que no quería seguir escuchando a Eric. Cerró los ojos, su cuerpo se quedó flácido y, poco a poco, el ritmo de su respiración se tornó más estable y profundo.

Eric me entregó la escoba con una sonrisa triunfante. Después de que levantara a Tara, me pasó a mí su obligación. Me costó bastante por culpa del hombro herido, pero acabé barriendo todos los cristales y echándolos a una bolsa de basura. Eric se volvió hacia la puerta. Yo no había oído nada, pero Eric le abrió la puerta a Bill incluso antes de que Bill llamara. Tenía sentido: Bill vivía en el feudo de Eric, o como quiera que le llamasen. Eric necesitaba ayuda y Bill estaba obligado a suministrársela. Mi ex venía cargado con un trozo grande de madera contrachapada, un martillo y una caja de clavos.

—Pasa —dije, cuando Bill se detuvo en el umbral, y sin cruzar una palabra entre ellos, los dos vampiros cubrieron el hueco de la ventana con el contrachapado. Decir que me sentía incómoda sería un eufemismo, aunque debido a los acontecimientos de la noche no estaba tan sensible como lo habría estado en otras circunstancias. Lo que más me preocupaba era el dolor del hombro, la recuperación de Tara y el paradero de Mickey. En el poco espacio libre que me dejaban mis preocupaciones, acumulaba cierta ansiedad por cómo iba yo a sustituir la ventana de Sam y por si los vecinos habrían oído suficiente como para llamar a la policía. Suponía que no habría sido así, pues de lo contrario a aquellas alturas ya debería haber aparecido.

Cuando Bill y Eric hubieron terminado la reparación temporal, se quedaron mirando cómo fregaba yo el suelo de linóleo para limpiar el agua y la sangre. El silencio empezaba a pesar para los tres, o al menos para mí. La ternura que había mostrado Bill conmigo la noche anterior me había conmovido. Y que Eric acabara de enterarse de nuestra intimidad colocaba mi timidez en un nivel desconocido hasta entonces. Estaba en la misma habitación con dos tipos que sabían que me había acostado con ellos.

Me habría gustado poder cavar un agujero y esconderme en él, como un personaje de dibujos animados. No podía mirarlos a la cara.

Si les rescindía la invitación, tendrían que largarse sin decir palabra; pero teniendo en cuenta que ambos acababan de ayudarme, no me parecía una solución educada. Anteriormente, había solucionado mis problemas con ellos de esta manera. Y aunque me sentía tentada a repetir la experiencia para aliviar mi incomodidad personal, no podía hacerlo. ¿Qué pasaría a continuación?

¿Qué tal si iniciaba una pelea? Gritarnos los unos a los otros serviría para despejar el ambiente. O tal vez no sería más que un reconocimiento sincero de la situación..., mejor que no.

Por un instante, me imaginé a los tres en la cama de matrimonio de mi pequeña habitación. En lugar de *combatir* nuestros problemas o de *hablar* sobre nuestros problemas, podríamos..., no. Dividida entre una sensación de diversión que rozaba la histeria y una oleada de vergüenza por pensar aquello, noté que mi cara se ponía al rojo vivo. Jason y su amigo Hoyt mencionaban a menudo (y yo les oía decirlo) que la fantasía de todo hombre era acostarse con dos mujeres a la vez. Y por las veces que había intentado comprobar la teoría de Jason mediante la lectura de una muestra aleatoria de mentes masculinas, los hombres que frecuentaban el bar también se hacían eco de esa idea. ¿Por qué no podía tener yo una fantasía similar? Solté una risilla histérica que dejó sorprendidos a ambos vampiros.

—¿Te parece divertido todo esto? —preguntó Bill. Hizo un gesto que abarcaba la madera contrachapada de la ventana, a la pobre Tara acostada en el sofá y el vendaje de mi hombro. No incluyó, sin embargo, a Eric ni a sí mismo. Me eché a reír.

Eric levantó una de sus rubias cejas.

—¿Te parecemos divertidos?

Moví la cabeza afirmativamente sin decir nada. Y pensé: «En lugar de actuar como gallos de pelea, ese par de gallitos podrían enseñar su… En lugar de un concurso de pesca, podríamos celebrar un…».

En parte porque estaba agotada y tensa, y en parte también porque había perdido sangre, me dio la risa tonta. Y me puse a reír con más fuerza si cabe cuando los miré a la cara. Ambos mostraban expresiones de exasperación prácticamente idénticas.

—No hemos terminado aún nuestra charla, Sookie —dijo Eric.

—Oh, sí, ya está terminada —dije, aún sonriendo—. Te pedí un favor: que liberases a Tara de la esclavitud que vivía con Mickey. Tú me pediste un pago a cambio de ese favor: que te explicase lo que sucedió cuando perdiste la memoria. Tú has cumplido con tu parte del trato y lo mismo he hecho yo. Se acabó el tema. Fin.

Bill nos miró a Eric y a mí. Ahora sabía que Eric sabía lo que yo sabía… y me puse a reír de nuevo como una tonta. Y la tontería acabó venciéndome. Me sentía como un globo desinflado.

—Buenas noches a los dos —dije—. Gracias, Eric, por recibir el impacto de esa piedra en la cabeza y por pasarte la noche pegado al teléfono. Gracias, Bill, por aparecer a estas horas con todo lo necesario para arreglar la ventana. De verdad que lo aprecio, aunque fuese Eric quien te hiciera venir. —En circunstancias normales (si acaso existen circunstancias normales cuando hay vampiros de por medio) habría dado un abrazo a cada uno, pero me pareció demasiado estrafalario—. Hala, fuera —dije—. Tengo que acostarme. Estoy agotada.

—¿No crees que uno de nosotros debería quedarse aquí contigo esta noche? —preguntó Bill.

De haber tenido que decir que sí, de haber tenido que elegir a uno de ellos para que pasase conmigo aquella noche, habría elegido a Bill…, si hubiese estado segura de que se mostraría tan generoso y tan amable como la noche anterior. Cuando estás baja de moral y te duele todo, lo más maravilloso del mundo es sentirse querida. Pero era pedir demasiado para esa noche.

—Supongo que no tendré ningún problema —dije—. Eric me ha asegurado que Salome encontrará a Mickey enseguida y lo que necesito por encima de todo es dormir. Os agradezco mucho a los dos que hayáis acudido en mi ayuda esta noche.

Durante un largo momento pensé que dirían que no y que intentarían decidir quién se quedaba conmigo. Pero Eric me dio un beso en la frente y se marchó, mientras que Bill, para no ser menos, me rozó los labios con un beso y salió también. Cuando los dos vampiros se hubieron ido, me sentí encantada de estar sola.

Claro está que no estaba sola del todo. Tara seguía dormida en el sofá. Hice lo posible para que se sintiese cómoda —la descalcé, saqué la manta de mi cama para taparla— y me acosté enseguida.

Capítulo

14

Dormí muchas horas.

Y cuando me desperté, Tara no estaba.

Sentí una punzada de pánico hasta que me di cuenta de que había dejado la manta doblada, se había lavado la cara en el baño (la toalla estaba mojada) y se había calzado. Me había dejado, además, una notita escrita en un sobre viejo donde yo había empezado a hacer la lista de la compra. Decía: «Te llamaré luego, T.». Era una nota seca, que no evocaba precisamente mucho amor fraternal.

Me sentí un poco triste. Me imaginé que pasaría una buena temporada sin ser la amiga favorita de Tara. Y que ella tendría que cuidar mucho todo lo que le rodeaba.

Hay momentos para pensar y momentos para permanecer inactiva. Y aquél era mi día de inactividad. Tenía el hombro mucho mejor y decidí coger el coche para ir al Wal-Mart Supercenter de Clarice y hacer toda la compra en un solo viaje. Además, pensé que por allí no me encontraría con muchos conocidos y no tendría que dar explicaciones a nadie sobre el disparo que había recibido.

Ser una persona anónima en un gran almacén me proporcionó una agradable sensación de paz. Me dediqué a pasear tranquilamente y a leer todas las etiquetas. Incluso elegí una cortina para el baño del adosado. Completar toda la lista me llevó su tiempo. Luego, al cargar las bolsas en el coche, intenté utilizar sólo el brazo derecho. Cuando llegué a mi casa de Berry Street me sentía feliz.

Vi que en el camino de acceso estaba aparcada la camioneta de la floristería de Bon Temps. A cualquier mujer le da un pequeño vuelco el corazón cuando ve la camioneta de la floristería, y yo no soy ninguna excepción.

—Tengo una entrega múltiple —dijo Greta, la esposa de Bud Dearborn. Greta era chata, como el sheriff, y regordeta, también como el sheriff, pero de carácter alegre y franco—. Eres una chica afortunada, Sookie.

—Pues sí que lo soy —concedí, con una pizca de ironía. Greta me ayudó primero a meter las bolsas y luego trajo las flores.

Tara me había enviado un jarroncito con margaritas y claveles. Las margaritas me gustan mucho y su color amarillo y blanco quedaba muy bien en la cocina. En la tarjeta ponía simplemente: «De Tara».

Calvin me había enviado una pequeña gardenia envuelta en papel de seda y con un gran lazo. Estaba lista para sacarla del recipiente de plástico y plantarla tan pronto como pasara el peligro de heladas. Me impresionó lo bien pensado que estaba el regalo, pues un arbusto como la gardenia perfumaría mi jardín durante años. Y dado que había tenido que cursar el pedido por teléfono, la tarjeta exponía sentimientos de lo más convencionales: «Pienso en ti… Calvin».

Pam me había enviado un ramo mixto cuya tarjeta ponía: «Que no te disparen más. De parte de la banda de Fangtasia». Me hizo reír un poquito. Pensé de inmediato que tendría que redactar tarjetas de agradecimiento, pero en mi nueva casa no tenía material para hacerlo. Iría al centro a comprar alguna cosa. En la farmacia de la ciudad había un rincón con tarjetas y accesorios, y además aceptaban paquetes para enviar por UPS. En Bon Temps era imprescindible saber diversificarse.

Ordené las compras, colgué como pude la cortina de la ducha y me arreglé para ir a trabajar.

La primera persona a la que vi cuando entré por la puerta de empleados fue a Sweetie Des Arts. Iba cargada con un montón de trapos de cocina y se había puesto ya su delantal.

—Veo que es difícil acabar contigo —observó—. ¿Qué tal te encuentras?

—Estoy bien —dije. Me dio la impresión de que Sweetie estaba esperándome y le agradecí el gesto.

—Me han dicho que te agachaste justo a tiempo —dijo—. ¿Cómo fue eso? ¿Oíste alguna cosa?

—No exactamente —dije. Sam salió en aquel instante de su despacho, cojeando y ayudándose con un bastón. Puso mala cara. No me apetecía explicarle mi pequeña aventura a Sweetie durante un tiempo en que tendría que estar trabajando ya para Sam—. Fue sólo una intuición —dije y me encogí de hombros, lo que me resultó inesperadamente doloroso.

Sweetie movió la cabeza al ver que yo daba por finalizada la explicación y se volvió para dirigirse a la cocina.

Sam ladeó la cabeza en dirección a su despacho y le seguí con el corazón en un puño. Sam cerró la puerta.

—¿Qué hacías cuando te dispararon? —me preguntó. Le brillaban los ojos de rabia.

No pensaba permitir que nadie me culpara por lo que me había sucedido. Me mantuve inmóvil, mirando a Sam a la cara.

—Acababa de sacar unos libros de la biblioteca —dije entre dientes.

—Y ¿por qué crees que el atacante te confundió con una cambiante?

—No tengo ni idea.

—¿Con quién habías estado?

—Fui a visitar a Calvin, y luego… —La frase se interrumpió cuando acabé de pensar lo que iba a decir—. ¿Quién podría adivinar que yo olía a cambiante? —pregunté muy despacio—. Nadie excepto otro cambiante, ¿verdad? O alguien con sangre de cambiante. O un vampiro. Un ser sobrenatural.

—Últimamente, de todos modos, no hemos tenido cambiantes raros por aquí.

—¿Has ido al lugar desde donde disparó el francotirador, para oler?

—No, la única vez que estuve en el escenario de un tiroteo estaba demasiado ocupado tirado en el suelo gritando y con la pierna ensangrentada.

—Pero a lo mejor ahora podrías captar alguna cosa.

Sam bajó la vista, dubitativo.

—Ha llovido desde entonces, pero me imagino que por intentarlo no se pierde nada —admitió—. Debería haberlo pensado. De acuerdo, lo inspeccionaré esta noche, cuando acabemos de trabajar.

—Iré contigo —dije descaradamente cuando Sam se dejó caer en su silla. Guardé el bolso en el cajón que Sam tenía vacío y salí a ver cómo estaban mis mesas.

Charles estaba muy atareado y me saludó con un ademán de cabeza y una sonrisa antes de concentrarse en el nivel de cerveza de la jarra que estaba llenando bajo el grifo. Una de nuestras bebedoras habituales, Jane Bodehouse, estaba sentada en la barra sin despegar los ojos de Charles. El vampiro no daba muestras de sentirse incómodo. Me di cuenta de que el ritmo del bar había recuperado la normalidad y de que el nuevo camarero pasaba desapercibido ya en el escenario.

Jason entró por la puerta cuando yo llevaba aproximadamente una hora de turno. Iba de la mano de Crystal. Se le veía muy feliz. Su nueva vida le gustaba y estaba encantado con la compañía de Crystal. Me pregunté cuánto tiempo durarían. Crystal, de todos modos, parecía tan entusiasmada como Jason.

Me dijo que Calvin saldría del hospital al día siguiente y que se instalaría en su casa en Hotshot. Le mencioné las flores que Calvin me había enviado y le dije a Crystal que le prepararía a Calvin alguna comida especial para celebrar su vuelta a casa.

Crystal estaba prácticamente segura de que estaba embarazada. Aunque el cerebro de los cambiantes es laberíntico, leí aquel pensamiento más claro que el agua. No era la primera vez que me enteraba de que una chica que salía con Jason estaba segura de que mi hermano iba a ser papá, y esperaba que esta vez la noticia resultara tan falsa como las anteriores. No es que tuviera nada en contra de Crystal… Bueno, la verdad es que no está bien mentirse a una misma. Sí tenía algo en contra de Crystal. Ella formaba parte de Hotshot y nunca abandonaría aquel lugar. No quería que un sobrino mío se criara en una comunidad tan pequeña y extraña como aquélla, dentro de la mágica influencia del cruce de caminos que formaba su núcleo.

Crystal no le había comentado a Jason el retraso de su periodo y estaba decidida a guardar silencio hasta estar segura del tema. Se bebió una cerveza en el tiempo en que Jason apuró dos y luego se marcharon para ir al cine en Clarice. Jason me dio un abrazo de despedida mientras yo servía las bebidas a un grupo de agentes de la ley. Se trataba de dos mesas juntas en una de las esquinas, ocupadas por Alcee Beck, Bud Dearborn, Andy Bellefleur, Kevin Pryor, Kenya Jones y el último ligue de Arlene, Dennis Pettibone, el investigador especializado en incendios provocados. Los acompañaban dos desconocidos, pero enseguida capté que eran también policías y que estaban allí destacados por algún motivo.

A Arlene le habría gustado servir aquella mesa, pero estaban claramente dentro de mi territorio e, igual de claramente, estaban hablando de algo importante. Cuando me acerqué con las bebidas, se callaron todos y no reanudaron la conversación hasta que no me alejé de la mesa. Naturalmente, lo que dijeran por la boca me traía sin cuidado, pues sabía exactamente lo que pensaban todos y cada uno de ellos.

Y los que conocían mis dotes, las habían olvidado por completo. Alcee Beck, en particular, me tenía un miedo de muerte, pero también él parecía haber olvidado mis capacidades, pese a habérselas demostrado en diversas ocasiones. Lo mismo podía decirse de Andy Bellefleur.

—¿Qué se trama en esa reunión de policías de aquel rincón? —preguntó Charles. Jane se había ido al lavabo y en aquel momento se había quedado solo en la barra.

—Veamos —dije, cerrando los ojos para poder concentrarme mejor—. Se están planteando trasladar la vigilancia policial de esta noche a otro aparcamiento, y están convencidos de que el incendio de mi casa está relacionado con los ataques y que la muerte de Jeff Marriot está vinculada a todo, de una u otra manera. Se preguntan incluso si la desaparición de Debbie Pelt podría estar incluida dentro de esta serie de crímenes, ya que la última vez que fue vista estaba echando gasolina en la autopista interestatal, en la estación de servicio más cercana a Bon Temps. Y piensan que también cabe la posibilidad de que la desaparición temporal de mi hermano Jason hace un par de semanas forme asimismo parte de todo este lío.

—Moví la cabeza y al abrir los ojos vi que Charles estaba turbadoramente cerca de mí. Su ojo bueno, el derecho, estaba fijo en mi ojo izquierdo.

—Tienes dotes muy excepcionales, jovencita —dijo pasado un instante—. Mi último jefe solía hacer colección de casos excepcionales.

—¿Para quién trabajabas antes de estar en territorio de Eric? —pregunté. Se volvió para coger la botella de Jack Daniel's.

—Para el rey de Misisipi —respondió.

Me sentí como si alguien hubiera tirado de la alfombra que tenía bajo mis pies.

—Y ¿por qué abandonaste Misisipi y viniste aquí? —pregunté, ignorando los gritos de la mesa que tenía a un metro y medio de mí.

El rey de Misisipi, Russell Edgington, me conocía como la novia de Alcide, pero no como telépata utilizada de forma ocasional por los vampiros. Era muy posible que Edgington me guardase rencor. Bill había estado encarcelado en las antiguas caballerizas que había detrás de la mansión de Edgington, donde había sido torturado por Lorena, la criatura que había convertido a Bill en vampiro hacía ciento cuarenta años. Bill había logrado escapar. Lorena había muerto. Russell Edgington no tenía por qué saber necesariamente que yo era la causante de todos aquellos sucesos. Aunque cabía la posibilidad de que sí lo supiese.

—Me cansé de la forma de actuar de Russell —dijo Sir Charles—. No me va su rollo sexual y estar siempre rodeado de perversidad acaba resultando agotador.

A Edgington le gustaba la compañía masculina, era cierto. Tenía una casa llena de hombres, además de una pareja humana fija, Talbot.

Era posible que Charles se encontrara allí cuando yo estuve, aunque no lo recordaba. La noche en que me llevaron a la mansión estaba gravemente herida. No había visto a todos los que allí vivían y tampoco tenía por qué recordar necesariamente a los que vi.

Me di cuenta de que el pirata y yo seguíamos mirándonos a los ojos. Los vampiros más antiguos tienen capacidad para interpretar a la perfección las emociones humanas, y me pregunté qué información estaría dándole a Charles Twining con mi expresión y mi comportamiento. Aquélla fue una de las escasas veces en que deseé poder leer la mente de los vampiros. Me pregunté si Eric conocería los antecedentes de Charles. ¿Lo habría acogido Eric sin antes verificar su historial? Eric era un vampiro cauto. Había sido testigo de historias que yo ni siquiera podía imaginarme y había sobrevivido gracias a su cautela.

Me volví finalmente para responder a los gritos de los impacientes clientes que llevaban varios minutos insistiendo en que les rellenara sus jarras de cerveza.

Evité continuar la conversación con nuestro nuevo camarero durante el resto de la noche. Me pregunté por qué me habría contado aquello. O bien Charles quería que supiese que me estaba vigilando, o bien no tenía ni idea de que yo había estado en Misisipi recientemente.

Tenía mucho en qué pensar.

La jornada laboral tocó a su fin. Tuvimos que llamar al hijo de Jane para que viniera a recoger a su madre, que estaba como una cuba; no era la primera vez que lo hacíamos. El camarero pirata había trabajado a buen ritmo, nunca cometía errores y daba conversación a los clientes mientras servía los pedidos. Había cosechado buenas propinas.

Bill llegó para recoger a su huésped cuando ya cerrábamos. Me habría gustado poder charlar un rato tranquilamente con él, pero Charles se plantó al lado de Bill al instante y no tuve la oportunidad de hacerlo. Bill me miró con extrañeza, pero se marcharon sin que yo pudiera comentar nada con él. De todos modos, tampoco sabía muy bien qué quería decirle. Me sentí aliviada cuando me di cuenta de que Bill, por supuesto, sí había visto a los peores empleados de Russell Edgington, pues ellos eran quienes lo habían torturado. Que Bill no conociera a Charles Twining era buena señal.

Sam estaba ya preparado para nuestra misión olfativa. Hacía una noche fría y despejada y las estrellas iluminaban el cielo nocturno. Sam iba bien protegido y yo me había puesto mi precioso abrigo rojo. Tenía unos guantes y un gorro a conjunto, y pensaba utilizarlos. Aunque la primavera se acercaba a cada día que pasaba, el invierno no había terminado, ni mucho menos.

En el bar sólo quedábamos nosotros. El aparcamiento estaba vacío, exceptuando el coche de Jane. El resplandor de las luces de seguridad acentuaba las sombras. A lo lejos oí ladrar a un perro. Sam caminaba con cautela con sus muletas, intentando sortear el desigual piso del aparcamiento.

—Voy a transformarme —dijo Sam.

—Y ¿qué pasará con tu pierna?

—Ahora lo veremos.

Sam era un cambiante de pura sangre. Podía transformarse sin necesidad de que fuera luna llena, aunque las experiencias eran muy distintas, según contaba. Sam podía transformarse en animales distintos, aunque sus preferencias se decantaban por los perros y, dentro de éstos, por un collie.

Sam se ocultó detrás del seto que había delante de su casa prefabricada para desnudarse. Incluso en plena noche, capté la alteración del ambiente que indicaba la magia que envolvía su cuerpo. Se arrodilló y jadeó, y ya no lo vi más. Transcurrido un minuto, apareció un perro sabueso, de pelaje rojizo, balanceando las orejas de lado a lado. No estaba acostumbrada a ver a Sam con aquel aspecto y tardé un segundo en estar segura de que era él. Cuando el perro me miró, reconocí enseguida que se trataba de mi jefe.

—Vamos, *Dean* —dije. Le puse ese nombre al Sam en versión animal antes de que me diera cuenta de que hombre y perro eran el mismo ser. El sabueso empezó a correr por el aparcamiento delante de mí en dirección al bosque donde días atrás el francotirador había estado esperando a que Sam saliese del bar. Observé los movimientos del perro. Movía mejor la extremidad trasera derecha, pero no era una diferencia drástica.

Cuando penetré en la frialdad del bosque, la oscuridad se tornó más intensa. Me había llevado una linterna y la encendí. Con aquella luz, sin embargo, los árboles cobraban un aspecto espeluznante. El sabueso —Sam— ya había llegado al lugar que la policía había designado como la posición del francotirador. El perro, agitando sus carrillos, acercó la cabeza al suelo y empezó a inspeccionar el terreno y a clasificar toda la información olfativa que iba recibiendo. Permanecí a un lado, sintiéndome inútil. *Dean* me miró y dijo «guau». Inició el camino de vuelta al aparcamiento, por lo que me imaginé que ya había captado todo lo que podía captar.

Tal y como habíamos acordado, hice subir a *Dean* al Malibu para llevarlo al escenario de otro de los ataques, concretamente el punto situado detrás de unos viejos edificios que había delante del Sonic, donde el francotirador se había

escondido la noche en que la pobre Heather Kinman fue asesinada. Me adentré en un callejón que había justo detrás de
los viejos almacenes y aparqué junto a la antigua tintorería
Patsy, que se había trasladado a un local más nuevo y mejor
situado hacía ya quince años. Entre la tintorería y el local del
Luisiana Feed and Seed, desvencijado y abandonado también,
se abría un hueco estrecho desde el que se dominaba el Sonic
a la perfección. El restaurante de comida para llevar estaba
cerrado de noche pero seguía iluminado. El Sonic estaba situado en la calle principal de la ciudad, cuyas farolas estaban
encendidas; gracias a ello, las zonas que permitían pasar la luz
se veían muy bien pero, por desgracia, las que quedaban a la
sombra resultaban impenetrables.

El sabueso inspeccionó toda la zona, prestando especial
interés al pequeño espacio poblado de malas hierbas que quedaba entre los dos viejos locales, una franja tan estrecha que
apenas permitía el paso de una persona. Se le veía especialmente excitado por un olor que había descubierto. Y también
yo lo estaba, pues esperaba que hubiese encontrado alguna
cosa que pudiese convertirse en una prueba para la policía.

De pronto *Dean* dejó escapar un «¡guau!» y levantó la
cabeza para mirar más allá de donde yo me encotnraba. Estaba concentrado en algo, o en alguien. Casi sin quererlo, me
volví para mirar. Andy Bellefleur estaba allí, de pie en el punto donde el callejón de servicio cruzaba el vacío entre los edificios. La luz iluminaba únicamente su cara y su torso.

—¡Por Dios bendito! ¡Acabas de darme un susto de
muerte, Andy! —De no haber estado observando al perro
con tanta atención, habría intuido su llegada. La vigilancia
policial, maldita sea. Tendría que haberme acordado.

—¿Qué haces aquí, Sookie? ¿De dónde has sacado este
perro?

No se me ocurría ni una sola respuesta que resultara convincente.

—Pensé que valía la pena mirar si un perro entrenado podía captar un olor único en los distintos lugares donde estuvo apostado el francotirador —dije. *Dean* se protegió entre mis piernas, jadeaba y babeaba.

—¿Desde cuándo formas parte de la nómina del condado? —preguntó Andy en tono coloquial—. No sabía que te hubiesen contratado como investigadora.

De acuerdo, la cosa no me estaba saliendo bien.

—Andy, si me dejas pasar, el perro y yo volveremos al coche, nos largaremos y no tendrás que enfadarte conmigo nunca más. —Estaba bastante enfadado y decidido a resolver la situación con una pelea, fuese lo que fuese lo que eso implicara. Andy quería reestructurar el mundo y hacerlo girar sobre el eje que él consideraba adecuado. Yo no encajaba en ese mundo. Y tampoco giraba sobre ese eje. Leí su mente y no me gustó nada lo que estaba escuchando.

Me di cuenta, demasiado tarde, de que Andy había bebido una copa de más durante la reunión que había mantenido en el bar. Lo suficiente como para eliminar sus limitaciones habituales.

—No tendrías que vivir en nuestra ciudad, Sookie —dijo.

—Tengo tanto derecho a vivir aquí como tú, Andy Bellefleur.

—Eres una alteración genética o algo por el estilo. Tu abuela era una mujer encantadora y todo el mundo dice que tu madre y tu padre eran buena gente. ¿Qué sucedió contigo y con Jason?

—No creo que Jason y yo tengamos nada malo, Andy —dije manteniendo la calma, por mucho que sus palabras escocieran como un ataque de hormigas rojas—. Creo que somos gente normal y corriente, ni mejores ni peores que Portia y tú.

Andy resopló.

De pronto, el flanco del sabueso, que seguía casi entre mis piernas, empezó a vibrar. *Dean* gruñía de forma casi inaudible. Pero no miraba a Andy. La cabeza del sabueso apuntaba hacia otra dirección, hacia las sombras oscuras del otro extremo del callejón. Otra mente viva: un ser humano. Aunque no un ser humano normal y corriente.

—Andy —dije. Mi susurro taladró su ensimismamiento—. ¿Vas armado?

La verdad es que no sé si me sentí mucho mejor cuando sacó la pistola.

—Suéltala, Bellefleur —dijo categóricamente una voz, una voz que me resultaba familiar.

—Y una mierda —dijo Andy con desdén—. ¿Por qué tendría que soltarla?

—Porque el arma que yo llevo es más grande —dijo la voz, fría y sarcástica. De entre las sombras surgió Sweetie Des Arts, empuñando un rifle. Apuntaba a Andy y no me cabía la menor duda de que tenía la intención de disparar. Noté que me deshacía por dentro—. ¿Por qué no te largas, Andy Bellefleur? —preguntó Sweetie. Iba vestida con un mono de mecánico y una chaqueta, las manos cubiertas con guantes. No recordaba en absoluto al aspecto de una cocinera de un restaurante de comida rápida—. No tengo nada contra ti. No eres más que una persona.

Andy movió la cabeza en un intento de comprender sus palabras. Me di cuenta de que seguía sin soltar la pistola.

—Eres la cocinera del bar, ¿verdad? ¿Por qué haces esto?

—Deberías saberlo, Bellefleur. He oído tu conversación con esta cambiante. A lo mejor este perro es un ser humano, alguien a quien conoces. —No esperó a que Andy le respondiera—. Y Heather Kinman era igual de nefasta. Se convertía en zorro. Y ese tipo que trabaja en Norcross, Calvin Norris, es una condenada pantera.

—¿Les disparaste a todos? ¿Me disparaste a mí? —Quería asegurarme de que Andy escuchara aquello—. Pero creo que tu pequeña venganza tiene un detalle erróneo, Sweetie. Yo no soy una cambiante.

—Pues hueles como si lo fueras —dijo Sweetie, segura de que tenía razón.

—Tengo amigos cambiantes y el día que me disparaste abracé a unos cuantos. Pero yo no soy una cambiante.

—Pues entonces eres culpable por asociación —dijo Sweetie—. Seguro que tienes un poco de cambiante por alguna parte.

—¿Y tú? —le pregunté. No quería que volviera a dispararme. Las evidencias sugerían que Sweetie no era una tiradora experta: Sam, Calvin y yo habíamos sobrevivido. Sabía que hacer diana de noche era complicado, pero siempre existía la posibilidad de que en esta ocasión acertara—. ¿A qué viene esta venganza?

—Tengo una parte de cambiante —dijo, gruñendo casi como *Dean*—. Tuve un accidente de coche y me mordieron. Esa cosa medio hombre medio lobo corría por el bosque donde tuve el accidente…, y esa condenada cosa me mordió…, y luego apareció otro coche en la carretera y huyó. ¡La primera noche de luna llena después de aquello mis manos se transformaron! Mis padres vomitaron.

—¿Y tu novio? ¿Tenías novio? —Seguí hablando para intentar distraerla. Andy estaba alejándose de mí todo lo posible para que no pudiera dispararnos a ambos a la vez. Tenía pensado dispararme primero a mí, lo sabía. Me habría gustado que el sabueso se alejara de mí, pero permanecía fielmente pegado a mis piernas. Sweetie no estaba segura de que el perro fuese un cambiante. Y, extrañamente, no había mencionado nada del ataque contra Sam.

—Por aquel entonces trabajaba como *stripper*, vivía con un tipo importante —dijo, con la rabia revelándose en su voz—. Vio mis manos y todo aquel pelo y me aborreció. Cuando había luna llena se largaba. Se iba de viaje de negocios. Se iba a jugar al golf con sus amigos. Tenía reuniones interminables.

—¿Cuánto tiempo llevas disparando contra cambiantes?

—Tres años —declaró con orgullo—. He matado a veintidós y herido a cuarenta y uno.

—Eso es terrible —dije.

—Me enorgullezco de ello —respondió ella—. De eliminar la porquería de la faz de la tierra.

—¿Siempre trabajas en bares?

—Eso me permite detectarlos —dijo sonriendo—. Busco también en iglesias y restaurantes. En guarderías.

—Oh, no. —Tenía ganas de vomitar.

Tenía mis sentidos en máxima alerta, como cabe imaginar, y adiviné que alguien entraba por el callejón por detrás de donde estaba Sweetie. Sentí la rabia acumularse en la mente de un ser de dos naturalezas. No miré hacia allí e intenté mantener la atención de Sweetie más tiempo. Pero hubo un pequeño ruido, tal vez el sonido de un papel aplastado contra el suelo, y eso fue suficiente para Sweetie. Se volvió en redondo con el rifle y disparó. Un alarido y un lamento rompieron la oscuridad del extremo sur del callejón.

Andy aprovechó el momento y disparó contra Sweetie Des Arts mientras ésta le daba la espalda. Me aplasté contra la pared desigual de ladrillo del viejo local del Feed and Seed y cuando el rifle se despegó de su mano, vi la sangre asomando por la comisura de su boca, negra bajo la luz de las estrellas. Se derrumbó en el suelo.

Mientras Andy se abalanzaba sobre Sweetie sin soltar su pistola, me abrí paso entre ellos para averiguar quién había acudido en nuestra ayuda. Encendí la linterna y descubrí a un hombre lobo muy malherido. Por lo que el grueso pelaje permitía ver, la bala de Sweetie había impactado en pleno pecho.

—¡Coge el móvil! —le grité a Andy—. ¡Pide ayuda! —Presioné con fuerza la herida sangrante, confiando en estar haciendo lo más adecuado. La herida se movía de forma desconcertante, pues el lobo estaba en pleno proceso de recuperar su forma humana. Miré hacia atrás y vi que Andy seguía sumido en un valle de lágrimas por el horror de lo que acababa de hacer—. Muérdele —le dije a *Dean*, y éste se acercó al policía y le hincó los dientes en la mano.

Andy gritó, claro está, y levantó el arma como si fuera a disparar al sabueso.

—¡No! —chillé, levantándome de un salto y abandonando al hombre lobo herido—. Utiliza el teléfono, idiota. Pide una ambulancia.

La pistola cambió de dirección y pasó a apuntarme a mí.

Durante un eterno y tenso momento pensé que había llegado la hora de mi muerte. A todos nos gustaría matar lo que no comprendemos, lo que nos da miedo, y yo le daba mucho miedo a Andy Bellefleur.

Pero la pistola empezó a temblar y Andy dejó caer la mano hacia su costado. Me miraba como si acabara de comprenderlo todo. Hurgó en su bolsillo en busca del teléfono. Para mi alivio, enfundó el arma después de marcar el número.

Me volví hacia el hombre lobo, ahora completamente humano y desnudo. Mientras, oí que Andy decía:

—Ha habido un tiroteo en el callejón que hay detrás de los viejos locales del Feed and Seed y la tintorería Patsy, en Magnolia Street, enfrente del Sonic. Sí, eso es. Dos ambulancias, dos heridos de bala. No, yo estoy bien.

El hombre lobo herido era Dawson. Luchaba por abrir los ojos y respiraba con dificultad. El dolor que debía de sufrir era inimaginable.

—Calvin —intentaba decir.

—Ahora no te preocupes. La ambulancia está en camino —le dije. Había dejado la linterna en el suelo a mi lado y el haz de luz iluminaba sus enormes músculos y su pecho desnudo y velludo. Tenía frío, evidentemente, y me pregunté dónde habría dejado la ropa. Me habría gustado disponer de su camisa para realizarle un torniquete. La herida sangraba aún en abundancia. Intenté presionarla con las manos.

—Me dijo que pasara mi último día vigilándote —dijo Dawson. Tiritaba de la cabeza a los pies. Realizó un intento de sonrisa—. Le dije: «Pan comido». —Dejó de hablar, acababa de quedarse inconsciente.

En aquel momento entraron en mi campo de visión los zapatos negros de Andy. Estaba segura de que Dawson moriría, y ni siquiera conocía su nombre de pila. No tenía ni idea de cómo íbamos a explicar a la policía la presencia de un hombre desnudo. Esperad un momento…, ¿dependía eso de mí? ¿No era Andy quién tenía que dar explicaciones?

Como si acabara de leerme la mente —para variar—, dijo Andy en aquel momento:

—Lo conoces, ¿verdad?

—Muy por encima.

—Pues tendrás que decir que os conocíais bastante bien, para explicar eso de que vaya desnudo.

Tragué saliva.

—De acuerdo —dije después de una breve y sombría pausa.

—Estabais los dos aquí buscando a su perro. Tú —le dijo Andy a *Dean*—. No sé quién eres, pero sigue siendo perro, ¿me has oído? —Andy se retiró, nervioso—. Y yo estoy aquí porque venía siguiendo a la mujer…, actuaba de forma sospechosa.

Asentí, sin dejar de prestar atención al sonido de la respiración de Dawson. Ojalá pudiera darle mi sangre para curarle, como si fuera un vampiro. Si tuviera algunos conocimientos de primeros auxilios… Pero los coches de la policía y las ambulancias ya llegaban. En Bon Temps todo está cerca y el hospital de Grainger era el que quedaba más próximo a la parte sur de la ciudad.

—He oído su confesión —dije—. He oído cómo decía que disparó a todos los demás.

—Dime una cosa, Sookie —dijo Andy precipitadamente—. Antes de que llegue todo el mundo. Halleigh no tendrá nada raro, ¿verdad?

Me quedé mirándolo, sorprendida de que en este momento pudiera pensar en una cosa como aquélla.

—Nada raro exceptuando esa manera estúpida que tiene de deletrear su nombre. —Entonces recordé quién había disparado a la zorra que yacía en el suelo apenas a un metro de distancia de donde estábamos—. No, no tiene nada de raro —dije—. Halleigh es de lo más normal.

—Gracias a Dios —dijo—. Gracias a Dios.

Y entonces apareció Alcee Beck en el callejón y se detuvo en seco, intentando dar sentido a la escena que tenía ante él. Le seguía Kevin Pryor, y a continuación apareció la pareja de Kevin, Kenya, con su arma desenfundada. El personal de la ambulancia permaneció inactivo hasta tener la seguridad de que nadie corría peligro. Yo me encontré de pie contra la pared y cacheada. Kenya no hacía más que decir «Lo siento, Sookie» y «Tengo que hacerlo», hasta que yo le dije:

—Hazlo y ya está. ¿Dónde está mi perro?

—Se ha marchado corriendo —dijo Kenya—. Me imagino que las luces lo habrán espantado. Es un sabueso, ¿no? Volverá solo a casa. —Finalizado el cacheo, dijo—: ¿Cómo es que este hombre está desnudo, Sookie?

Aquello no era más que el principio. Mi coartada era terriblemente débil. Adiviné la incredulidad en el rostro de todos los presentes. La temperatura no era precisamente la más adecuada para hacer el amor al aire libre y yo iba completamente vestida. Pero Andy me respaldó en todo momento y nadie dijo que no hubiese sucedido como yo acababa de contarlo.

Unas dos horas después, me dejaron volver a mi coche para regresar al adosado. Lo primero que hice cuando entré fue llamar al hospital para averiguar qué tal estaba Dawson. No sé cómo, pero Calvin acabó poniéndose al teléfono.

—Está vivo —dijo con tensión.

—Qué Dios te bendiga por haberlo enviado a vigilarme —dije—. De no ser por él me habrían matado.

—Me han dicho que el policía disparó a la mujer.

—Sí, así fue.

—Y he oído decir muchas cosas más.

—Fue complicado.

—¿Nos veremos esta semana?

—Sí, naturalmente.

—Ahora vete a dormir.

—Gracias de nuevo, Calvin.

Mi deuda con el hombre pantera aumentaba a un ritmo que daba miedo. Sabía que tendría que pagársela más adelante. Estaba cansada y dolorida. Me sentía sucia por dentro por la triste historia de Sweetie, y sucia por fuera por haber estado arrodillada en el callejón ayudando al ensangrentado hombre lobo. Dejé la ropa en el suelo del dormitorio y me metí en la ducha, tapando el vendaje con un gorro de la ducha para evitar que se mojara, tal y como me habían enseñado las enfermeras.

Cuando a la mañana siguiente sonó el timbre, maldije la vida en la ciudad. Pero resultó que no era la vecina que quería saber si podía prestarle una taza de harina. Abrí la puerta y me encontré con Alcide Herveaux con un sobre en la mano.

Lo miré con ojos legañosos. Sin decir palabra, volví a mi habitación y me eché de nuevo en la cama. No fue suficiente para disuadir a Alcide, que me siguió hasta allí.

—Ahora eres doblemente amiga de la manada —dijo, como si estuviese seguro de que ésa era mi principal preocupación. Me volví hacia él y me acurruqué bajo las sábanas—. Dice Dawson que le salvaste la vida.

—Me alegro de que Dawson esté lo suficientemente bien como para poder hablar —murmuré, cerrando los ojos con fuerza y deseando que Alcide se fuera—. Pero tu manada no me debe nada de nada, pues le dispararon por mi culpa.

Por el movimiento, intuí que Alcide acababa de arrodillarse junto a la cama.

—Eso no tienes que decidirlo tú, sino nosotros —dijo como si quisiera regañarme—. Estás convocada para asistir a la elección del líder de la manada.

—¿Qué? ¿Qué tengo que hacer?

—Simplemente observar todo el proceso y felicitar al ganador, sea quien sea.

Naturalmente, para Alcide la lucha por la sucesión era lo más importante en aquel momento. Le resultaba difícil comprender que mis prioridades no fueran las mismas. Me sentía agobiada por una oleada de obligaciones sobrenaturales.

La manada de hombres lobo de Shreveport aseguraba estar en deuda conmigo. Andy Bellefleur nos debía a Dawson, a Sam y a mí el haber podido solucionar el caso. Yo estaba en deuda con Andy porque me había salvado la vida. Aunque el haber despejado las dudas de Andy sobre la normalidad de Halleigh tal vez sirviera para cancelar mi deuda con él por haber disparado a Sweetie.

Sweetie había vengado a su agresor.

Eric y yo estábamos en paz, me imaginaba.

Yo le debía alguna cosa a Bill.

Sam y yo nos habíamos puesto más o menos al día.

Alcide estaba en deuda personal conmigo, a mi entender. Yo le había acompañado para todo aquel rollo con su manada y había hecho lo posible por seguir las reglas y ayudarlo.

En el mundo en que vivía, el mundo de los seres humanos, había vínculos y deudas, consecuencias y buenas obras. Todo eso era lo que unía a la gente en sociedad; a lo mejor era lo que constituía la sociedad. Y yo intentaba vivir en mi pequeña parcelita de la mejor forma posible.

Relacionarme con los clanes secretos de los seres de dos naturalezas y los no muertos complicaba y dificultaba mi vida en la sociedad humana.

Y la hacía más interesante.

Y a veces… divertida.

Alcide había estado hablando mientras yo pensaba y me había perdido prácticamente todo lo que había dicho. Y se había dado cuenta.

—Siento mucho si te aburro, Sookie —dijo con voz tensa.

Me volví para mirarle. Su verde mirada se veía herida.

—No me aburres. Lo que pasa es que tengo mucho en qué pensar. Déjame la invitación, ¿de acuerdo? Ya te diré alguna cosa. —Me pregunté qué debía ponerse una para asistir a un combate para elegir al líder de la manada. Me pregunté si el señor Herveaux y el fornido concesionario de motos acabarían forcejeando de verdad y dando tumbos por el suelo.

La verde mirada de Alcide reflejaba ahora perplejidad.

—Actúas de forma muy rara, Sookie. Antes me sentía muy a gusto contigo. Pero ahora tengo la sensación de que no te conozco.

Una de mis Palabras del Día de la semana pasada era «válido».

—Me parece una observación válida —dije, tratando de sonar prosaica—. Yo también me sentía a gusto contigo cuando te conocí. Después empecé a descubrir cosas. Como lo de Debbie, la política de los cambiantes y la servidumbre que algunos de vosotros mostráis hacia los vampiros.

—Ninguna sociedad es perfecta —dijo Alcide a la defensiva—. Y en lo que a Debbie se refiere, no quiero volver a oír mencionar su nombre jamás.

—Que así sea —dije. Dios sabía muy bien que sentía náuseas cuando oía pronunciar aquel nombre.

Alcide dejó el sobre de color crema encima de la mesita de noche, me cogió la mano, se inclinó sobre ella y la besó. Fue un gesto ceremonial y me habría gustado conocer su significado. Pero en el momento en que iba a preguntárselo, vi que se disponía a marcharse.

—Cierra bien la puerta cuando te vayas —grité—. Basta con que gires hacia un lado el botoncito que hay en el pomo. —Supongo que lo hizo, porque me puse de nuevo a dormir enseguida, y nadie me despertó hasta que fue casi la hora de irme a trabajar. Pero encontré una nota en la puerta que decía: «Linda T. hará tu turno. Tómate la noche libre. Sam». Entré de nuevo en casa, me quité la ropa del trabajo y me puse unos vaqueros. Estaba dispuesta a ir a trabajar y ahora no sabía qué hacer.

Casi me alegré cuando me di cuenta de que tenía otra obligación, y me dirigí a la cocina para ponerme manos a la obra.

Después de una hora y media de lucha en una cocina que no me resultaba familiar y con la mitad de parafernalia de la que disponía normalmente, emprendí camino hacia Hotshot para ir a visitar a Calvin con un plato de pechugas de pollo con salsa de nata agria acompañado de arroz y unas galletas. No llamé con antelación. Mi idea era dejarle la comida e irme. Pero cuando llegué a la pequeña comunidad vi que había varios coches aparcados en el camino de acceso a la pulida casita de Calvin. «Maldita sea», pensé. No me apetecía involucrarme más con Hotshot de lo que ya lo estaba. La nueva naturaleza de mi hermano y tener a Calvin como pretendiente era más que suficiente para mí.

Con el corazón encogido, aparqué el coche y pasé el brazo por debajo del asa de la cesta de las galletas. Me puse mis guantes del horno y cogí con cuidado la bandeja caliente de pollo con arroz, apreté los dientes al sentir una punzada de dolor en el hombro y, muy erguida, me dirigí a la puerta de la casa de Calvin. Los Stackhouse siempre se comportan como deben.

Me abrió la puerta Crystal. La expresión de sorpresa y satisfacción de su rostro me dejó avergonzada.

—Qué alegría que hayas venido —dijo, haciendo lo posible para que resultara un saludo informal—. Pasa, por favor. —Se echó hacia atrás y vi entonces que la salita estaba llena de gente, incluyendo a mi hermano. La mayoría eran seres pantera, evidentemente. Los hombres lobo de Shreveport habían enviado a un representante y, para mi asombro, vi que se trataba de Patrick Furnan, pretendiente al trono y dueño del concesionario de Harley-Davidson.

Crystal me presentó a la mujer que hacía las veces de anfitriona, Maryelizabeth Norris. Maryelizabeth se movía como si no tuviera huesos. Estaba segura de que salía muy poco de Hotshot. La cambiante me presentó a todos los reunidos con mucho detalle, como si quisiera asegurarse de que yo comprendía la relación que Calvin tenía con cada uno de ellos. Al cabo de un rato empecé a hacerme un lío. Pero enseguida me di cuenta de que los nativos de Hotshot, salvo raras excepciones, podían dividirse en dos tipologías: los menudos, agiles y de pelo oscuro, como Crystal, y los de pelo más rubio, robustos y con preciosos ojos verdes o de color miel, como Calvin. Se apellidaban en su mayoría Norris o Hart.

Patrick Furnan fue el último de los presentes que Crystal me presentó.

—Por supuesto que te conozco —dijo efusivamente, sonriéndome como si hubiéramos bailado juntos en una boda—. Aquí tenemos a la novia de Alcide —dijo, asegurándose de que todo el mundo le oía—. Alcide es el hijo del otro candidato a líder de la manada.

Se produjo un largo silencio, que decididamente podría calificarse como de «tenso».

—Se equivoca —dije, en un tono de lo más normal—. Alcide y yo sólo somos amigos. —Le sonreí como para hacerle saber que era mejor que no se encontrara conmigo a solas en un callejón un día de estos.

—Disculpe mi error —dijo él, suave como la seda.

Era la bienvenida a casa de un héroe. Había globos, carteles, flores y plantas, y la casa de Calvin estaba impecablemente limpia. La cocina rebosaba comida. Maryelizabeth dio un paso al frente, se volvió para cortar las explicaciones de Patrick y me dijo:

—Ven por aquí, querida. Calvin tendrá ganas de verte.

—Si hubiera tenido una trompeta a mano, habría recurrido a ella. Se notaba que Maryelizabeth no era una mujer sutil, aunque sus enormes ojos dorados le otorgaban un engañoso aspecto de misterio.

Me imagino que no me habría sentido más incómoda de haber tenido que caminar sobre brasas encendidas.

Maryelizabeth me hizo pasar a la habitación de Calvin. El mobiliario era precioso, de líneas definidas y limpias. Aunque no soy una entendida en muebles, diría que tenían un aspecto escandinavo…, o cierto estilo, que es lo mismo. La cama era grande y Calvin estaba cubierto con unas sábanas con motivos africanos, unos leopardos en plena cacería. (Las habría comprado alguien con sentido del humor). Calvin se veía muy pálido en contraste con los colores intensos de las sábanas y el tono anaranjado de la colcha. Llevaba un pijama marrón y se adivinaba con claridad que acababa de salir del hospital. Pero se alegró de verme. Me descubrí pensando que Calvin Norris estaba rodeado por un halo de tristeza, por algo que me conmovía aun a pesar de mí misma.

—Siéntate —dijo, indicándome la cama. Se hizo a un lado para dejarme espacio. Supongo que haría alguna señal, pues el hombre y la mujer que le acompañaban en la habitación —Dixie y Dixon— desaparecieron en silencio por la puerta, cerrándola a sus espaldas.

Un poco incómoda, me senté en la cama a su lado. Tenía una de esas mesas que hay en los hospitales, las que tienen ruedecitas para que puedan colocarse por encima de la cama. En la mesa había un vaso con té helado y un plato con humeante comida. Le hice un gesto indicándole que empezara a comer si le apetecía. Él inclinó la cabeza y rezó en silencio mientras yo permanecía sentada sin decir nada. Me pregunté a quién dirigiría su oración.

—Cuéntamelo —dijo Calvin mientras desplegaba la servilleta. Empecé a sentirme más cómoda. Le conté lo sucedido en el callejón mientras él comía. Vi que la comida que había en el plato era el pollo con arroz que yo le había traído, acompañado por un poco de verdura y dos de mis galletas. Calvin había querido que viese que comía lo que yo le había preparado. Me sentí conmovida, algo que despertó una pequeña alarma en algún rincón de mi cerebro.

—De modo que sin Dawson quién sabe lo que habría pasado —concluí—. Gracias por enviármelo. ¿Qué tal está?

—Resistiendo —dijo Calvin—. Lo transportaron en helicóptero desde Grainger a Baton Rouge. De no ser un hombre lobo, habría muerto. Creo que saldrá de ésta.

Me sentía fatal.

—No te culpes por ello —dijo Calvin. De repente, su voz sonaba más profunda—. Fue Dawson quien lo eligió.

—¿El qué?

—Quien eligió su profesión. Quién eligió lo que quería hacer. A lo mejor debería haber saltado sobre ella unos segundos antes. ¿Por qué esperó? No lo sé. ¿Por qué apuntó ella hacia abajo con la escasa luz que había? No lo sé. Pero es evidente que las consecuencias dependen siempre de lo que cada uno decide hacer. —Calvin quería comunicarme alguna cosa y le costaba hacerlo. No era un hombre muy expresivo por naturaleza, e intentaba transmitir una idea que era a la vez importante y abstracta—. No hay nadie a quien culpar —dijo finalmente.

—Estaría muy bien poder creer eso, y espero poder conseguirlo algún día —dije—. A lo mejor empiezo a ir por buen camino y acabo creyéndolo. —La verdad es que estaba un poco harta de culparme de las cosas.

—Sospecho que los lobos te invitarán a su guateque de elección del líder de la manada —dijo Calvin. Me cogió la mano. Estaba caliente y seca al tacto.

Moví afirmativamente la cabeza.

—Seguro que irás —supuso.

—Me parece que tengo que ir —respondí con cierta inquietud, preguntándome cuál sería su objetivo.

—No voy a ser yo quien te diga qué tienes que hacer —dijo Calvin—. No tengo ninguna autoridad sobre ti. —No se le veía muy contento con todo aquello—. Pero si vas, te pido por favor que te cubras las espaldas. No lo digo por mí; no significo nada para ti, todavía. Sino por ti.

—Te lo prometo —dije después de una pausa. Calvin no era un tipo a quien podías decirle lo primero que se te pasaba por la cabeza. Era un hombre serio.

Me ofreció una de sus excepcionales sonrisas.

—Eres muy buena cocinera —dijo. Le devolví la sonrisa.

—Gracias, caballero —dije, y me levanté. Su mano se tensó sobre la mía y Calvin tiró de ella. No se trata de llevarle la contraria a un hombre que acaba de salir del hospital, de modo que me incliné y le acerqué la mejilla a sus labios.

—No —dijo, y cuando me volví un poco para ver qué había hecho mal, me dio un beso en la boca.

Francamente, esperaba no sentir nada. Pero sus labios estaban tan calientes y secos como sus manos, y olían a mi comida, una sensación familiar y hogareña. Resultó sorprendente, y sorprendentemente confortable, estar tan cerca de Calvin Norris. Me retiré ligeramente, y estoy segura de que en la cara se notaba mi sorpresa. El hombre pantera sonrió y soltó mi mano.

—Lo bueno de estar en el hospital fue que vinieras a verme —dijo—. No te sientas incómoda ahora que estás en mi casa.

—No, por supuesto que no —dije, ansiosa por salir de aquella habitación y recuperar mi compostura.

Mientras había estado hablando con Calvin, la salita había quedado casi vacía. Crystal y Jason habían desaparecido y Maryelizabeth estaba recogiendo los platos con la ayuda de una adolescente mujer pantera.

—Te presento a Terry —dijo Maryelizabeth ladeando la cabeza—. Mi hija. Vivimos en la casa de al lado.

Saludé a la chica con un ademán de cabeza. Ella me lanzó una intensa mirada antes de reanudar sus labores. Vi que no le gustaba. Era de la tipología más rubia, como Maryelizabeth y Calvin, y estaba pensando.

—¿Piensas casarte con mi padre? —me preguntó.

—No tengo pensado casarme con nadie —dije con cautela—. ¿Quién es tu padre?

Maryelizabeth lanzó una mirada de reojo a Terry dejándole claro que más tarde se arrepentiría de haber hablado.

—Terry es hija de Calvin —contestó.

Seguí sorprendida durante un par de segundos pero entonces, de pronto, la postura de las dos mujeres, las tareas que desempeñaban, su aire de familiaridad con la casa…, todo empezó a encajar.

No dije nada, pero algo debió de revelar mi expresión, pues Maryelizabeth se quedó alarmada y luego habló, casi enfadada.

—No pretendas juzgar nuestra forma de vida —dijo—. No somos como vosotros.

—Es verdad —dije, engullendo mi sensación de repulsa. Me obligué a sonreír—. Gracias por presentarme a todo el mundo. ¿Puedo hacer alguna cosa para ayudar?

—Nosotras nos encargamos de todo —dijo Terry, lanzándome ahora una mirada que era una extraña combinación de respeto y hostilidad.

—Nunca deberíamos haberte enviado al colegio —le dijo Maryelizabeth a la chica. Su mirada dorada era tanto de amor como de rencor.

—Adiós —dije. Recuperé mi abrigo y salí de la casa intentando que no se notara que tenía prisa por largarme de allí. Para mi consternación, vi que Patrick Furnan me esperaba junto a mi coche. Sujetaba un casco de moto debajo del brazo y enseguida vi su Harley aparcada junto a la carretera.

—¿Te interesa oír lo que tengo que decirte? —preguntó el barbudo hombre lobo.

—No, la verdad es que no —le respondí.

—No va a seguir ayudándote a cambio de nada —dijo Furnan, y me volví en redondo para mirarlo cara a cara.

—¿De qué me habla?

—Las gracias y un beso no le bastarán. Tarde o temprano te exigirá que le pagues por lo que ha hecho. No podrás evitarlo.

—No recuerdo haber pedido su consejo —le solté. Dio un paso hacia mí—. Y mantenga las distancias. —Dejé vagar la mirada por las casas de la aldea. Notaba todas las miradas ocultas sobre nosotros, sentía su peso.

—Tarde o temprano —repitió Furnan. De pronto me sonrió—. Espero que sea más bien pronto. Ya sabes que a los hombres lobos no puedes ponerles los cuernos. Ni a los hombres pantera. Te harán pedazos entre todos.

—Yo no estoy poniéndole los cuernos a nadie —dije, frustrada hasta casi no poder más por su insistencia en pretender conocer mejor mi vida amorosa que yo misma—. No salgo con ninguno de los dos.

—Entonces te quedas sin protección —dijo triunfante.

No entendía nada.

—Váyase al infierno —contesté, completamente exasperada. Subí al coche y me largué, dejando que mi mirada resbalara sobre el hombre lobo como si no estuviera allí. (El concepto de «abjurar», al fin y al cabo, podía resultar útil). Lo último que vi por el espejo retrovisor fue a Patrick Furnan poniéndose el casco sin apartar la mirada de mi coche.

Si hasta aquel momento me traía sin cuidado quién ganara el concurso de Rey de la Montaña que estaba a punto de celebrarse entre Jackson Herveaux y Patrick Furnan, ahora empezaba a importarme.

Capítulo
15

Estaba lavando los platos que había utilizado cocinando para Calvin. En mi pequeño adosado reinaba la paz y la tranquilidad. Si Halleigh estaba en casa, no se oía ni una mosca. No me importaba lavar los platos, a decir verdad. Era un buen momento para dejar vagar mi mente y yo era una persona que acostumbraba a tomar buenas decisiones mientras hacía cosas completamente mundanas. No es de sorprender, pues, que estuviera pensando en la noche anterior. Intentaba recordar qué había dicho exactamente Sweetie. Algo de lo que había dicho me resultaba contradictorio, pero en aquel momento no estaba precisamente en posición de levantar la mano para formularle una pregunta. Era algo que tenía que ver con Sam.

Al final recordé que aunque le había dicho a Andy Bellefleur que el perro del callejón era un cambiante, ella no sabía que se trataba de Sam. Tampoco tenía nada de extraño, pues Sam no había adoptado su forma de collie habitual, sino la de un sabueso.

Después de haber recordado qué era lo que me preocupaba, pensé que por fin estaría tranquila. Pero no fue así. Había algo más…, algo que Sweetie había dicho. Le di vueltas y más vueltas, pero no me venía a la cabeza.

Me sorprendí llamando a Andy Bellefleur a su casa. Su hermana Portia se quedó tan sorprendida como yo cuando cogió el teléfono y con cierta frialdad me dijo que esperara un momento mientras iba a buscar a Andy.

—¿Sookie? —La voz de Andy sonaba neutral.

—¿Puedo formularte una pregunta, Andy?

—Sí, dime.

—Es acerca de cuando dispararon contra Sam —dije, e hice una pausa para pensar bien lo que iba a decir.

—De acuerdo —dijo Andy—. ¿De qué se trata?

—¿Es verdad que la bala no encajaba con las demás?

—No recogimos balas en todos los casos. —No era una respuesta directa, pero seguramente era lo mejor que podría conseguir.

—Hummm. De acuerdo —dije. Le di las gracias y colgué, no muy segura de si me había enterado de lo que quería saber. Tenía que alejar aquello de mi mente y dedicarme a otra cosa. Si había algún tema, acabaría ascendiendo al primer puesto de las diversas preocupaciones que ocupaban mi cabeza.

Lo que me recordó que estaba siendo una tarde tranquila, un placer de lo más inusual. Con una casa tan pequeña que limpiar, tenía muchas horas libres por delante. Dediqué una hora a la lectura, hice un crucigrama y me acosté hacia las once.

Sorprendentemente, aquella noche no me despertó nadie. No murió nadie, ni hubo incendios, ni nadie me despertó con ningún tipo de urgencia.

A la mañana siguiente, me levanté más en forma que en toda la semana. Una mirada al reloj me informó de que había dormido hasta las diez. No me extrañaba. El hombro apenas me dolía y mi conciencia se había tranquilizado. Me parecía que no tenía muchos secretos que guardar y sentí una tremenda sensación de alivio. Estaba acostumbrada a guardar los secretos de los demás, pero no los míos.

Justo cuando estaba apurando mi café matutino, sonó el teléfono. Dejé mi novela boca abajo sobre la mesa de la cocina para marcar por dónde iba y me levanté para cogerlo.

—¿Diga? —respondí alegremente.

—Es hoy —dijo Alcide, con un tono de voz que vibraba por la excitación—. Tienes que venir.

La paz había durado treinta minutos. Treinta minutos.

—Me imagino que te refieres a la competición para ocupar el puesto de líder de la manada.

—Por supuesto.

—Y ¿por qué tengo que ir?

—Tienes que ir porque toda la manada y todos los amigos de la manada tienen que estar presentes —dijo Alcide con una voz que no admitía contradicciones—. Christine, muy especialmente, considera que no deberías faltar.

Podría haberle discutido si no hubiese añadido aquel detalle sobre Christine. La esposa del antiguo líder de la manada me había parecido una mujer muy inteligente y con la cabeza fría.

—De acuerdo —dije, intentando no parecer malhumorada—. ¿Dónde y cuándo?

—Al mediodía, en el local vacío del 2005 de Clairemont. Se trata del antiguo local de David & Van Such, la imprenta.

Me explicó cómo llegar hasta allí y colgué a continuación. En la ducha, pensé que al fin y al cabo se trataba de un acto deportivo, por lo que me vestí con mi vieja falda vaquera y una camiseta roja de manga larga. Me puse unas medias rojas (la falda era bastante corta) y unas manoletinas de color negro. Estaban un poco gastadas y confié en que Christine no me mirara los zapatos. Adorné la camiseta con mi cruz de plata; su significado religioso no molestaría a los hombres lobo, aunque quizá sí el material.

La antigua imprenta de David & Van Such estaba en un edificio muy moderno, en un parque industrial igualmente moderno que estaba prácticamente desierto aquel sábado. Las construcciones eran todas similares: edificios bajos de piedra gris y cristal oscuro, rodeados por arbustos de mirto, medianas cubiertas de césped y bonitos bordillos. David & Van Such tenía un puente ornamental que cruzaba un estanque y la puerta principal era de color rojo. En primavera, y después de un poco de restauración y mantenimiento, no estaría nada mal por tratarse de un edificio moderno de oficinas. Pero aquel día, a finales de invierno, las malas hierbas que habían crecido a lo largo del último verano se agitaban a merced de un aire gélido. Los esqueléticos mirtos necesitaban una buena poda y el agua del estanque estaba llena de basura, además de estar estancada. En el aparcamiento de David & Van Such había una treintena de coches, incluyendo una siniestra ambulancia.

Aunque llevaba chaqueta, el día pareció enfriar de repente mientras cruzaba el aparcamiento y el puente para alcanzar la entrada principal. Era una lástima haberme dejado el abrigo en casa, pero había pensado que no merecía la pena cargar con él para dar un breve paseo entre espacios cerrados. La fachada de cristal de David & Van Such, interrumpida únicamente por la puerta roja, reflejaba el cielo azul y las malas hierbas.

No me parecía correcto llamar a la puerta de una empresa, de modo que entré sin llamar. Dos personas que habían entrado delante de mí habían atravesado ya la solitaria zona de recepción y acababan de cruzar unas puertas dobles de color gris. Les seguí, preguntándome dónde estaría metiéndome.

Entramos en lo que imaginé había sido la zona de fabricación; las imprentas habían desaparecido de allí hacía ya tiempo. O tal vez fuera en su día un área llena de mesas ocupadas por empleados que recibían órdenes o realizaban tareas contables. Las claraboyas del techo dejaban pasar alguna luz. En mitad del espacio había un grupo de gente.

No había elegido bien mi atuendo. Las mujeres iban mayoritariamente vestidas con pantalones elegantes y se veía también algún que otro vestido. Me encogí de hombros. ¿Cómo iba a saberlo yo?

En el grupo había gente a la que no había visto en el funeral. Saludé con un movimiento de cabeza a una mujer lobo llamada Amanda (con quien había coincidido en la Guerra de los Brujos) y ella me devolvió el saludo. Me sorprendió ver entre los presentes a Claudine y a Claude. Los gemelos estaban estupendos, como siempre. Claudine iba vestida con un jersey de color verde oscuro y pantalones negros, y Claude llevaba jersey negro y pantalón verde oscuro. El efecto resultaba de lo más llamativo. Y ya que el hada y su hermano eran los únicos entre el gentío que no eran licántropos, me acerqué a ellos.

Claudine se inclinó y me dio un beso en la mejilla, y Claude hizo lo mismo. Dos besos gemelos.

—¿Qué sucederá? —Susurré la pregunta porque el grupo estaba casi en silencio. Veía cosas colgadas del techo, pero la luz era tenue y no podía discernir de qué se trataba.

—Habrá varias pruebas —murmuró Claudine—. No eres de las que gritan, ¿verdad?

No precisamente, pero me pregunté si hoy empezaría a serlo.

Se abrió una puerta de un extremo de la sala e hicieron su entrada por ella Jackson Herveaux y Patrick Furnan. Iban desnudos. No he visto a muchos hombres desnudos y, en consecuencia, tengo poca base para poder comparar, pero he de decir que los dos hombres lobo no eran precisamente mi ideal de belleza. Jackson, pese a estar en forma, era un hombre mayor y de piernas delgadas, y Patrick —aun teniendo también un aspecto fuerte y musculoso— tenía un cuerpo que recordaba a un tonel.

Después de acostumbrarme a la desnudez de ambos hombres, me di cuenta de que iban acompañados cada uno por otro hombre lobo. Alcide iba detrás de su padre y a Patrick lo seguía un joven rubio. Alcide y el hombre lobo rubio iban completamente vestidos.

—No habría estado mal que fueran también desnudos, ¿no te parece? —susurró Claudine, moviendo la cabeza en dirección a los hombres más jóvenes—. Los segundos, me refiero.

Como en un duelo. Miré a ver si llevaban pistolas o espadas, pero iban con las manos vacías.

No vi a Christine hasta que se colocó delante de todos los reunidos. Levantó la cabeza y batió las palmas una sola vez. Pese a que antes nadie estaba alzando la voz, la sala se sumó entonces en el más completo silencio. La delicada mujer de cabello plateado solicitó la atención de los presentes.

Antes de empezar a hablar, consultó un pequeño bloc.

—Nos hemos reunido aquí para conocer al nuevo líder de la manada de Shreveport, conocida también como la manada de los Dientes Largos. Para llegar a ser el líder de la manada, estos hombres lobos deberán competir en tres pruebas. —Christine hizo una pausa para consultar su bloc.

El tres era un buen número místico. No sé por qué, pero me esperaba alguna cosa relacionada con el tres.

Confiaba en que en ninguna de las pruebas se produjera derramamiento de sangre. Pero no había ninguna probabilidad de que fuera a ser así.

—La primera prueba es la prueba de la agilidad. —Christine hizo un gesto indicando una zona acordonada que quedaba a sus espaldas. En la penumbra, parecía un patio de juegos—. Después vendrá la prueba de la resistencia. —Señaló entonces una zona alfombrada a su izquierda—. Y finalmente la prueba de la fortaleza en la batalla. —Movió la mano en dirección a una estructura que quedaba también detrás de ella.

Basta ya de sangre, por favor.

—A continuación, el vencedor se apareará con una loba para garantizar la supervivencia de la manada.

Esperaba que esta cuarta parte fuese simbólica. Al fin y al cabo, Patrick Furnan tenía esposa; y se encontraba allí, sentada con un grupo de gente que decididamente era partidaria de Patrick.

Tal y como acababa de explicarlo Christine, me daba la impresión de que se trataba de cuatro pruebas, y no de tres como ella había anunciado, a menos que la parte del apareamiento fuera una especie de trofeo para el vencedor.

Claude y Claudine me dieron una mano cada uno y me las apretaron simultáneamente.

—Va a ser terrible —susurré, y ambos asintieron al unísono.

Vi a dos enfermeros uniformados en el fondo del gentío. Su estructura cerebral me dio a entender que eran cambiantes de algún tipo. Y los acompañaba una persona —una criatura, más bien dicho— a la que llevaba meses sin ver: la doctora Ludwig. Se dio cuenta de que la miraba y me saludó con un movimiento de cabeza. No medía ni un metro de altura, de modo que no tenía mucho espacio para inclinar la cabeza. Le devolví el saludo. La doctora Ludwig tenía la nariz larga, la piel aceitunada y el pelo grueso y ondulado. Me alegré de verla allí. No tenía ni idea de qué tipo de ser era la doctora Ludwig, no era humana, pero era muy buena médica. Si la doctora Ludwig no me hubiera atendido después del ataque que sufrí en su día por parte de una ménade, mi espalda habría quedado lisiada para siempre…, eso suponiendo que hubiera sobrevivido. Gracias a la diminuta doctora, había logrado salir del incidente con un par de malos días y una débil cicatriz blanca en los omoplatos.

Los aspirantes entraron en el «ring», que en realidad consistía en un cuadrado grande señalado mediante esas cuerdas de terciopelo y esos postes coronados con metal que se utilizan en los hoteles para delimitar espacios. Me había imaginado el cuadrado como un patio de juegos, pero cuando dieron la luz me di cuenta de que era más bien una combinación de pista de saltos para caballos y gimnasio…, o una pista para realizar pruebas de agilidad con perros gigantes.

—Ahora os transformaréis —dijo Christine, que a continuación se hizo a un lado y se mezcló con los asistentes. Ambos candidatos se tumbaron en el suelo y la atmósfera a su alrededor empezó a brillar y distorsionarse. Transformarse rápidamente y por voluntad propia era una gran fuente de orgullo para los cambiantes. Los dos hombres lobo culminaron su transformación casi al mismo instante. Jackson Herveaux se convirtió en un gigantesco lobo negro, como su hijo. Patrick Furnan se transformó en un lobo de pelaje gris claro y ancho de pecho, de longitud un poco más corta.

La pequeña multitud se acercó al ring y se colocó contra las cuerdas de terciopelo. En aquel momento, uno de los hombres más grandes que había visto en mi vida surgió de entre las sombras para adentrarse en el ring. Era el hombre al que había visto en el funeral del coronel Flood. Medía más de un metro noventa e iba descalzo y con el torso desnudo. Era increíblemente musculoso y no tenía ni un solo pelo en la cabeza ni en el pecho. Parecía un genio; habría tenido un aspecto de lo más natural vestido con fajín y pantalones bombachos, pero llevaba, en cambio, unos vaqueros gastados. Sus ojos parecían dos pozos de petróleo. Era un cambiante de algún tipo, pero no lograba imaginarme en qué podía convertirse.

—Caray —dijo Claude.

—Caramba —susurró Claudine.

—Jolines —murmuré yo.

El hombre se situó entre los contrincantes para dar inicio a la prueba.

—Una vez empiece la prueba, ningún miembro de la manada podrá interrumpirla —dijo, mirando a los dos hombres lobos—. El primer candidato es Patrick, lobo de esta manada —añadió el hombre alto. Su voz de bajo resultaba tan dramática como un lejano redoble de tambores.

Entonces lo comprendí: era el árbitro.

—Hemos lanzado la moneda al aire y Patrick será el primero —dijo el hombre alto.

Y antes de que me diera tiempo a pensar que resultaba gracioso que toda aquella ceremonia incluyera un lanzamiento de moneda al aire, el lobo de pelaje claro había iniciado ya la prueba y se movía tan rápidamente que resultaba difícil seguirlo. Subió volando una rampa, saltó por encima de tres barriles, aterrizó en el suelo, ascendió otra rampa, atravesó un aro que colgaba del techo —que se balanceó de forma violenta después de que pasara a través de él—, aterrizó de nuevo en el suelo y atravesó a continuación un túnel transparente estrecho y retorcido. Era como esos túneles que venden en las tiendas de mascotas para hámsteres o hurones, pero más grande. Cuando emergió del túnel, el lobo, con la boca abierta y jadeando, llegó a una zona cubierta de césped artificial. Allí se detuvo y se lo pensó antes de pisarla. Y todos sus pasos fueron así hasta que logró atravesar los veinte metros de longitud que mediría aquella zona. De pronto, una parte del césped artificial se abrió como una trampa y a punto estuvo de engullir la pata trasera del lobo. El lobo ladró consternado y se quedó paralizado. Tenía que ser una agonía intentar reprimirse y no correr hacia la seguridad que le ofrecía la plataforma que estaba a escasos centímetros de distancia.

Aunque todo aquello tenía poco que ver conmigo, me descubrí temblando. El público estaba tenso. Sus integrantes habían dejado de moverse como humanos. Incluso la excesivamente maquillada señora Furnan tenía los ojos abiertos de par en par, unos ojos que no parecían en absoluto los de una mujer.

Cuando el lobo gris realizó la prueba final, un salto desde posición de parada que tenía que cubrir la longitud de quizá dos coches, un aullido de triunfo surgió de la garganta de la pareja de Patrick. El lobo gris se quedó inmóvil y a salvo sobre la plataforma. El árbitro comprobó el cronómetro que tenía en la mano.

—Segundo candidato —dijo aquel hombre tan grande—, Jackson Herveaux, lobo de esta manada. —Un cerebro próximo a mí me suministró el nombre del árbitro.

—Quinn —le susurré a Claudine. Abrió los ojos de par en par. El nombre tenía un sentido para ella que ni siquiera me podía imaginar.

Jackson Herveaux inició entonces la prueba de habilidad que Patrick acababa de finalizar. Atravesó el aro suspendido con más elegancia, ya que apenas se movió cuando pasó a través del mismo. Me pareció que tardaba un poco más en pasar por el túnel. Y también se dio cuenta él, pues inició el terreno con trampas a mayor velocidad de la que consideré prudente. Se detuvo en seco, llegando tal vez a la misma conclusión. Se inclinó para poder utilizar con más perspicacia su olfato. La información obtenida le hizo estremecerse. Con un cuidado exquisito, el hombre lobo levantó una de sus negras patas delanteras y la movió una fracción de centímetro. Conteniendo la respiración, lo observamos avanzar con un estilo completamente distinto al de su predecesor. Patrick Furnan había utilizado pasos grandes, había realizado pausas prolongadas para olisquear con detalle, un estilo que podría calificarse como de correr y esperar. Jackson Herveaux avanzaba de forma regular y a pequeños pasos, olisqueando sin cesar, tramando astutamente sus movimientos. El padre de Alcide finalizó el recorrido ileso, sin pisar ninguna de las trampas.

El lobo negro se preparó para el largo salto final y se lanzó a por él con todas sus fuerzas. Su aterrizaje fue poco elegante y tuvo que esforzarse para que sus patas traseras se aferraran al borde de la zona de aterrizaje. Pero lo consiguió, y en el espacio vacío resonaron algunos gritos de felicitación.

—Ambos candidatos han superado la prueba de agilidad —dijo Quinn. Examinó con la vista a los presentes. Y diría que su mirada se posó en nuestro extravagante trío (dos hermanos gemelos de la familia de las hadas, altos y de pelo oscuro, y una humana rubia, mucho más bajita) un poco más de tiempo de lo esperado, aunque tal vez fuera sólo mi impresión.

Vi que Christine trataba de llamar mi atención. Cuando advirtió que la miraba, movió la cabeza de forma casi imperceptible en dirección a un punto de la zona donde iba a realizarse la prueba de resistencia. Perpleja pero obediente, me abrí paso entre la gente. No me di cuenta de que los gemelos me habían seguido hasta que volví a verlos de pie a mi lado. Christine quería que viese alguna cosa, quería que... Claro está. Christine quería que utilizara mi talento. Sospechaba... artimañas sucias. Cuando Alcide y su homólogo rubio pasaron a ocupar sus puestos en el cercado, vi que llevaban guantes. Estaban totalmente absortos en la competición y no tenía manera de encontrar nada más en su cabeza. Me quedaban sólo los dos lobos. Nunca había intentado leer la mente de una persona transformada.

Con una ansiedad considerable, me concentré en abrirme a sus pensamientos. Como cabía esperar, la combinación de modelos de pensamiento humanos y caninos era todo un reto. En mi primera exploración sólo fui capaz de captar la misma concentración, pero entonces detecté una diferencia.

Cuando Alcide levantó una vara de plata de casi medio metro de largo, se me encogió el estómago. Y cuando vi al joven rubio repetir el gesto, noté que mi boca forzaba una mueca de aversión. Los guantes no eran totalmente necesarios, pues en forma humana la plata no tenía por qué dañar la piel de un hombre lobo. En forma de lobo, sin embargo, la plata resultaba extremadamente dolorosa.

El rubio segundo de Furnan acarició la barra de plata, como si buscara algún desperfecto invisible.

No tenía ni idea de por qué la plata debilitaba a los vampiros y los quemaba, ni de por qué podía ser fatal para los hombres lobo, mientras que, por otro lado, no tenía ningún tipo de efecto sobre las hadas (que, sin embargo, no soportaban una exposición prolongada al hierro). Pero sabía que era así y sabía también que la próxima prueba sería una experiencia terrible de ver.

Pero me encontraba allí para presenciarla. Algo iba a suceder que merecía mi atención. Volví a concentrarme en la pequeña diferencia que había leído en los pensamientos de Patrick que, transformado en lobo, apenas podían calificarse de «pensamientos».

Quinn estaba situado entre los dos segundos, con la suave superficie de su cabeza bajo un rayo de luz. Seguía con el cronómetro en la mano.

—A continuación, los candidatos tomarán la plata —dijo, y con las manos cubiertas con guantes, Alcide colocó la barra de plata en la boca de su padre. El lobo negro la sujetó y se sentó, y lo mismo hizo el lobo gris con su barra de plata. Los dos segundos se retiraron. Jackson Herveaux emitió un sonoro gemido de dolor, mientras que Patrick Furnan no mostraba otro signo de tensión que un fuerte jadeo. Cuando la delicada piel de sus encías y sus labios empezó a humear y a oler un poco, el lamento de Jackson se hizo más fuerte. La piel de Patrick mostraba los mismos síntomas de dolor, pero el lobo seguía en silencio.

—Son muy valientes —susurró Claude, observando con una mezcla de fascinación y horror el tormento que estaban soportando ambos lobos. Cada vez se veía más claro que el lobo de más edad no ganaría aquella prueba. Los signos visibles de dolor aumentaban a cada segundo que transcurría, y aunque Alcide estaba únicamente concentrado en su padre para darle todo su apoyo, la prueba finalizaría en cualquier momento. Excepto que...

—Está haciendo trampas —grité con claridad, señalando al lobo gris.

—Ningún miembro de la manada puede hablar. —La voz profunda de Quinn no mostraba signos de enfado, sino que habló con un tono meramente informativo.

316

—No soy miembro de la manada.

—¿Estás impugnando la prueba? —Quinn me miraba fijamente. Los miembros de la manada que estaban cerca de mí se retiraron hasta que me quedé sola, acompañada únicamente por los hermanos gemelos, que me miraban con expresión de sorpresa y consternación.

—Claro que sí. Huele los guantes que lleva el segundo de Patrick.

Al rubio lo habían pillado por sorpresa. Y era culpable.

—Soltad las barras —ordenó Quinn, y los dos lobos obedecieron, Jackson Herveaux con un quejido. Alcide se arrodilló junto a su padre y lo abrazó.

Quinn, moviéndose con tal suavidad que parecía que sus articulaciones estuvieran engrasadas, se arrodilló para recoger los guantes que el segundo de Patrick había tirado al suelo. La mano de Libby Furnan se precipitó por encima de la cuerda de terciopelo para recogerlos, pero un profundo gruñido de Quinn sirvió para indicarle que se detuviera. Yo misma me estremecí, y eso que estaba mucho más lejos de él que Libby.

Quinn recogió los guantes y los olisqueó.

Miró a Patrick Furnan con una expresión de desdén tan pronunciada que me sorprendió que el lobo no se derrumbara bajo su propio peso.

Se volvió hacia los presentes.

—La mujer tiene razón. —La voz profunda de Quinn otorgó a las palabras la pesadez de una piedra—. Los guantes están untados con algún tipo de fármaco. La piel de Furnan ha quedado anestesiada en el mismo momento en que la plata ha sido introducida en su boca y por eso ha podido resistir mejor. Lo declaro perdedor de esta prueba. La manada tendrá que decidir si pierde su derecho a continuar y si su segundo puede continuar siendo miembro de la manada. —El hombre lobo de cabello claro estaba encogido, como si esperara que alguien le pegara. No sabía por qué su castigo tenía que ser peor que el de Patrick; ¿tal vez cuanto inferior era el rango peor era el castigo? No lo veía muy justo, aunque, claro está, yo no era uno de los suyos.

—La manada votará —dijo Christine. Me miró a los ojos y supe entonces que por eso deseaba mi presencia en el acto—. ¿Pueden los no integrantes de la manada abandonar la sala?

Quinn, Claude, Claudine, tres cambiantes y yo salimos por la puerta y fuimos a la zona de recepción. Allí había más luz natural, lo que fue un verdadero placer. Menos agradable era, sin embargo, la curiosidad que giraba en torno a mí. Yo seguía con los escudos bajados y sentía el recelo y las conjeturas de los cerebros de mis acompañantes exceptuando, claro está, a los dos hermanos gemelos. Para Claude y Claudine, mi peculiaridad era un don excepcional y por ello podía considerarme una mujer afortunada.

—Ven aquí —dijo con voz cavernosa Quinn, y pensé en decirle que se metiera sus órdenes donde pudiera y me dejara tranquila. Pero responder así sería una chiquillada, y yo no tenía por qué temer nada. (Al menos, eso fue lo que me dije al menos siete veces seguidas). Se me agarrotó la espalda, me dirigí hacia él y le miré a la cara.

—No es necesario que levantes la barbilla de esta manera —me dijo con voz pausada—. No pienso pegarte.

—En ningún momento creí que fueras a hacerlo —dije con un tono de voz del que me sentí orgullosa al instante. Descubrí que sus ojos redondos eran muy oscuros, profundos, del color marrón tostado de los pensamientos. ¡Eran preciosos! Le sonreí de pura satisfacción... y un poco también por la sensación de alivio que sentí.

Y él me devolvió la sonrisa, inesperadamente. Tenía los labios carnosos, bien perfilados, los dientes blancos y el cuello fuerte como una columna.

—¿Cada cuánto tienes que afeitarte? —le pregunté, fascinada por su suavidad.

Se echó a reír a carcajadas.

—¿Tienes miedo de algo?

—De muchas cosas —admití con pesar.

Reflexionó un instante sobre mi respuesta.

—¿Tienes un sentido del olfato extremadamente sensible?

—No.

—¿Conoces al rubio?

—No lo había visto en mi vida.

—Y entonces ¿cómo lo supiste?

—Sookie tiene poderes telepáticos —dijo Claude. Cuando recibió todo el peso de la mirada de aquel hombre tan grande, sintió mucho habernos interrumpido—. Mi hermana es su..., su guardiana —concluyó rápidamente Claude.

—Entonces estás haciendo un trabajo horroroso —le dijo Quinn a Claudine.

—No te metas con Claudine —repliqué indignada—. Claudine me ha salvado la vida unas cuantas veces.

Quinn parecía exasperado.

—Hadas —murmuró—. Los hombres lobo no se pondrán muy contentos cuando se enteren —me dijo—. La mitad de ellos, como mínimo, te desearía muerta. Si tu seguridad es la prioridad de Claudine, debería haber hecho lo posible para mantenerte con la boca cerrada.

Claudine estaba abatida.

—Oye —dije—, basta ya. Sé que estás preocupado por los amigos que tienes ahí dentro, pero no la tomes con Claudine. Ni conmigo —añadí apresuradamente cuando vi que me miraba a los ojos.

—No tengo amigos ahí dentro. Y me afeito cada mañana —dijo.

—De acuerdo, entonces —asentí, estupefacta.

—O si tengo que salir por la noche.

—Entendido.

—A hacer algo especial.

¿Qué sería especial para Quinn?

Se abrieron las puertas y con ello se interrumpió una de las conversaciones más extravagantes que había mantenido en mi vida.

—Podéis volver a entrar —dijo una joven mujer lobo con unos tacones de diez centímetros. Llevaba un vestido ceñido de color granate y observé sus exagerados contoneos mientras nos precedía de camino a la sala grande. Me pregunté a quién estaría tratando de seducir, si a Quinn o a Claude. ¿O tal vez fuera a Claudine?

—Hemos tomado una decisión —le dijo Christine a Quinn—. Reiniciaremos la competición allí donde terminó. Según la votación, y teniendo en cuenta que ha hecho trampas en la segunda prueba, Patrick queda declarado perdedor de la misma. También de la prueba de agilidad. Pero se le permite continuar en concurso. Para salir victorioso, sin embargo, deberá ganar de forma contundente la última prueba. —No estaba muy segura de lo que significaba «contundente» en aquel contexto. Por la expresión de Christine, me imaginé que nada bueno. Por primera vez me di cuenta de que cabía la posibilidad de que la justicia no terminara imponiéndose.

Cuando detecté a Alcide entre la multitud allí congregada, lo vi con semblante serio. La decisión inclinaba la balanza claramente a favor del oponente de su padre. No me había percatado de que había más hombres lobo del lado de los Furnan que del lado de los Herveaux, y me pregunté cuándo se habría producido ese cambio. En el funeral, la situación me había parecido más equilibrada.

Habiéndome ya entrometido en el acto, me sentía libre para entrometerme un poco más. Decidí pasearme entre los miembros de la manada para escuchar lo que sus cerebros tuviesen que decir. Pese a lo complicado que resulta descifrar los pensamientos retorcidos y laberínticos de cambiantes y hombres lobo, empecé a captar alguna cosa de vez en cuando. Me enteré de que los Furnan habían seguido un plan para ir filtrando poco a poco detalles sobre la afición al juego de Jackson Herveaux y pregonar lo poco fiable que sería como líder.

Sabía por Alcide que la afición al juego de su padre era cierta. Aun sin admirar a los Furnan por haber jugado esa carta, tampoco podía oponerme a su baza.

Los dos contrincantes seguían transformados en lobo. Si lo había entendido bien, lo que venía a continuación era una lucha. Como me encontraba al lado de Amanda, aproveché para preguntarle:

—¿Qué ha cambiado con respecto a la última prueba?

La pelirroja me susurró que la pelea había dejado de ser un combate normal, en el que el contrincante que quedara en pie transcurridos cinco minutos sería declarado vencedor. Ahora, para ganar la pelea de forma «contundente», el perdedor tenía que morir o quedar incapacitado.

Eso era más de lo que me esperaba, pero sabía, sin necesidad de preguntárselo a nadie, que no podía irme de allí.

El grupo estaba reunido en torno a una cúpula de alambre que me recordaba la de la película *Mad Max: más allá de la cúpula del trueno*. «Dos hombres entran y sólo uno sale», cabe recordar. Me imaginé que aquello sería el equivalente en el mundo de los lobos. Quinn abrió la puerta y los dos lobos avanzaron sigilosamente dispuestos a hacer su entrada, lanzando miradas a ambos lados para evaluar el número de seguidores que tenían. Al menos, supuse que lo hacían por eso.

Quinn se volvió y me llamó con señas.

Ay, ay. Puse mala cara. Su mirada marrón púrpura era intensa. Aquel hombre iba en serio. Fui hacia él a regañadientes.

—Lee de nuevo su mente —me dijo. Posó la mano en mi hombro. Me obligó a situarme de cara a él (bueno, es un decir), o más bien de cara a sus oscuros pezones. Desconcertada, levanté la vista—. Escucha, rubia, lo único que tienes que hacer es entrar ahí y hacer lo que ya sabes —me explicó para tranquilizarme.

¿Y no podía habérsele ocurrido eso con los lobos fuera de la jaula? ¿Y si cerraba la puerta conmigo dentro? Miré a Claudine por encima del hombro; movía enérgicamente la cabeza de un lado a otro.

—¿Por qué tengo que hacerlo? ¿Para qué servirá? —pregunté, pues no era tonta del todo.

—Para saber si piensa volver a hacer trampas —me dijo Quinn en un tono de voz tan bajo que nadie más pudo oírlo—. ¿Tiene Furnan alguna forma de hacer trampas que yo no pueda ver?

—¿Garantizas mi seguridad?

Me miró a los ojos.

—Sí —respondió sin dudarlo un instante. Abrió la puerta de la jaula. Me siguió, viéndose obligado a agacharse para poder entrar.

Los dos lobos se acercaron a mí con cautela. Olían fuerte; como a perro, pero con un matiz más almizclado, más salvaje. Nerviosa, posé la mano sobre la cabeza de Patrick Furnan. Estudié su cabeza lo mejor que pude y lo único que fui capaz de discernir fue la rabia que sentía hacia mí por haberle fastidiado su victoria en la prueba de resistencia. Su determinación para ganar la pelea con crueldad era como un carbón encendido.

Suspiré, negué con la cabeza y retiré la mano. Para ser ecuánime, posé la mano sobre la espalda de Jackson, tan alta que me sorprendió. El lobo vibraba, literalmente, un débil temblor que hacía que su pelaje se estremeciera bajo mi mano. Estaba decidido a desgarrar a su rival miembro a miembro. Pero Jackson tenía miedo del lobo más joven.

—Luz verde —dije, y Quinn se volvió para abrir la puerta. Se agachó para salir y yo estaba a punto de seguirle cuando la chica del vestido ceñido de color granate gritó. Moviéndose con más rapidez de la que cabía imaginar en un hombre de su tamaño, Quinn se incorporó, me agarró por el brazo con una mano y tiró de mí con toda su fuerza. Con la otra mano cerró la puerta, y oí algo que chocaba contra ella.

Los ruidos que se escuchaban detrás de mí anunciaban que, mientras yo me encontraba clavada contra una extensión enorme de piel suave y bronceada, la batalla había empezado ya.

Con la oreja pegada al pecho de Quinn, oí un retumbar tanto dentro como fuera cuando me preguntó:

—¿Te ha alcanzado?

Ahora me correspondía a mí sufrir temblores y estremecimientos. Noté la pierna mojada y vi que tenía las medias rotas: un rasguño en el lateral de mi muslo derecho que sangraba. ¿Me habría rozado la pierna con la puerta cuando

Quinn la cerró con tanta rapidez, o me habría mordido alguno de los lobos? Dios mío, si me habían mordido...

El público se había congregado junto a la jaula y observaba a los lobos, que gruñían y se retorcían. La saliva y la sangre rociaban a los espectadores. Miré hacia atrás y vi a Jackson
agarrado al cuarto trasero rasgado de Patrick y a Patrick echar-
se hacia atrás para morder el hocico de Jackson. Vi de reojo
el rostro de Alcide, absorto y angustiado.

No quería ver aquello. Prefería permanecer refugiada
en aquel desconocido antes que ver a los dos hombres matán-
dose.

—Estoy sangrando —le dije a Quinn—. Es poca cosa.

Un ladrido agudo procedente de la jaula sugería que
uno de los lobos acababa de dar un buen golpe. Me encogí
de miedo.

El hombretón me condujo junto a la pared. Quedaba
así más alejada de la pelea. Me ayudó a volverme y a sentarme
en el suelo.

Quinn descendió también hasta el suelo. Era tan ágil para tratarse de alguien de su tamaño que observar sus movimientos me dejaba absorta. Se arrodilló a mi lado para quitarme los zapatos y después las medias, que estaban destrozadas
y manchadas de sangre. Me quedé en silencio y temblando
cuando vi que se tumbaba boca abajo. Con sus enormes manos, me agarró de la rodilla y el tobillo levantando mi pierna
como si fuese una baqueta. Sin decir palabra, Quinn empezó
a lamer la sangre de mi pantorrilla. Tenía miedo de que aquello no fuera más que un preparativo para darme un mordisco,
pero entonces apareció la doctora Ludwig, observó la escena
y dio su aprobación con un gesto de asentimiento.

—Te pondrás bien —dijo, sin darle importancia. Después de darme unas palmaditas en la cabeza, como si yo fue-

se un perro herido, la diminuta doctora volvió con sus ayudantes.

Mientras tanto, aunque nunca hubiera pensado que pudiera estar otra cosa que nerviosa e inquieta por aquella situación de suspense, lo de los lametones en la pierna se convirtió en una diversión inesperada. Me agité desasosegada y tuve que reprimir un gemido. ¿Debería retirar la pierna? Observar la brillante cabeza rasurada moviéndose arriba y abajo al ritmo de los lametones me transportaba a años luz de la batalla a vida o muerte que tenía lugar en el otro extremo de la sala. Quinn trabajaba cada vez más lentamente, su lengua era cálida y algo áspera. Pese a que su cerebro era el más opaco entre los de cambiante que había encontrado en mi vida, comprendí que estaba experimentando una reacción muy similar a la mía.

Cuando terminó, dejó reposar la cabeza sobre mi muslo. Respiraba con dificultad y yo intenté no hacer lo mismo. Sus manos soltaron mi pierna, pero empezaron entonces a acariciarme. Me miró. Sus ojos habían cambiado. Eran dorados, oro puro. Estaban llenos de color. Caray.

Me imagino que por mi expresión adivinó que yo no sabía qué pensar, por no decir algo peor, de nuestro pequeño interludio.

—No es nuestro momento ni nuestro lugar, pequeña —dijo—. Dios, ha sido… estupendo. —Se desperezó, pero no estirando los brazos y las piernas, como hacen los seres humanos. Quinn se arqueó desde la base de la columna vertebral hasta los hombros. Fue una de las cosas más raras que he visto en mi vida, y eso que llevo unas cuantas—. ¿Sabes quién soy? —me preguntó.

Moví afirmativamente la cabeza.

—¿Quinn? —dije, y noté que me subían los colores.

—He oído que te llaman Sookie —dijo, arrodillándose.

—Sookie Stackhouse —dije.

Me cogió la barbilla para que lo mirara. Lo miré intensamente a los ojos. No pestañeó.

—Me pregunto qué estarás viendo —dijo por fin, y me soltó.

Me miré la pierna. La señal que había quedado, limpia ahora de sangre, era casi con toda seguridad una herida provocada por el metal de la puerta.

—No es un mordisco —dije, y mi voz vaciló al pronunciar la última palabra. La tensión desapareció en un abrir y cerrar de ojos.

—No. No serás mujer lobo en un futuro —dijo, y se incorporó. Extendió la mano, se la cogí y en un segundo estuve también en pie. Un ladrido desgarrador procedente de la jaula me devolvió al presente.

—Dime una cosa. ¿Por qué demonios no pueden solucionar el tema con una votación? —le pregunté.

Los ojos redondos de Quinn, una vez recuperado su tono marrón púrpura y ya rodeados de su blanco natural, se arrugaron por los extremos; la pregunta le había hecho gracia.

—No es el estilo de los cambiantes, pequeña. Nos vemos después —prometió Quinn. Sin decir nada más, se dirigió a la jaula y mi pequeña excursión concluyó. Tenía que volcar de nuevo mi atención al suceso verdaderamente importante que tenía lugar en la sala.

Cuando di con ellos, vi que Claudine y Claude miraban con ansiedad por encima del hombro. Me dejaron un pequeño espacio entre ellos y me rodearon con el brazo en cuanto estuve allí instalada. Parecían muy preocupados y noté que un par de lágrimas rodaba por las mejillas de Claudine. Cuando vi lo que ocurría en la jaula, comprendí por qué.

El lobo de pelaje más claro estaba venciendo. El lobo negro tenía el pelaje ensangrentado. Seguía en pie, seguía gruñendo, pero una de sus patas traseras cedía de vez en cuando bajo el peso de su cuerpo. Consiguió retroceder dos veces pero, a la tercera, la pata se doblegó y el lobo más joven se abalanzó sobre él. Empezaron entonces a dar vueltas convertidos en un aterrador amasijo de dientes, carne y pelo.

Olvidándose por completo de la ley del silencio, los demás lobos gritaban y aullaban dando su apoyo a uno u otro de los contrincantes. Finalmente localicé a Alcide; aporreaba el metal, agitado y sin poder hacer nada. Jamás en mi vida había sentido tanta lástima por alguien. Me pregunté si intentaría entrar en la jaula del combate. Pero otra mirada me informó de que, aunque Alcide perdiera el respeto por las reglas de la manada e intentara correr en ayuda de su padre, Quinn le bloquearía la entrada. Ése era el motivo por el cual la manada había elegido un árbitro externo, naturalmente.

La pelea terminó de repente. El lobo de pelaje más claro había cogido al otro por la garganta. Lo sujetaba, pero no lo mordía. Tal vez Jackson habría continuado con la pelea de no haber estado tan gravemente herido, pero se le habían agotado las fuerzas. Estaba tendido en el suelo gimoteando, incapaz de defenderse, incapacitado. La sala se quedó en completo silencio.

—Patrick Furnan queda declarado vencedor —dijo Quinn con un tono de voz neutral.

Y entonces Patrick Furnan mordió la garganta de Jackson Herveaux y lo mató.

Capítulo
16

Quinn se responsabilizó de la limpieza con la autoridad y la seguridad de quien ya ha supervisado antes ese tipo de cosas. Pese a que la conmoción me había dejado apagada y embotada, me di cuenta de que daba indicaciones claras y concisas para la eliminación del material relacionado con las pruebas. Los miembros de la manada desmantelaron la jaula en secciones y desmontaron la zona de la prueba de agilidad con rápida eficiencia. Una cuadrilla de limpieza se encargó de eliminar la sangre y otros desechos.

El edificio quedó enseguida vacío, salvo por la gente. Patrick Furnan había recuperado su forma humana y la doctora Ludwig se ocupaba de sus múltiples heridas. Me alegré de cada una de ellas. Pero la manada había aceptado la elección de Furnan. Si ellos no protestaban por aquella brutalidad innecesaria, tampoco podía hacerlo yo.

María Estrella Cooper, una joven mujer lobo a quien conocía someramente, estaba consolando a Alcide.

María Estrella lo abrazaba y le acariciaba la espalda, mostrándole su apoyo como muestra de cercanía. No hizo falta que Alcide me dijera que, para esta ocasión, prefería el apoyo de uno de los suyos al mío. Había ido a abrazarlo, pero cuando me acerqué a él y nuestras miradas se cruzaron, me di cuenta de ello. Dolía, y dolía mucho; pero hoy no era día para pensar en mí y mis sentimientos.

Claudine lloraba en brazos de su hermano.

—Es tan sensible... —le susurré a Claude, sintiéndome algo abochornada por no estar yo también llorando. Quien me preocupaba era Alcide; a Jackson Herveaux yo apenas lo había conocido.

—Superó la segunda guerra de los elfos en Iowa luchando con los mejores de ellos —dijo Claude, moviendo de un lado a otro la cabeza—. He visto cómo un trasgo decapitado le sacaba la lengua y ella se echaba a reír. Pero cuanto más se acerca a la luz, más sensible se vuelve.

Aquello me dejó muda. No me apetecía pedir explicaciones de más reglas misteriosas sobrenaturales. Ya había tenido más que suficiente en lo que iba de día.

Ahora que todo estaba despejado (incluyendo el cuerpo de Jackson, que la doctora Ludwig se había llevado a alguna parte para transformarlo de nuevo en humano, para que la historia en torno a su muerte resultara más creíble), los miembros de la manada se reunieron delante de Patrick Furnan, que aún no se había vestido. A juzgar por su cuerpo, la victoria lo había hecho sentirse más hombre. Qué asco.

Estaba de pie sobre una manta; era una manta de cuadros roja, de esas que a veces te llevas para cubrirte cuando vas a ver un encuentro de fútbol americano. Noté un temblor nervioso en los labios, pero recuperé por completo la sensatez cuando vi que la esposa del nuevo líder de la manada se acercaba a él con una joven, una chica de pelo castaño que no tendría ni veinte años. La chica iba tan desnuda como el líder de la manada, pero su aspecto era mucho más agradable que el de él.

¿Qué demonios...?

De pronto recordé la última parte de la ceremonia y me di cuenta de que Patrick Furnan iba a beneficiarse de aquella chica delante de todos nosotros. No estaba dispuesta a presenciarlo. Intenté dar media vuelta para largarme de allí. Pero Claude me habló entre dientes.

—No puedes irte. —Me tapó la boca y me cogió para arrastrarme hacia la parte posterior del público. Claudine vino con nosotros y se situó delante de mí para que no pudiera ver. Emití un grito de rabia que la mano de Claude reprimió.

—Calla —dijo Claude, en un tono de voz tremendamente sincero—. Acabarás metiéndonos en problemas. Si con esto te sientes mejor, te diré que se trata de una tradición. Que la chica se ha prestado voluntariamente a ello. Después de esto, Patrick volverá a ser un marido fiel. Pero ha tenido ya su camada con su esposa y tiene que realizar el gesto ceremonial de engendrar otra. Te guste o no te guste, tiene que hacerlo.

Cerré los ojos y me sentí agradecida cuando Claudine se volvió hacia mí y me tapó los oídos con sus manos mojadas por las lágrimas. Una vez que el asunto concluyó, el público gritó alborozado. Los gemelos se relajaron y me dejaron libre. No vi qué había sido de la chica. Furnan permanecía desnudo, y mientras se mantuviera en el estado tranquilo en que ahora estaba, mejor para mí.

Para confirmar su estatus, el nuevo líder de la manada empezó a recibir el juramento de sus lobos. Después de un instante de observación, supuse que estaban desfilando en orden de edad, primero los más mayores y luego los jóvenes. Cada hombre lobo lamía el dorso de la mano de Patrick Furnan y exponía su cuello para cerrar el ritual. Cuando le tocó el turno a Alcide, me di cuenta de pronto de que el desastre podía ser aún mayor.

Contuve la respiración.

Y el profundo silencio reinante me dio a entender que no era la única que lo hacía.

Después de un largo momento de duda, Furnan se inclinó y posó los dientes en el cuello de Alcide; abrí la boca dispuesta a protestar, pero Claudine me la tapó con la mano. Los dientes de Furnan se alejaron finalmente de la piel de Alcide, dejándolo indemne.

Pero el nuevo líder de la manada acababa de emitir una señal clara.

Cuando el último hombre lobo hubo finalizado el ritual, me di cuenta de que tantas emociones me habían dejado agotada. ¿Se había acabado ya? Sí, la manada empezaba a dispersarse, algunos miembros dando abrazos de felicitación a Furnan y otros abandonando el local en silencio.

Los esquivé y fui derecha hacia la puerta. La próxima vez que alguien me dijera que tenía que presenciar un rito sobrenatural, le diría que tenía que lavarme la cabeza.

Ya al aire libre, caminé lentamente y arrastrando los pies. Tenía que pensar en las cosas que había dejado de lado, como en lo que había visto en la mente de Alcide después de que acabara aquella debacle. Alcide pensaba que yo le había fallado. Me había dicho que fuera y había ido; tendría que haberme imaginado que su insistencia para que yo estuviera presente tenía alguna razón de ser.

Ahora sabía que sospechaba de antemano que Furnan tenía en mente alguna trampa poco limpia. Alcide había preparado con antelación a Christine, la aliada de su padre. Ella se había asegurado de que yo utilizara mi telepatía con Patrick Furnan. Y, claro está, yo había descubierto que el oponente de Jackson hacía trampas. Aquella revelación debería haber sido suficiente para garantizar la victoria de Jackson.

Pero la voluntad de la manada se había puesto en contra de Jackson y la competición había proseguido con un juego más fuerte si cabe. Yo no tenía nada que ver con aquella decisión. Aunque en aquel momento Alcide, lleno de dolor y de rabia, me echara la culpa de todo.

Intenté enfadarme, pero la tristeza me superaba.

Claude y Claudine me dijeron adiós, subieron al Cadillac de Claudine y salieron pitando del aparcamiento como si no pudieran esperar un segundo más para volver a Monroe. Yo pensaba lo mismo, pero mi capacidad de aguante era muy inferior a la de las hadas. Cuando entré en mi Malibu prestado, tuve que pasar entre cinco y diez minutos sentada para poder tranquilizarme antes de iniciar el camino de vuelta a casa.

Me descubrí acordándome de Quinn. Un alivio después de tanto pensar en carne desgarrada, sangre y muerte. Cuando había tratado de leer su mente, había visto un hombre que sabía lo que se hacía. Y aun así, seguía sin tener ni idea de qué era Quinn.

El camino de vuelta a casa fue sombrío.

Podría haber telefoneado al Merlotte's aquella noche para no ir. Pero me tragué toda la movida de tomar nota de los pedidos y servirlos en las mesas, de rellenar jarras de cerveza, de secar todo lo que se derramaba y de asegurarme de que el cocinero interino (un vampiro llamado Anthony Bolivar que ya había trabajado como suplente para nosotros en otras ocasiones) recordaba que el chico que limpiaba las mesas era manjar prohibido. A pesar de todo, trabajé sin chispa y sin alegría.

Me percaté de que Sam se encontraba mejor. Evidentemente seguía en reposo y vigilaba la actividad desde su observatorio en un rincón. Es posible que Sam estuviera un poco picado, pues Charles era cada vez más popular entre la clientela. Resultaba evidente que el vampiro era encantador. Aquella noche lucía un parche rojo con lentejuelas y su habitual camisa romántica debajo de un chaleco negro también lleno de brillos... Tremendamente llamativo, pero divertido.

—Se te ve deprimida, bella dama —dijo cuando me acerqué a recoger un Tom Collins y un ron con Coca-Cola.

—Ha sido un día muy largo —dije, esforzándome en sonreír. Tenía tantas cosas que digerir emocionalmente que ni siquiera le di importancia a que Bill volviera a aparecer en compañía de Selah Pumphrey. Ni siquiera me molestó que se sentaran en mi sección del bar. Pero cuando Bill me cogió la mano en cuanto me volví después de tomar nota de su pedido, se la rechacé, como si hubiera intentado prenderme fuego.

—Sólo quiero saber qué te sucede —dijo, y por un segundo recordé lo bien que me había sentido aquella noche en el hospital, cuando se había acostado a mi lado. Empecé a abrir la boca para hablar, pero justo en ese momento capté la expresión de indignación de Selah y cerré mi contador emocional.

—Enseguida vuelvo con la sangre —dije muy animada, con una sonrisa de oreja a oreja.

«Al infierno con él», pensé honradamente. «Él y esa yegua que anda montándose».

Después de aquello, el resto de la noche fue puro trabajo. Sonreí y trabajé, trabajé y sonreí. Permanecí alejada de Sam porque no me apetecía mantener otra larga conversación con más cambiantes. Temía —ya que no tenía motivo alguno para estar enfadada con Sam— que si me preguntaba qué me sucedía, acabaría contándoselo; y no me apetecía hablar más del tema. ¿No os habéis sentido nunca actuando como unos autómatas y tristes a más no poder? Pues así me sentía yo.

Pero tuve que acudir a Sam cuando Catfish me preguntó si aquella noche podía pagar con un talón. Eran las instrucciones de Sam: sólo él podía aceptar el pago con talones. Y tuve que acercarme mucho a Sam porque en el bar había un jaleo tremendo.

No le di importancia, pero cuando me incliné para explicarle el problema de liquidez de Catfish, los ojos de Sam se abrieron de par en par.

—Dios mío, Sookie, ¿dónde has estado?

Me eché hacia atrás, muda de asombro. Sam había quedado sorprendido y aterrorizado por un olor que yo ni siquiera era consciente de llevar encima. Estaba cansada de que los seres sobrenaturales me impregnaran de esas cosas.

—¿Dónde te has visto con un tigre? —preguntó.

—Con un tigre... —repetí aturdida.

Ahora ya sabía en qué se transformaba Quinn, mi nuevo conocido, las noches de luna llena.

—Dímelo —me exigió Sam.

—No —le espeté—. No pienso decírtelo. ¿Qué hago con Catfish?

—Por esta vez dile que te extienda el talón. Pero explícale también que, si tengo algún problema, nunca jamás le aceptaré otro.

No me creí su última frase. Acepté el talón de Catfish y su gratitud empapada de alcohol, y deposité ambas cosas allí donde correspondía.

Para empeorar mi mal humor, cuando me agaché para recoger una servilleta que algún patán había tirado al suelo, me enganché mi cadena de plata en un extremo de la barra.

La cadena se rompió, la cogí y me la guardé en el bolsillo. Maldita sea. Había sido un día asqueroso y ahora lo seguía una noche asquerosa.

Saludé a Selah cuando ella y Bill se fueron. Bill me había dejado una buena propina y la guardé en mi otro bolsillo con tantas ganas que a punto estuve de romperlo. Durante la noche, había oído un par de veces el teléfono del bar y cuando llevaba unos vasos sucios hacia el mostrador de la cocina, Charles me dijo:

—Hay alguien que llama y cuelga. Es bastante pesado.

—Ya se cansarán —respondí para tranquilizarlo.

Cerca de una hora después, mientras le servía una Coca-Cola a Sam, el chico que limpiaba las mesas se acercó a decirme que en la entrada de empleados había alguien que preguntaba por mí.

—Y ¿qué hacías tú fuera? —le preguntó secamente Sam.

El chico no sabía qué decir.

—Fumar, señor Merlotte —respondió—. Estaba fuera descansando un poco porque el vampiro dijo que me dejaría seco si lo encendía dentro, y entonces apareció ese hombre como si saliese de la nada.

—¿Qué aspecto tiene? —pregunté.

—Oh, es un hombre mayor, con pelo negro —contestó el chico, y se encogió de hombros. Estaba poco dotado para las descripciones.

—Está bien —dije. Me apetecía descansar un poco. Me imaginaba quién era el visitante y, de haber entrado en el bar habría causado un buen alboroto. Sam encontró una excusa para seguirme, diciendo que necesitaba realizar una parada técnica. Cogió su bastón y avanzó renqueando detrás de mí por el pasillo. En su despacho tenía un baño minúsculo sólo para él y allí se dirigió mientras yo pasaba por delante de los lavabos y me dirigía a la puerta trasera. La abrí con cautela y asomé la nariz. Y no pude evitar sonreír. El hombre que me esperaba tenía una de las caras más famosas del mundo excepto, claro está, para los adolescentes que limpian mesas.

—Bubba… —dije, encantada de ver al vampiro. Si le llamabas por su antiguo nombre se sentía confuso e inquieto. Bubba era anteriormente conocido como… Está bien, lo diré de otra manera. ¿Nunca os habéis preguntado si fueron reales todos esos avistamientos que se produjeron después de su muerte? Pues ésa es la explicación.

La conversión no había sido un éxito completo debido a que su organismo estaba atiborrado de drogas; pero, dejando aparte su predilección por la sangre de gato, Bubba se las apañaba muy bien. La comunidad de vampiros cuidaba de él. Bubba era el chico de los recados de Eric. Siempre llevaba su brillante pelo negro perfectamente peinado y cortado, sus largas patillas acicaladas. Aquella noche iba vestido con una chaqueta de cuero negra, vaqueros azules y una camiseta de cuadros negros y plateados.

—Tienes muy buen aspecto, Bubba —dije empleando un tono de admiración.

—También usted, señorita Sookie. —Y me lanzó una sonrisa radiante.

—¿Querías decirme alguna cosa?

—Sí, señorita. El señor Eric me envía para decirle que él no es lo que parece.

Pestañeé.

—¿Quién, Bubba? —pregunté, tratando de mantener mi tono educado.

—Es un asesino a sueldo.

Me quedé mirando a Bubba fijamente, no porque pensara que mirándolo fuera a llegar a alguna parte, sino porque trataba de descifrar el mensaje. Tenía que ser un error. Los ojos de Bubba empezaron entonces a mirar hacia uno y otro lado y su rostro perdió la sonrisa. Tendría que haberme quedado mirando la pared, pues creo que me habría proporcionado la misma información y Bubba no se habría puesto tan nervioso.

—Gracias, Bubba —dije, dándole unas palmaditas en el hombro—. Lo has hecho muy bien.

—¿Puedo irme ya? ¿Puedo volver a Shreveport?

—Por supuesto —dije. Llamaría a Eric. ¿Por qué no habría utilizado el teléfono para un mensaje tan urgente e importante como éste parecía ser?

—He encontrado una entrada secreta al refugio de animales —me confió con orgullo Bubba.

Tragué saliva.

—Oh, estupendo —dije, tratando de no sentir náuseas.

—Hasta luego, cocodrilo —dijo desde el otro lado del aparcamiento. Justo cuando pensabas que Bubba era el peor vampiro del mundo, hacía algo asombroso como moverse casi a la velocidad de la luz.

—Hasta la próxima, amigo.

—¿Era quien pienso que era? —preguntó una voz justo detrás de mí.

Di un salto. Me volví rápidamente y vi que Charles había abandonado su puesto en la barra.

—Me has asustado —dije, como si él no lo hubiera adivinado.

—Lo siento.

—Sí, era él.

—Eso me parecía. Nunca lo he oído cantar en persona. Tiene que ser asombroso. —Charles miraba el aparcamiento como si estuviera pensando en otra cosa. Tuve toda la impresión de que ni siquiera escuchaba lo que estaba diciendo.

Abrí la boca para formular una pregunta, pero antes de que las palabras llegaran a mis labios, reflexioné sobre lo que el pirata inglés acababa de pronunciar y mis palabras se congelaron en mi garganta. Después de un largo momento de duda, me di cuenta de que tenía que hablar o Charles pensaría que algo iba mal.

—Bueno, creo que es mejor que vuelva al trabajo —dije, con aquella sonrisa radiante que reluce en mi cara cuando estoy nerviosa. Y, caray, en aquel momento estaba terriblemente nerviosa. La revelación que acababa de tener hacía que todo cobrara de repente sentido en mi cabeza. Se me puso la carne de gallina. Mi reflejo ancestral de «huir o pelear» se decantó firmemente por huir. Charles estaba entre la puerta y yo. Empecé a caminar por el pasillo en dirección al bar.

La puerta que daba del bar al pasillo solía estar abierta, ya que la clientela tenía que utilizarla para acceder a los lavabos. Pero ahora estaba cerrada. Antes, cuando había salido para hablar con Bubba estaba abierta.

Mal asunto.

—Sookie —dijo Charles a mis espaldas—. Lo siento de verdad.

—Fuiste tú quién disparó contra Sam, ¿verdad? —Busqué el pomo que abría aquella puerta. A buen seguro no se le ocurriría matarme delante de tanta gente. Entonces recordé la noche en que Eric y Bill, estando en mi casa, despacharon sin problemas una habitación llena de hombres. Recordé que no habían necesitado más de tres o cuatro minutos. Recordé el aspecto con el que quedaron todos aquellos hombres después.

—Sí. Fue un golpe de suerte que sorprendieras a la cocinera y confesara. Pero no confesó haber disparado contra Sam, ¿verdad?

—No, no lo confesó —dije aturdida—. Confesó haber disparado contra todos los demás, pero no contra Sam. Además, la bala no coincidía.

Por fin encontré el pomo. Si lo giraba, sobreviviría. O no. ¿Hasta qué punto valoraba Charles su vida?

—Querías trabajar aquí —dije.

—Pensé que había buenas probabilidades de que yo me volviera útil si Sam estaba fuera de juego.

—¿Cómo sabías que iría a pedir ayuda a Eric?

—No lo sabía. Pero intuía que alguien iría a decirle que en el bar tenían problemas. Y como esto significaba ayudarte, lo haría. Era lógico que me enviara a mí.

—¿Por qué haces todo esto?

—Eric tiene una deuda conmigo.

Estaba acercándose, aunque no muy deprisa. A lo mejor no le apetecía hacer lo que tenía que hacer. A lo mejor esperaba un momento más ventajoso para acabar conmigo en silencio.

—Parece ser que Eric ha descubierto que no soy del nido de Jackson, como yo le había dicho.

—Sí. Te equivocaste al elegir precisamente ése.

—¿Por qué? Me parecía ideal. En Jackson son muchos, uno no tenía por qué haberlos visto a todos. Nadie podría recordar a todos los hombres que han pasado por esa mansión.

—Pero todos habrían oído cantar a Bubba —dije en voz baja—. Lo hizo para ellos una noche. Y eso jamás se olvida. No sé cómo lo habrá descubierto Eric, pero yo lo he sabido en cuanto has dicho que nunca…

Se abalanzó sobre mí.

En una décima de segundo me vi en el suelo y con la mano en el bolsillo; él había abierto la boca para morderme. Apoyaba el peso del cuerpo sobre sus brazos, intentando galantemente no acostarse encima de mí. Tenía los colmillos completamente extendidos y brillaban bajo la luz.

—Tengo que hacerlo —dijo—. Lo he jurado. Lo siento.

—Pues yo no —dije. Le introduje la cadena de plata en la boca apretándosela con la mano para que no pudiera abrirla.

Gritó y me golpeó; noté que una costilla se movía de su sitio y vi que al vampiro le salía humo por la boca. Con dificultad, conseguí alejarme de él y grité también. En aquel momento se abrió la puerta y un aluvión de clientes inundó de repente el pequeño pasillo. Sam salió disparado como una bala de cañón por la puerta de su despacho, moviéndose estupendamente bien para tener una pierna rota y, sorprendentemente, con una estaca en la mano. El vampiro, que continuaba gritando, estaba aplastado por tantos hombres fornidos vestidos con pantalones vaqueros que ni siquiera podía verlo. Charles intentaba morder todo lo que estaba a su alcance, pero su boca quemada le dolía de tal manera que sus esfuerzos eran en vano.

Al parecer, Catfish Hunter estaba en el fondo de la montaña de hombres, en contacto directo con el vampiro.

—¡Pásame esa estaca, chico! —le gritó a Sam. Éste se la pasó a Hoyt Fortenberry, que a su vez se la pasó a Dago Guglielmi, que acabó depositándola en la mano peluda de Catfish.

—¿Esperamos a que llegue la policía de los vampiros o nos encargamos nosotros mismos del asunto? —preguntó Catfish—. ¿Qué opinas, Sookie?

Después de un horrible segundo de tentación, abrí la boca y dije:

—Llamad a la policía. —La policía de Shreveport tenía una patrulla de policías vampiros y disponía además de un vehículo de transporte idóneo y de celdas especiales para vampiros.

—Acaba con esto —dijo Charles desde debajo de la montaña de hombres—. He fracasado en mi misión y no tolero la cárcel.

—De acuerdo pues —dijo Catfish, y le clavó la estaca.

Cuando todo hubo acabado y el cuerpo se hubo desintegrado, los hombres regresaron al bar y se instalaron de nuevo en las mesas que ocupaban antes de oír la pelea que estaba teniendo lugar en el pasillo. Resultaba de lo más extraño. No había muchas risas, ni tampoco muchas sonrisas, y nadie de los que habían seguido en el bar mientras los demás me ayudaban preguntó qué había sucedido.

Naturalmente, resultaba tentador pensar que aquello era un eco de los terribles viejos tiempos, en los que se linchaba a los negros aunque sólo se oyera el rumor de que le habían guiñado el ojo a una mujer blanca.

Pero el símil no tenía sentido. Charles era de una raza distinta, es cierto. Pero era culpable por haber intentado matarme. De haber pasado treinta segundos más sin que los hombres de Bon Temps hubieran intervenido, era mujer muerta por mucha táctica disuasoria que hubiera empleado.

Tuvimos suerte en muchos sentidos. Aquella noche no había en el bar ningún policía. Justo cinco minutos después de que todo el mundo volviera a su mesa, apareció Dennis Pettibone, el investigador especializado en incendios provocados, para rendirle una visita a Arlene. (De hecho, cuando apareció, el chico que limpia las mesas aún estaba fregando el pasillo). Sam acababa de vendarme las costillas con una venda elástica y cuando salí de su despacho me acerqué a Dennis para preguntarle si quería tomar algo.

Tuvimos suerte de que no hubiera gente de fuera. Ni universitarios de Ruston, ni camioneros de Shreveport, ni parientes que estuvieran tomando una cerveza en compañía de algún primo o tío.

Tuvimos suerte de que no hubiese muchas mujeres. No sé por qué, pero me imaginaba que una mujer quedaría más impresionada con la ejecución de Charles. De hecho, yo misma, cuando dejaba de dar gracias a mi estrella de la suerte por seguir viva, me sentía bastante impresionada.

Y Eric, que apareció en el bar una media hora después, tuvo suerte de que a Sam no le quedaran más estacas a mano. Con lo nervioso que estaba todo el mundo, cualquier temerario podría haber atacado a Eric, aunque en este caso no habría salido relativamente ileso, como los que la tomaron contra Charles.

Y Eric también tuvo suerte de que las primeras palabras que salieran de su boca fueran: «Sookie, ¿estás bien?». Ansioso como estaba, me agarró por la cintura y yo grité.

—Estás herida —dijo, y enseguida se dio cuenta de que cinco o seis hombres se habían levantado ya.

—Sólo un poco magullada —dije, haciendo un enorme esfuerzo para poner buena cara—. No pasa nada. Es mi amigo Eric —anuncié en voz alta—. Había intentado ponerse en contacto conmigo y ahora entiendo el porqué de tanta urgencia. —Miré a los ojos a todos y cada uno de los hombres que se habían puesto en pie y, uno a uno, fueron sentándose de nuevo.

—Vayamos a sentarnos —dije en voz baja.

—¿Dónde está? Pienso clavarle yo mismo la estaca a ese cabrón, pase lo que pase. Lluvia Ardiente lo envió para que acabara conmigo. —Eric estaba furioso.

—Ya está todo solucionado —mascullé entre dientes—. ¿Quieres calmarte?

Con el permiso de Sam, fuimos a su despacho, el único lugar del edificio que ofrecía tanto sillas como privacidad. Él volvió a colocarse detrás de la barra para atenderla. Se instaló en un taburete alto y dejó descansar la pierna en uno más bajo.

—Bill miró su base de datos —dijo con orgullo Eric—. Ese desgraciado me había dicho que venía de Misisipi y yo lo tomé como uno de los niños bonitos que ya no quería Russell. Incluso llamé a Russell para preguntarle si Twining era un buen trabajador. Russell me dijo que tenía tantos vampiros nuevos en la mansión que sólo recordaba a Twining muy por encima. Pero, como bien pude comprobar en el Josephine's, Russell no es un jefe tan meticuloso como yo.

Conseguí esbozar una sonrisa. Lo que acababa de decir era cierto.

—De modo que como aún tenía dudas, le pedí a Bill que investigara y fue entonces cuando, siguiendo la pista de Twining, descubrimos que le había jurado fidelidad a Lluvia Ardiente.

—¿Fue este tal Lluvia Ardiente quien lo convirtió en vampiro?

—No, no —dijo con impaciencia Eric—. Lluvia Ardiente convirtió en vampiro al que engendró al pirata. Y cuando aquél fue asesinado durante la guerra entre los franceses y los indios, Charles prestó juramento de fidelidad a Lluvia Ardiente. Cuando Sombra Larga murió, Lluvia Ardiente envió a Charles para cobrarse la deuda que creía que yo tenía con él.

—Y ¿por qué matarme a mí cancelaría esa deuda?

—Porque había oído rumores y sabía que eras importante para mí, y pensó que tu muerte me heriría del mismo modo que la de Sombra Larga le había herido a él.

—Ah. —No se me ocurría otra cosa que decir. Nada de nada. Finalmente le pregunté—: ¿De modo que en su día Lluvia Ardiente y Sombra Larga estuvieron liados?

—Sí —dijo Eric—. Pero no era una relación sexual, era de…, de cariño. Ésa era la parte importante de su vínculo.

—De modo que Lluvia Ardiente decidió que la multa que le pagaste por la muerte de Sombra Larga no daba por zanjado el asunto, y envió a Charles para que te hiciera algo que te resultara igual de doloroso.

—Sí.

—Y Charles llegó a Shreveport, puso las antenas, descubrió lo mío y decidió que mi muerte sería lo más adecuado.

—Al parecer.

—Oyó hablar de los ataques, sabía que Sam es un cambiante y disparó contra Sam para tener un buen motivo para desplazarse a Bon Temps.

—Sí.

—Me parece de lo más complicado. Y ¿por qué Charles no se limitó a atacarme directamente cualquier noche?

—Porque quería que pareciese un accidente. No quería que la culpabilidad pudiera estar relacionada con un vampiro, porque no sólo no quería que lo pillaran, sino que además no quería que Lluvia Ardiente pudiera verse involucrado.

Cerré los ojos.

—Fue él quien prendió fuego a mi casa —dije—. No ese pobre Marriot. Seguro que Charles lo mató incluso antes de que el bar cerrara aquella noche y lo llevó a mi casa para echarle la culpa. Al fin y al cabo, aquel tipo era un desconocido en Bon Temps. Nadie le echaría de menos. ¡Dios mío! ¡Charles me pidió prestadas las llaves del coche! ¡Seguro que cargó a aquel hombre en el maletero! No muerto, sino hipnotizado. Charles fue quien le puso aquella tarjeta en el bolsillo. El pobre tipo era tan miembro de la Hermandad del Sol como puedo serlo yo.

—A Charles debió de resultarle frustrante comprobar que estabas rodeada de amigos —dijo Eric con cierta frialdad, ya que un par de aquellos «amigos» acababan de pasar por delante de la puerta, aprovechando la excusa de ir al baño para echar un vistazo a lo que sucedía en el despacho.

—Sí, así debió de ser. —Sonreí.

—Te veo mejor de lo que me esperaba —dijo Eric algo dubitativo—. Menos traumatizada, como se dice ahora.

—Soy una mujer afortunada, Eric —dije—. Hoy he visto más cosas malas de las que puedes imaginarte. Y lo único que pienso es que he conseguido escapar. Por cierto, la manada de Shreveport tiene un nuevo líder, un cabrón mentiroso y tramposo.

—Entiendo entonces que Jackson Herveaux perdió su apuesta por ese puesto.

—Perdió más que eso.

Eric abrió los ojos de par en par.

—De modo que la competición ha sido hoy. Ya me habían dicho que Quinn estaba en la ciudad. Normalmente, las transgresiones son mínimas cuando él está presente.

—No fue él quien lo decidió —dije—. Hubo una votación contra Jackson; tendría que haber sido a su favor… pero no fue así.

—Y tú ¿qué hacías allí? ¿Intentó ese condenado Alcide utilizarte para algo?

—Que seas tú quien hable de utilizarme…

—Sí, pero yo soy directo —dijo Eric, mirándome con unos ojos azules llenos de inocencia.

No pude evitar echarme a reír. La verdad es que pensaba que pasarían días, quizá semanas, sin que volviera a reír, pero allí estaba yo, riendo.

—Es verdad —admití.

—¿Tengo que entender con todo esto que Charles Twining ya no está? —preguntó Eric con cierta sobriedad.

—Correcto.

—Bien, bien. Veo que la gente de por aquí es inesperadamente emprendedora. ¿Qué daños has sufrido?

—Una costilla rota.

—Una costilla rota no es mucho cuando un vampiro lucha por su vida.

—Correcto también.

—Cuando Bubba regresó y me enteré de que no te había transmitido bien el mensaje, vine corriendo caballerosamente en tu rescate. Había intentado llamarte al bar para decirte que fueras con cuidado, pero siempre se puso Charles al teléfono.

—Muy galante por tu parte, extremadamente galante —admití—. Aunque ha resultado innecesario.

—En este caso…, me vuelvo a mi bar y vigilaré a mis clientes desde mi despacho. Vamos a ampliar la línea de productos de Fangtasia.

—¿Sí?

—Sí. ¿Qué te parecería un calendario de desnudos? Pam piensa que deberíamos titularlo «Los tíos buenos de Fangtasia».

—¿Piensas aparecer en él?

—Oh, sí claro, naturalmente. Voy a ser «Míster enero».

—Entonces resérvame tres. Le regalaré uno a Arlene y otro a Tara. Y el mío lo colgaré en casa.

—Si me prometes tenerlo abierto por mi fotografía, te daré uno gratis —dijo Eric.

—Trato hecho.

Se levantó.

—Una cosa más antes de que me vaya.

Me levanté también, aunque mucho más despacio.

—Tal vez necesite contratarte a primeros de marzo.

—Consultaré mi agenda. ¿De qué va esta vez?

—Va a haber una pequeña cumbre. Una reunión de los reyes y las reinas de algunos de los estados del sur. Aún no se ha decidido dónde se celebrará, pero en cuanto esté decidido, me pregunto si podrías tomarte unos días libres para acompañarme a mí y a mi gente.

—En estos momentos me resulta imposible pensar con tanta antelación, Eric —dije. Hice una mueca de dolor al empezar a andar.

—Espera un momento —dijo él de repente, y se plantó delante de mí.

Levanté la vista, me sentía agotada.

Se inclinó y me besó en la boca, un beso suave como el aleteo de una mariposa.

—Me contaste que yo te había dicho que eras lo mejor que me había ocurrido en la vida —dijo—. ¿Te pasa a ti lo mismo conmigo?

—Vas a quedarte con las ganas de saberlo —contesté, y volví a mi trabajo.

Agradecimientos

No le di las gracias a Patrick Schulz por haberme prestado su Benelli para el último libro... Lo siento, hijo. Me quito el sombrero ante mi amigo Toni L. P. Kelner, que destacó algunos problemas de la primera parte del libro. Mi amiga Paula Woldan me dio apoyo moral e información sobre los piratas, y se prestó a soportarme en un «Día de hablar como piratas». Su hija Jennifer me salvó la vida ayudándome a preparar el manuscrito. Shay, una lectora fiel, tuvo la gran idea del calendario. Y en mi agradecimiento a la familia Woldan, quiero también destacar a Jay, bombero voluntario durante muchos años, que compartió conmigo sus conocimientos y su experiencia.

Charlaine Harris

(Mississipi, Estados Unidos, 1951), licenciada en Filología Inglesa, se especializó como novelista en historias de fantasía y misterio. Con la serie de novelas *Real Murders,* nominada a los premios Agatha en 1990, se ganó el reconocimiento del público. Pero su gran éxito le llegó con Muerto hasta el anochecer (Punto de Lectura, 2009), primera novela de la saga vampírica protagonizada por Sookie Stackhouse y ambientada en el sur de Estados Unidos. La traducción de las ocho novelas de la saga a otros idiomas y su adaptación a la serie de televisión *TrueBlood* (Sangre fresca) han convertido las obras de Charlaine Harris en best séllers internacionales, otorgándole galardones como el premio Sapphire o el prestigio de ser finalista del premio Pearl. Los derechos de los libros se han vendido a más de 20 países.

Suma de Letras es un sello editorial del Grupo Santillana

www.sumadeletras.com

Argentina
Avda. Leandro N. Alem, 720
C 1001 AAP Buenos Aires
Tel. (54 114) 119 50 00
Fax (54 114) 912 74 40

Bolivia
Avda. Arce, 2333
La Paz
Tel. (591 2) 44 11 22
Fax (591 2) 44 22 08

Chile
Dr. Aníbal Ariztía, 1444
Providencia
Santiago de Chile
Tel. (56 2) 384 30 00
Fax (56 2) 384 30 60

Colombia
Calle 80, 10-23
Bogotá
Tel. (57 1) 635 12 00
Fax (57 1) 236 93 82

Costa Rica
La Uruca
Del Edificio de Aviación Civil 200 m al Oeste
San José de Costa Rica
Tel. (506) 22 20 42 42 y 25 20 05 05
Fax (506) 22 20 13 20

Ecuador
Avda. Eloy Alfaro, 33-3470 y Avda. 6 de Diciembre
Quito
Tel. (593 2) 244 66 56 y 244 21 54
Fax (593 2) 244 87 91

El Salvador
Siemens, 51
Zona Industrial Santa Elena
Antiguo Cuscatlan - La Libertad
Tel. (503) 2 505 89 y 2 289 89 20
Fax (503) 2 278 60 66

España
Torrelaguna, 60
28043 Madrid
Tel. (34 91) 744 90 60
Fax (34 91) 744 92 24

Estados Unidos
2023 N.W 84th Avenue
Doral, FL 33122
Tel. (1 305) 591 95 22 y 591 22 32
Fax (1 305) 591 74 73

Guatemala
7ª Avda. 11-11
Zona 9
Guatemala C.A.
Tel. (502) 24 29 43 00
Fax (502) 24 29 43 43

Honduras
Colonia Tepeyac Contigua a Banco Cuscatlan
Boulevard Juan Pablo, frente al Templo
Adventista 7º Día, Casa 1626
Tegucigalpa
Tel. (504) 239 98 84

México
Avda. Universidad, 767
Colonia del Valle
03100 México D.F.
Tel. (52 5) 554 20 75 30
Fax (52 5) 556 01 10 67

Panamá
Vía Transísmica, Urb. Industrial Orillac,
Calle Segunda, local 9
Ciudad de Panamá
Tel. (507) 261 29 95

Paraguay
Avda. Venezuela, 276,
entre Mariscal López y España
Asunción
Tel./fax (595 21) 213 294 y 214 983

Perú
Avda. Primavera, 2160
Surco
Lima 33
Tel. (51 1) 313 40 00
Fax. (51 1) 313 40 01

Puerto Rico
Avda. Roosevelt, 1506
Guaynabo 00968
Puerto Rico
Tel. (1 787) 781 98 00
Fax (1 787) 782 61 49

República Dominicana
Juan Sánchez Ramírez, 9
Gazcue
Santo Domingo R.D.
Tel. (1809) 682 13 82 y 221 08 70
Fax (1809) 689 10 22

Uruguay
Juan Manuel Blanes, 1132
11200 Montevideo
Tel. (598 2) 402 73 42 y 402 72 71
Fax (598 2) 401 51 86

Venezuela
Avda. Rómulo Gallegos
Edificio Zulia, 1º - Sector Monte Cristo
Boleita Norte
Caracas
Tel. (58 212) 235 30 33
Fax (58 212) 239 10 51